タクミくんシリーズ 完全版1

ごとうしのぶ

19637

角川ルビー文庫

タクミくんシリーズ完全版1

CONTENTS 目次

NEWLY WRITTEN 書き下ろし

口絵・本文イラスト／おおや和美

タクミくんシリーズ完全版1

天国へ行こう

あいつ、自殺する気だろうか。

オレはジョギングのスピードをゆるめて、レイクを窺《うかが》った。

早朝のセントラルパーク、メトロポリタン美術館を背にした湖で、ひとりの薄汚い青少年がじっと湖面をみつめたまま、かれこれ十五分はそこに立っていた。

「さっき通りかかったのが、だいたい十五分くらい前だもんな」

その時は、早朝に野生の鳥や湖水の生き物を観察にくる、多くの自然愛好家のひとりかと思ったのだが、よくよく見ると、彼らとの共通点が、彼にはなかった。

ポイントは、湖面を覗《のぞ》き込む上半身の傾き加減だ。観察者は、知らず知らずのうちに傾斜が増す。だが、思い詰めてる人間に限って、あまり前かがみにならないものなのだ、多少顎《あご》を引く程度で。それは黒人も白人も東洋人も、変わりなく——。

何日洗っていないのか、すっかり艶《つや》を失った、ボサボサの金髪。膝のあいたジーンズ。軽く引っ張っただけで破れそうな、チープなTシャツ。ソーホー辺りの住人だろうか。いや、今のソーホーに、こんなダサいヤツが住んでいるとは思えない。

ゆうべから風邪《かぜ》気味だしな、どうするか。

オレはしばし考えてから、

「そこ、立ち入り禁止だぜ」

声をかけた。

彼は全身でビクリとして——自分以外にこの世に人間などひとりもいないはずの、核戦争後に取り残された唯一の人類のように、ここにオレがいることの驚きで、目を大きく見開いたまま、ぎこちなく、振り返った。

「そ、それは、知らなかったな」

おや、若い。もしかして、オレより年下だろうか。

「そのうち見回りの役人が来る。厄介なことになる前にさっさと柵を越えてこっちにこいよ」

戸惑うようにオレのセリフを聞いていたが、彼は忠告に素直に従って、細長い足でひょいと柵を越えて下界に戻ってきた。

全体的に薄汚い割に、生活に疲れた感じがしない。

こいつ、何者だろう。

「親切に教えてくれてありがとう。知らなかったな、いつの間にレイクは立ち入り禁止になったんだ？」

「十五分ほど前からね」

オレが笑うと、青少年は露骨に眉《まゆ》を顰《ひそ》めて、

「ひどいな、騙《だま》したのか」

「別に。ただあそこは、毎朝、湖のワニがエサを食べにくる場所なんだ」

青少年が顔面蒼白《そうはく》になる。

「知らずにボーッと突っ立ってたら、じきにきみはワニの朝食になってたな」

「ワニのエサ……」

「それとも、教えない方が良かったかい」

青少年はブンブンと首を横に振った。

「同じ死ぬンでも、ワニに食い殺されるなんて、まっぴらだ」

蚊《か》のなくようなちいさな呟《つぶや》き。だがそれを聞き逃すオレの耳ではない。

「泳ぎは得意かい？」

「えっ？　あ、いや。俺、泳ぎはからきしダメなんだ。子供のビニールのプールででも溺《おぼ》れそうでさ、まともに水に近づいたことないんだ」

「バスタブ以外は、って？」

「まあ、うん、そんなもんかな。俺なんかきっと、水に入ったら、カナヅチみたいに沈むこと間違いなしだぜ」

「ところがだ、浮力ってものがあってさ、人間の体ってのは黙ってても浮くようにできてるんだ。——生憎だったたな」

「え？」

彼はまさか、と、不安げにオレを眺め、Tシャツの胸の辺りをギュッと握りしめた。

オレはスウェットのポケットに手を突っ込むと、

「ラッキー、五ドル紙幣がはいってた」

ニヤリと笑う。「これでちょうど二杯分だ。——なあ、死ぬ前に、旨いモーニングコーヒーはどうだい？　それとも、定刻までに逝《ゆ》かないと、死神にどやされる？」

彼は照れたようにはにかむと、

「少々の遅刻は、きっと目こぼししてくれるさ」

と言った。


「どうして俺が、自殺志願だってわかったんだい？」

ボビーズカフェの二階、ピシリとスーツを着込んだ、気の早いビジネスマンが闊歩《かっぽ》し始めたストリートを見下ろしながら、オレと青少年はちいさな丸いテーブルを挟んで、モーニングコーヒーをすすっていた。

「どうやらあそこは、滅入った時に心惹《こころひ》かれる場所らしい。かくいうオレも、時々あそこに立つことがある」

「死にたくて？」

「なにもかもが嫌になる時にね」

「そうか……。でもどうして、見ず知らずの俺を引き留めてくれたんだ？」

「これ以上、風邪をこじらせたくなかったからだ」

「？」

「いや待てよ、返り討ちという手もあったな。風邪で風邪を相殺させられたかもしれないぞ」

惜しいことをした、入水するまで待ってれば良かった。

「きみの時は、誰が止めてくれたんだい」

ふと、青少年が訊《き》いた。

「誰も」

オレはカップの縁を鷲摑《わしづか》みにしてコーヒーをグビリと飲み、「誰も止めちゃあくれなかったさ」

テーブルにカツンとカップを置いた。

「だったらどうやって――」

「自殺を踏みとどまったかって？　そもそもオレに自殺なんかできっこないのさ」

「……ふうん」

青少年はテーブルに頬杖《ほおづえ》をついて、ゆっくりと両手でコーヒーを口に運んだ。「それって、きみが強い人間だからじゃないのかい」

「まさか」

オレは間髪容れずに短く笑う。「単に、未練がましい性格してるだけのことさ」

「未練、か」

「欲しいものがあるんだ。絶対に手に入れたいものがね。仲々うまくいかないんだけど、結局それがいつもオレの未練としてつきまとう。死にたくなると、思い出す。あの湖の縁《ふち》で、ぼんやり突っ立ってると、湖面にそれが浮かぶんだ」

「それって、きみの好きな人？」

「そうだよ」

「どんな人？　美人？」

おいおい、そんなに瞳《め》を輝かせるな。——ったく、これがついさっきまで自殺しようとしていた人間かね。

「どんなだろうな、まだ深くつきあってないからわからないや」

「その相手に、もう好きだって打ち明けたのかい？」

「いや、全然」

「どうして」

「勇気がないからさ。打ち明けられない、まだ、無理だ」

「情けないんだな。なんか、俺と似てるや」

青少年は口の端で笑うと、カップを置いて指を組んだ。「二年前にさ、俺、拾われたんだ、今の同居人に。その人、よその超大手企業にヘッドハンティングされるくらい有能な人でさ、若いのに——若いったってそりゃ三十は出てるけど、資格をたくさん持ってて、学歴とかもすげエんだ」

「その同居人とトラブったんだ」

「うん、そうかな、そういうことになるのかな」

「死ぬより、仲直りの道を選んだら？」

「無理さ」

青少年はヒョイと肩を竦《すく》めて、「俺にその気があっても、向こうにはそんな気、これっぽっちもないんだからさ」

「確かめたのかい？」

「マンションを飛び出した次の日に、忘れ物をしたって口実で様子を窺いに戻ったら、部屋に知らない奴《やつ》がいた。もう何年もそこに住んでるみたいな顔をして、ジェイスは仕事で留守です。そう、俺に言ったんだ」

「それ、いつのことだ？」

「昨日」

青少年は上目遣いに溜《た》め息を吐《つ》いて、「――俺、追い出された理由がわかっちまった。でもさ、たった二年とはいえ、同じ屋根の下で生活してきたんじゃん、理由も言わずに追い出すことないよな。他の奴と一緒に生活したいから出てってくれって言われたら、俺、ちゃんと出てくのに」

「それが自殺の動機？　にしては、インパクト、薄いかな」

「薄いかな」

「ああ」

「そんなことないと思うけどな。俺、ショックだったぜ。いきなり着の身着のまま放り出された時もショックだったけどさ、でも、それはいいんだ。もともと俺は孤児だったし、拾われる前もたいした生き方してたわけじゃないけど、なんとかやってたしさ。これからだって、どんなことをしてでも最低限は食べてける自信はあるんだ。それなのに、これからどうしようかなって考え始めるだろ、そうすると、どうしてだかジェイスの顔がパッと浮かんで、とたんに泣けてくるんだよ。——俺、生きてくってことがわからなくなっちまったんだ。ただ単に、働いて、金を稼いで、食って、寝て。それだけじゃないんじゃないかって思えてならなくて、前向きにやろうとすればするほど空しくなってきて、いっそ死んじまった方がマシかもしれないと思ったんだ」

「きみ、ジェイスに惚《ほ》れてるんだ」

「まさか！」

青少年はまっ赤になった。「だって、ジェイスは男だぜ。俺も、こう見えても男だし」

「だが、きみの話を総合すると、そういう結論しか出てこないぜ。路頭に迷って自殺をはかるのならともかく、きみは食べてくことに不安を抱いてないじゃないか。ジェイスを失ったことで、生きる気力も失ったんだろ」

「でも俺、ゲイじゃないぜ……」

青少年は縋《すが》るようにオレを見上げる。心細げな眼差しが、あいつに似ていた。

弱ったな、本当に助けてあげたくなっちまった。——ま、いいか、どうせ乗り掛かった船だ。

「だがジェイスはゲイなんだ、デリン」

オレのセリフに、青少年の目が点になった。

「ありがとう……」

熱いミルクの入ったマグカップを受け取りながら、自称〝足を滑らせて湖に落ちた男〟は、大きな体をこれ以上は不可能なほどちいさく縮めて、礼を述べた。

頭にすっぽり被ったバスタオルから、端整なマスクが覗いている。生まれも育ちも良さそうな、人当たりの柔らかい男である。

彼のバスタオルをクシャクシャっといじって、

「よく拭いとけよ、色男。風邪《かぜ》ってのは頭からひくんだぜ」

からかいながら、ジェームスは大股《おおまた》にリビングを横切り、「それじゃギイ、俺、これからデートだから。出る時に鍵《かぎ》だけはかけといてくれよ」

「悪いな、突然おしかけて、着替えまで提供してもらって」

「いいって、どうせそいつはうちの商品だ。似合うぜ、ギイ。シェリルとデートの約束がなけりゃ、きみをくどきたいくらいだ」

「ジェームスに男は似合わないよ。華やかなモデルがまとわりついてるくらいが、丁度いい」

オレが言うと、ジェームスはウインクして、

「若いのに食えないヤツだな。わかったよ、そのかわり、こっちにいる間に一度くらい食事につきあえよ」

「喜んで」

「忘れるな。じゃな、そっちの色男もごゆっくり」

部屋の主はにこやかに言い置いて、夜のマンハッタンに消えて行った。

ジェームスの部屋を選んだのは、ここがセントラルパークから歩いて三十秒という近距離のマンションだからである。着飾ったニューヨーカーが大人の時間を楽しむために繰り出す街をずぶ濡《ぬ》れの男ふたりで歩きたくはないではないか。

それにジェームスは、余計な干渉をしないのだ。

「ずいぶん年の離れたともだちだね」

驚き混じりに、男が言う。

「彼はオレの父親と同い年だからな」

オレが応えると、男は更にびっくりして、

「不思議な子だね、きみは」

と笑った。

「それはお互いさまだ。五フィートもある柵をわざわざ越えて湖に足を滑らせるなんて芸当、一般人には仲々できないぜ」

一瞬、男が黙った。

「だが、足を滑らせたのは本当なんだ」

「そうかもしれないな」

「本当に、足が滑ったんだ」

「そうだな」

「――本気で死ぬつもりでは、なかったんだよ……」

　男は手の中のマグカップに視線を落として、「どうかしていた、それは確かに認めるよ、わたしはどうかしてたんだ」

「自殺しようとするような人間は、皆、多かれ少なかれ、どうかしてるもんだよな」

「つまらないことで、取り返しのつかないことをしてしまった」

　男はマグカップをみつめたまま、呟《つぶや》くように続けた。「あの子はきっと、二度とわたしの所に帰ってきてはくれない」

「恋人とケンカ別れでもしたのか」

「大学時代、ボランティアで訪ねた施設でデリンに会った。デリンは二歳の時に交通事故で両親を失った交通遺児で、ずっと施設で育てられたんだ。決して快適な暮らしではないはずなのに、デリンは実に伸びやかで、まるで天使のような子供だった」

「あんた、ショタコンなのか？」

　オレはどうも、ショタとロリは苦手なのだ。

「多分、違うと思う」

「それは良かった」

「だが、女性は愛せないんだ」

　おっと！

「何度か施設を訪ねているうちに、どうしてもデリンを手元に引きとりたくなって、取れるだけの資格を取り、結婚していないハンディキャップを埋めるだけの高収入の得られる職に就いて、そうしてやっと二年前にデリンを引きとったんだ」

「養子に迎えたってことか？」

「いや、籍はそのままにしてある。成人してから彼が自分で選べるように、そう思って。だから、わたしは彼にとってはただの後見人なんだ」

「デリンはあんたのこと、どう思ってるんだい？」

「恩人」

いとも簡潔な答え。

「あんたは？」

「わたしは……」

男は寂しそうに口元をキュッと結んで、「マイフェアレディという物語を知ってるかい？映画でなく、原作の方を」

「ああ、まあ」

「ヒギンズ教授と言ったかな、あの思い上がった愚かな男の名前は。――つまり、そういうことなんだ」

戻って来なかった、マイノェアレディ。

出て行ってしまった、デリン。

「飛び出した夜、ついに朝まで帰ってこなかった。どんなに心配でもわたしには仕事があるし鍵《かぎ》も持たずに飛び出したデリンが気掛かりで次の日は弟に頼んで部屋で留守番をしてもらった

んだが、やはりデリンは帰ってこなかった。あの子のポケットにはコインが何枚か入ってたにすぎないんだ。あんなつまらないことで、叱《しか》らなければ良かった。軽いおしおきのつもりで、部屋から追い出しただけなのに……」

「あんた、のんびりした外見に反して、案外せっかちなんだな」

「せっかち？」

「たった二日、家を留守にしただけで、一生会えなくなるなんて発想、どうやったらできるんだ？　その法則にあてはめると、オレの親なんか、百回生まれかわりでもしないとオレに会えない計算になっちまう。それにな、生きてさえいればそのうちまたひょっこり会えるかもしれないじゃんか。自殺したところで、必ずしも天国が待ってるわけじゃない。死んだら最後、どんなに望んでも、たとえ奇跡が起きても、絶対にデリンには会えないんだぜ」

「きみ……」

　男がゆっくりと顔を上げた。

「きみじゃない、ギイ。オレはギイって言うんだ。あんたは？」

「わたしは、ジェイス。ジェイス・ケトナー」

　ジェイスと握手した後で、オレは大きなくしゃみをした。

「それで？　そのふたり、どうなったんだい？」

　ラインの向こうで、麗しい幼なじみが訊《き》く。

日本までのKDDI。このぶんだと、皆勤賞で賞状の一枚もいただけそうである。

「とりあえず、誤解はとけたみたいだな」

「じゃあデリンくん、ジェイスさんの所に戻ったんだね」

ハッピーエンドだと喜ぶ佐智《さち》に、

「そう手放しで、喜んでもいられないんだぜ」

オレはちょっと、ゆううつな気分。

「どうして？　だってふたりは相思相愛だったんだろう？」

「相思相愛には違いないが、ゲイを自覚しつつ、最愛のデリンと寝食を共にし、なおかつデリンに手を出さなかったジェイスがどんな人間か、わかるか？」

「忍耐力のある人」

「アッサリ言ってくれるがな、佐智、そこんところが目下、最大の問題なわけだよ」

「そうなのかい？」

「手を出さない理由が、デリンが未成年だからってんだぜ」

「どこかの誰かさんみたいなことを言ってるね」

佐智がクスクス笑う。

「ところがだ、デリンはそう思ってないんだよ」

「僕もそう思ってないのに」

「こら佐智、話をまぜっかえすんじゃない」

「ごめん、義一《ぎいち》くん」

笑いながら謝られても、ちっとも信憑性《しんぴょうせい》がないぞ。

「おかげでオレは両方から、毎日相談をもちかけられてるんだ」

偶然、ふたりを救ってしまったオレ。

「いいじゃない、アフターサービスとしてやってあげれば？」

「馬鹿言え。結局、延々とのろけを聞かされるだけなんだぞ」

奇遇と言えば、そうなのかもしれない。だが——。

「義一くんも負けずにのろけてあげればいいのに」

「誰のことをのろけるんだよ」

オレの介入も含めて、あのふたりは強い何かで結ばれているような気がしてならない。

「決まってるじゃないか」

佐智が笑う。

世界でたったひとりの想い人。叶うものならば、オレと強く結ばれている人間があいつであればいい。あのふたりのように、不思議な強い縁で、あいつと結ばれていればいい。そうしたら、オレは生きながら天国に住めるのに。

タクミくんシリーズ完全版1

イヴの贈り物

待ち合わせは、午後一時。

「十五分過ぎても来なかったら、その、都合がつかなかったんだと思ってくれないか。――ごめん、あてにならなくて」

済まなそうな、受話器ごしの、声。

「とんでもないです。俺《おれ》の方こそ、いきなり電話したりして――」

「あ、いいんだ、竹内《たけうち》」

遮るように、重起《しげき》が言った。「むしろ、喜んでるよ、俺。――クリスマス・イヴに竹内に会えるだなんて、そんな贅沢《ぜいたく》、望んでも叶《かな》わないと思ってたし、俺、今はそんな、竹内を誘えるような、そんな身分じゃないし、なんて言うか、えっと、感激だな、……とか」

銀座《ぎんざ》の三越《みつこし》、正面玄関のライオンの横で、石の柱に凭《もた》れて四丁目の交差点をぼんやりと眺めていた竹内均《ひとし》は、昨夜の新島《にいじま》重起とのやりとりを思い出して、薄く、頰《ほお》を紅に染めた。

照れ臭そうな、重起の声。

久しぶりの、恋人の、声。

大学受験の下見で、二十四日は数人の友人たちと上京する。――という情報を、仕事の都合で年末年始を都内で迎えねばならない父親につきあわされて、既に上京していた竹内にこっそり流してよこしたのは、その友人のひとりであり、自称、重起と竹内の仲を取り持った『愛のキューピッド』こと、大塚近夫《おおつかちかお》である。

昨夜、大塚から連絡を受けたそのまま、泊まっているホテルから重起の家に電話を入れた竹内は、

「期待しないで、待ってます」

そう告げて、電話を切った。

重起たちの予定を度外視しての突然の自分の申し出は、反故《ほご》にされても致し方のないものだから。

「会えなくても、しようがないよな」

それでも、カシミアのクリーム色のロングコートのポケットに、赤と緑の鮮やかなラッピングに包まれたプレゼントをひっそりしのばせて、約束の十分前から、ここにいる。

吐く息が、白く宙を舞う。

一時を告げる鐘は疾《と》うに鳴り終わり、竹内は見たくなくともよく見える、目の前の和光《わこう》の時計台の針が十五分を示しているのに気づかぬ振りで、視線をゆるりと地上に下ろした。

だが、十二月の凍てつく空気に、コートの襟を立てて足早に行き交うたくさんの人波に、目的の人物がみつけられない。

十五分過ぎても来なかったら――。

「やっぱり、ムリだったかな」

今にも雪が降りだしそうな、冬色の低い空を見上げて、竹内はちいさく溜《た》め息を吐《つ》いた。

重起は来ない。

「プレゼント、渡せなかった……」

ポケットの奥にギュッと包みを押し込んで、けれど足は、動かなかった。

これからどうしよう。重起に会えることを想定して午後の予定は全部キャンセルしてしまっていた。来ないとわかっているのに、足が動かない。

認めるのに、時間がかかる。——本当はとても、会いたかったから。

「我ながら、諦《あきら》めが悪い」

俯《うつむ》いて、口の端で笑って、ふと、足元に映る、誰かの影に気がついた。

え？

顔を上げると、

「やっぱり、竹内さんだった」

色素の薄い、ブラウンの瞳《ひとみ》が微笑《ほほえ》んだ。

「——義一、くん？」

「ギイです、竹内さん。何度訂正しても、次に会う時にはリセットされちゃうんですね」

悪戯《いたずら》っぽく、目を細める。

竹内の通う祠《し》堂《どう》学園高等学校の兄弟校である、祠堂学院高等学校の一年に在学中の崎《さき》義一。

彼の父親は、竹内の父親が頭取を務める銀行の経営に、多少なりとも影響を及ぼす人物であった。——息子の方は、存在だけで、色んな人に多大なる影響を及ぼしているけれど。

竹内はこっそり、苦笑した。

人間離れした、不思議な美貌《びぼう》。そんな表情《かお》で微笑まれては、敵《かな》わない。

「——ギイ」

ためらいがちに、竹内が言い直すと、

「よくできました」

ギイはあっけらかんと笑って、「こんな所で、何してるんですか？」

「きみこそ」

「オレは、ちょっと、銀ブラを」

ギイは提げていた三越の紙袋をヒョイと持ち上げた。袋の中には、鮮やかな赤と緑の——。

「プレゼントだね」

竹内はつい、破顔する。「彼女へのクリスマスプレゼントかい？　義……、ギイなら、恋人がいないはずないと思ってたけど」

「竹内さんこそ」

目敏《めざと》いギイは、ポケットにチラリと覗《のぞ》く赤と緑の箱の端をちょんとつついた。

「ああ、これか」

途端に曇る、竹内の横顔。

陶磁器のような、透けそうに白い肌。元々色黒ではなかったが、数年前にアキレス腱《けん》を切ってバレーをやめてしまってから、竹内は会うたびに色が白くなっているような気がする。

「よけいに、寒そうだ」

ギイは竹内の腕を取ると、返事も聞かず、ちょうど青に変わった横断歩道を渡り始めた。

「竹内さん、どこかでお茶でも飲んで、暖まりませんか？」

「え？」


三越の斜向《はすむ》かい、San-ai ビルの『TWININGS《トワイニング》』、案内されたのは五階の窓際の席。

「すごく眺めが良いんだね、晴海《はるみ》まで見えそうだ」

感嘆する竹内に、

「じゃあ、竹内さんはこっちの席」

四丁目交差点を見下ろせる側に竹内を促して、ギイは有楽町《ゆうらくちょう》向きの席に座る。

さっきから、一足早いティータイムを楽しむ店内の女性客が、チラチラとこっちを窺《うかが》っている。ギイは、どこにいても、人目を魅《ひ》く。自覚があるのかないのか、彼はいつもと変わらぬ調子で、薄手のトレンチコートを背凭《せもた》れにかけると、

「オレ、Chocolate Flosted tea ね」

メニューも広げずに言った。

「発音が良すぎて聞き取れない」

竹内が苦笑すると、

「これこれ」

ギイはメニューをめくり、「これです、これ」

写真を指さした。

「アイスティー⁉　寒くないかい？」

「全然。竹内さんは、ダージリンあたりがいいんじゃないかな」

「ギイは寒さに強いんだね。そのセーターも薄そうだし」

竹内が手を伸ばしてギイのセーターに触れると、

「キャッ」

どこかで誰かが、ちいさく、嬉《うれ》しそうな悲鳴を上げた。

え⁉

さすがのギイも、今度ばかりは周囲を眺める。

「——なに、今の」

竹内の問いに、

「さあ」

ギイは首を捻《ひね》った。「竹内さんが美形なんで、注目されてるんじゃないですか」

「はあ？」

「メガネ、今日はしてないんですね」

ふわり、とギイが笑う。「竹内さんの待ち合わせの相手、恋人だったんだ」

竹内はドッと赤面して、

「あのね、年上をからかうもんじゃないんだよ」

「図星でしたか？」

「ギイ」

窘《たしな》めるように低く言い、「ここ、きみの奢《おご》りだからね」

「いいですよ、誘ったのはオレですし」

ケロリと応《こた》えて、オーダーを取りにきたウェイターに注文をする。

参ったな。

降参の体《てい》で、竹内はギイを眺めた。

悪意がないから、敵わない。どこかわかっているから、敵わない。

「残念でしたね、せっかくのイヴに会えなくて」

ほどなくして運ばれてきた Chocolate Flosted tea をゆっくり飲みながら、ポツリとギイが言った。

竹内はワイルドストロベリーのティーカップを口から離して、

「あ……、うん、そうだね」

ソーサーに置いた。

「あげそこなっちゃったんだ、そのプレゼント」

「そうだ、きみにあげるよ」

言うなり、竹内はポケットから包みを取り出してギイの前に滑らせた。「お茶を御馳走《ごちそう》していただいたお礼ということで」

「でもこれ、恋人のために買ったんだろ?」

「いいんだ。どうせ、渡せないから」

今日を逃したら重起の受験が終わるまでの間、いつ会えるとも知れないから。

「——やっぱりもらえないな。時季外れでも、年明けてからでも、次のクリスマスでもいいから、渡すのが可能な状況ならば、ちゃんと本人に渡した方がいいよ」

我が儘な失望を見透かされた気がして、竹内ははにかむように視線をテーブルに落とした。

「——これじゃあ、どっちが年上か、わからないね」

「どうせひとつしか違いませんよ」

「ひとつ違うと、ずいぶん違うと思ってた」

自分と重起がそうだから。ひとつしか違わないのに、重起は自分なんかより、ずっと大人だから。

思い出すと、会いたくなる。

切なさに、振り回されてしまう。

これは不可抗力の出来事なのに、会えないことが、恨めしくなる。

「持ってると、辛いんだ」

言おうとして、竹内は息を呑《の》んだ。地下鉄の出入り口から飛び出してきた、黒い影。慌ただしく人をかきわけ、遊歩道をまっすぐに走ってくる。三越に向かって。

ガタン! と音立てて、思わず椅子《いす》から立ち上がる。

ギイは竹内へ包みを押し戻すと、

「早くしないと、帰っちゃうよ」

「ごめん、ギイ」

「埋め合わせは、またの機会にでも」

「ありがとう」

カシミアのコートとプレゼントを手に、竹内は店を飛び出してゆく。

「へえ」

ギイはテーブルに頬杖《ほおづえ》を突くと、ライオンの前でキョロキョロして、腕時計を覗《のぞ》きながら、周囲をせわしなく見回している若い男を見た。

「ひとつ上ってことは、高三か。――受験の季節だな」

丈の短い黒い厚手のジャケットにジーンズ、いかにも学生っぽいラフなスタイル。肩にかけたリュックの紐《ひも》を、ずれてもいないのに何度もかけ直してはライオンの周りをグルグル歩く。

「竹内さんて、さっぱり系が好みだったんだ」

ストローを口に運んで、飲みかけて、あ、とギイは呟《つぶや》いた。

「どこかで見た顔だと思ったら、――そうか、そうだったんだ」

何年か前、遊びに行った竹内の部屋に山のようにあったバレーボール関係のスクラップ。壁に貼られていた数枚の切り抜きは、竹内が憧《あこが》れていたセッターの新島重起という選手だった。

「あそこにいるのは、あれから数年後の新島重起だ」

なんだ、そういうことだったのか。

ギイは知らず、深く溜《た》め息を吐《つ》くと、椅子の背凭《せもた》れにもたれかかった。

足元にそっと置かれた、紙袋の中のプレゼント。

似合いそうだったから、つい、買ってしまった。――渡せるあてなど、これっぽっちもなかったのに。

「一生、渡せないかもしれないのにな」

馬鹿みたいだ、オレ。

信号が変わるのもまどろっこしく、青と同時に竹内が和光へと走り、次いで、三越の正面玄関、ライオン側に面した交差点に立つ。

横断歩道ごしに目と目が合った瞬間、ポカンと口を開けて、棒立ちになる学生。

「信号、早く変われ」

呟いて、ギイは伝票を手に、立ち上がった。


ひとりのイヴなんて、淋《さび》しくはない。

淋しいのは、受取人のいない贈り物だ。

「いつか渡すことが叶《かな》うなら、いつまでだって持っている」

愛していると、告げる代わりに。

タクミくんシリーズ完全版1

暁を待つまで

片思いが辛いなんて、思ったことはなかった。


「ギイ！」

階段の途中で、呼ばれて立ち止まる。放課後の、人気のない第一校舎。

風薫る五月の下旬。初夏の気配が漂い始めた、夕方とはいえまだほの明るい空間。

声は上の階から木漏れ日が降るように聞こえてきたのだが、上方へ視線を巡らせてみても、誰の姿もなかった。

——やれやれ、

「またか」

ここへ入学してからの二カ月弱、意味なく呼び止められることは多かった。——校内であろうと寮内であろうと、上級生、同級生にかかわらず。

「呼んでみたかっただけ」

ニヤニヤ笑いと共に、何度その説明《いいわけ》を聞かされたことか。

悪意はない。あるのはただ、好奇心のみ。

良くも悪くも、自分が周囲からひどく注目されていることは自覚していた。それに煩《わずら》わしさを感じつつ、だが、いちいちつっかかっていてはキリがなかった。

だから、軽い気持ちで声を流す。

いつものように、右から左へ。

誰が呼び止めたかなど確かめることなく、そのまま階段を一気に一階まで駆け下りて、渡り廊下を、目的地である別棟の職員室へと向かう。

足早に廊下を進みながら、考えていた。

『ギイ！』

さっきの声。

「……葉山《はやま》の声に、似ていたな」

よく似た別人の声でも、嬉しくなる。

あるはずがないから。

葉山託生《たくみ》が自分を呼び止めることなど、あるはずがないから。

況《ま》してや、彼が自分を親しげにギイと呼ぶことなど、あろうはずがないから。

片思いが辛いなんて、思ったことはなかった。

——あいつの視線の先に自分が映ることはないのだと、知るまでは。

『キツネの温泉
むかしむかし、人里離れた山奥に、キツネの夫婦が住んでおりました。
ある日、巣穴の前に、産まれたばかりの人間の赤ん坊が捨てられていたのです。
キツネの夫婦はやわらかくておいしそうな赤ん坊を、久しぶりのごちそうと大いに喜び、さっそく食べてしまおうとしましたが、赤ん坊が夫婦を見てあまりに無邪気に笑うので、食べるのはしばらく先にすることにしました。

コン、と名付けられた赤ん坊は、山の恵みを受けてすくすくと、素直に美しく成長いたしました。

いつものように、木の実を集めに森の中を歩いていたコンは、山賊に襲われ大ケガを負った若者を見つけました。今にも息絶えそうな血まみれの若者を、コンは必死で抱え上げ、キツネの両親が住む巣穴へと運んで行ったのです。

瀕死の重傷を負った若者に、キツネの夫婦は暗く顔を見合わせましたが、コンは巣穴の近くにこんこんと湧く温泉から湯を運び、懸命に若者の手当てをしたのでした。

その温泉は、血を止め、病を治し、空腹を抑え、心を癒す、それはそれは不思議な温泉なのでした。

コンの懸命な看病の甲斐もあって、やがて若者は深く長い眠りから目を覚まし、そして一目でコンに恋をしたのでした。

すっかり元気を取り戻した若者は、自分は峠を北へふたつ越えた先の大きな里の、大きな庄屋の跡取り息子で、家人が心配しているであろうから一刻も早く帰らねばならないことを告げました。

コンも連れて行きたいと申し出た若者に、キツネの夫婦はどうしても首をたてには振りません。

仕方なく、若者はひとり、山を去りました。

コンは若者恋しさに、日々泣き暮らしておりましたが、山を出る勇気はありませんでした。人里へ下りたキツネがどんな目にあうか、知っていたからです。コンは、自分は両親と同じキツネだと思っていたのです。

コンの涙はとめどなく流れ、やがてどんどんと体がしぼんでゆき、ついには小さな花になってしまいました。

キツネの夫婦はコンの花を、北の里が見える山の斜面に移してあげました。そうしてコンはいつまでも、遠く若者を慕いながらひっそりと咲き続けたのでした。

おしまい』

「中山《なかやま》先生、これ、コピーさせていただいてもよろしいですか？」

薄い本を手に三洲《みす》新《あらた》が訊いた。タイトルは『地方のむかしばなし』。

放課後の図書室、貸し出し受付カウンターの中で、慣れないコンピュータの画面と長時間に互《わた》り険しい表情で睨めっこをしていた司書の中山女史は、

「あら、それ」

眉間の皺が一瞬で掻き消える朗《ほが》らかな笑顔で、三洲から本を受け取った。

やけに明るいリアクション。

一抹のイヤな予感を抱きつつ、

「この本が、何か？」

けれど、さりげない口調で三洲が訊くと、

「三洲くんもなの？」

中山女史は、興味深げにページをめくって、「そんなに面白い本なの、これ？」

反対に、訊いてくる。

むかしばなしという子供向けのタイトルに反して、明らかに子供向けではない粗末な作りのその本は、使われている紙の目も粗く、表紙のイラストの色味も少なく、少部数の自費出版の印象が強い。

表紙の隅には『禁帯出』の赤いスタンプ。──借りたくとも借りてはゆけない、持ち出し禁止のマーク付き。

「いいえ、まだちゃんと読んでないので、面白いかどうかは」

三洲はにこやかに微笑むと、「──も、ってことは、他にも誰かこの本を？」

そつなく続ける。

「ええ、そう。一昨日ギイくんが、同じようにコピーさせてくれって、書庫から持ち出してきたのよ」

「……へえ」

人里離れた山の中腹にポツンとへばりつくように建っている、全寮制男子校、私立祠堂学院高等学校。長い歴史を持つ祠堂は、その草創期には数名の側仕えを従えた良家の子息のみ入学を許されていたそうなのだが、現在は庶民の子息もたくさん机を並べている。もちろん、側仕えなどひとりも同伴せずに。

ブルジョワな匂いが限りなく希釈されている現在、だがその中に、今年はとてつもない御曹司が混じっていた。三洲と同じ本年度の新入生である、通称ギイ、こと、崎義一。アメリカから留学してきた、世界屈指のセレブリティの御曹司である。

その素性もさることながら、常人離れした抜群のルックスと、頭脳の明晰さ、カリスマ性溢れるリーダーシップ、加えて自分のバックグラウンドをこれっぽっちも鼻にかけないフランクで友人思いの性格等々と、それはもう文句のつけようがないスペシャルっぷりなのであった。

輝くばかりのその存在は注目や関心を集めるだけでなく、誰もが（わずかな例外を除いて）彼と親しくなりたいと願わずにおられない、あやかしのごとき魔力をも秘めていた。——友人に。できればもっと、親密な間柄へと。

わずかな例外のひとりである三洲新は、彼一流の柔和な笑顔を微塵も崩さずに、だが、複雑な心境で本へ目を落とした。ということは、彼も知ってるということだ。——彼も、ゲームに参加している、ということだ。

「意外だな……」

相楽《さがら》をあんなに煙たがっている崎義一。てっきり、今回の企画には、誘われても参加しないものと思っていた。

尤も、ゲームの発案者、企ての首謀者である相楽元生徒会長、こと、相楽貴博《たかひろ》は現在、大学受験の為に実家に帰省しており、祠堂にはいないのだが。

「崎は、他に、どんな本を？」

こ狡《ずる》い質問と承知だが、ここはひとつ情報戦と行かせてもらおう。

「この本は禁帯出だからコピーを取るだけだったけど、スタンダードな日本むかしばなしや地方の歴史書を、手当たり次第に借りて行ったわよ」

「へえ……」

「やっぱりあれかしら、アメリカ人のギイくんにとっては、日本のトラディショナルなストーリーや歴史書って、新鮮だったり、エキゾチックで興味をそそられるのかしらね」

「かも、しれませんね」

日本人より日本語が堪能なあの男が、今更そのような可愛らしい動機で動いたりはしないであろうが、とはいえ訂正する必然性も感じないので、三洲は適当に頷いてみせた。

それにしても。

「手当たり次第か」

それは参ったな。


「ううう、さっむいなあ」

学校中に張り巡らされたスチーム管、温泉を使った暖房設備により教室の中はぽっかぽかなはずなのに、片倉利久《かたくらとしひさ》は、いじめられた亀のように首をぎゅぎゅっと竦《すく》めると、隣の席の学生へ、震えながら話しかけた。「なあ託生ィ、小銭持って来てる？」

1－Cの教室、

「持ってるけど」

帰り支度の手を止めて、葉山託生が振り返る。

「お金、借りていい？　部屋に戻ったら返すから」

「でも百円とちょっとしか、持ってないよ？」

「ううん、充分、それで、充分」

「なに、利久、どうかした？」

真冬であろうと元気溌剌《はつらつ》が取り柄である利久が、やけにぶるぶる震えている。

「帰りにどこかの自販機で、なんかあったかい飲み物買いたいんだ」

「お金貸すのは全然かまわないけど、でも利久、寮に戻れば無料の給湯器による熱湯で、部屋のインスタントコーヒーが飲めるけど？」

「ちゃうちゃう、途中で飲みたいの。飲みながら、帰りたい。外、雪じゃん。雪の中、あったかい飲み物持参で歩きたい」

「帰るって、まっすぐ？　弓道部は？　今日、活動休みなのかい？」

「関節痛いから、俺、風邪ひきかけてるから、今日はパス」

「そうなんだ」

言われて見れば、確かに、風邪っぽい表情な、気がする。「でも、そんなにあったまりたいんなら、飲み物なんて買わないで、使い捨てカイロ買えばいいのに」

「購買に使い捨てカイロ、売ってないもん。学食の売店まで行かないと、ないもん」

拗《す》ねたように、利久が言う。

「あ、そうなんだ」

「学食、寮より向こうじゃん」

「そうですね」

頷きながら託生は小銭入れを取り出して硬貨を数枚利久の机へ並べた。──手渡しでなく。

利久は一枚ずつ硬貨を手のひらに乗せると、

「サンキュ。助かったー、託生がお金、持って来てて」

「昼休みに購買でノート買う予定だったから。──行き損ねちゃったけど」

「おかげで俺は、助かりました」

へへへと笑って、「あっ、もしかして今からノート、買いに行きたい?」

いきなり心配になって、付け加える。

「いいよ別に。もう今日の授業、終わったし、ノートは明日、買えばいいし」

託生が言うと、利久はまた、へへへと笑って、

「風邪、託生に伝染《うつ》さないよう気をつけるからさ」

胸の前で、ちいさくVサインを出した。

じゃ、帰ろうか。と、ふたりが席から立ち上がりかけた時、

「っと、ストップ」

いつの間にか、そこに赤池章三《あかいけしようぞう》が立っていた。

前期に引き続き後期も風紀委員なんぞというオカタイ役目を、だが、軽々とやってのけている、同い年とはとても思えない、落ち着きのあるクラスメイト。

「葉山、今日から三日間図書当番だから、よろしく」

簡潔に告げて、さっさと立ち去る。

利久はポカンと、章三の後ろ姿を見送って、

「託生って、図書委員、だったっけ？」

不思議そうに訊く。

「……違うけど」

「違うのに、いきなり、よろしく？」

「図書当番の仕組みって、よくわかんないから」

「俺にもよくわかんないけど、うわあ、なーんかテキトーに割り振ってる気がするなー。いいよ託生、真面目に受け取らなくても。どうせサボってもたいしたことないから。うちの図書室いつだってガラガラだもん。図書室には司書の中山先生がいるんだから、先生ひとりでも、どってことないって」

「うん……」

頷きつつ、託生は無意識に教室を見回した。

帰り支度にいそしむ、たくさんのクラスメイトたち。赤池章三は自他共に認める相棒のギイ

と、なにやら楽しそうに話しながら、荷物を手に教室から出て行こうとしていた。

　ふと、ギイの視線が章三から逸れて、こちらへ流れた。――自分へ向けられた眼差しではないとわかっているのに、託生は咄嗟《とっさ》に目を伏せる。

　間違ってでも、彼とは視線を合わせたくない。自分の声も、聞かれたくない。

「利久、ぼく、行くだけ行ってくる」

　ちいさな声で託生が言うと、利久はびっくりしたように、

「なんで？　行かなくて全然大丈夫だって。図書当番なんて、マトモにやってる奴の方が少ないんだから」

「そうだけど……」

「それに、図書当番って二人一組だろ？　ろくに話したこともない、他のクラスの奴と一緒なんだぜ？　しかも、上級生かもしれないんだぜ？　今の時期、受験でほとんどの三年生、いないから、俺たちの苦手な二年生かも、しれないぜ？」

「……うん」

　曖昧《あいまい》に頷きかけた時、

「へえ、葉山、図書当番サボるんだー」

　クラスメイトのひとりが、大袈裟《おおげさ》に声を上げた。

「えー？　そりゃ困るなあ。二クラスでひとりずつ、年間を通して全部のクラスに均等に振り分けられてるのに、うちのクラスだけ出てないなんてことになったら、1－Cの評判、悪くな

っちゃうぜ」

別の誰かが、尻馬に乗る。

「な、なんだよ、お前ら」

ムッとした利久が、「お前らだって図書当番、サボったことくらい、あるだろう」

「なーいよー、サボったことなんかー」

「ウソつけ！」

「それでなくとも、葉山が1－Cにいるってだけで、うちのクラス、注目の的だもんなー」

「迷惑だったら、ありゃしねー」

「ちょっ、お前ら——！」

憤慨しかけた利久へ、

「片倉もさあ、いくら同室だからって、こんな嫌われ者、よく相手にしてるよなあ」

言いながら近づいてきたクラスメイトが、いきなり託生の制服の腕を摑んだ。

反射的に、託生がその手を振り払う。

「——っとと！」

払われた拍子にバランスを崩しかけたクラスメイトは、大袈裟に数歩後ろに下がると、「その過剰反応もさ、いい加減にしてもらいたいよ。そんなに人づきあいが苦手なら、なんでここに来たんだよ、全寮制の学校なんかにさ」

だが託生はじっと固まり、返事をしない。

青ざめた表情。風邪をひきかけた利久より、もっと顔色はひどかった。

「そんなことお前らに関係ないだろ！　託生がどの高校に進学するにしても、そんなの、本人の自由なんだからさ！」

利久がムキになって食ってかかるが、

「人間接触嫌悪症かあ、つくづくナイスなネーミングするよなあ、うちの級長」

「さすがギイ、だよなあ」

彼らは嫌がらせの手を止めない。

「そうだ葉山、いっそ来年から、地元の高校に転校すれば？　もう二月だし、ちょうど、じきに一年が終わることだしさ」

「あ、でも、そんな調子じゃ、地元の高校でも嫌われ者かー。八方塞がりだな、葉山ー？」

からかうクラスメイトたちの声は、けれど幸か不幸か、託生の耳には届いていなかった。

体の震えと、吐き気を伴うたまらない嫌悪感と、それらにじっと耐えるだけで、精一杯で。

「葉山ー、ついでにこれ、返しといてー」

託生の机の上に、図書室の本がポンと置かれた。

「自分が借りた本なら、ちゃんと自分で返せよな！」

利久の意見などまるきり取り合わず、

「じゃあな、よろしくー」

それが合図だったかのように、皆がけらけら笑いながら、教室から出て行く。

利久はきつく口を結ぶと、

「……託生、大丈夫か？」

悔しさを隠して、そっと、訊いた。

託生はちいさく頷くと、机の上の本を取り、

「図書室、行ってくる」

走るように、教室を出た。


「どうしてですか？　高校生活最後のレクリエーション大会なのに、参加しないんですか、麻《あ》生《そう》先輩？」

利発な眼差しの後輩が、不思議そうに訊く。

大学受験もいよいよ佳境となる二月のこの時期、図書室の中は普段の私語厳禁の空気が心なしか薄れていた。

三年生は現在自由登校の身なので、自宅学習を選んでも全然かまわないのだが、敢えて実家には帰らず、祠堂に残って受験のラストスパートをかけている必死な仲間がそこかしこで、頭脳提供という名の教え合いっこで、苦手な教科の克服を図っているからである。

放課後は、そこに二年生や一年生の姿もちらほらと混じり、

「せっかく相楽先輩が置き土産として提供して行った企画なのに、楽しまないなんて損かもですよ？」

賑やかさが何割増しかになる。

書架から分厚く重い広辞苑をよっこらしょと引き抜いた、最上級生になった今でも新入生と見間違われそうな、童顔で小柄な麻生圭《けい》。女の子扱いするわけではないのだが、つい、手伝おうと手を伸ばしかけた奈良《なら》は、ジロリと睨まれ、

「すみません」

急いで手を引いた。

「だーってさあ」

麻生は気怠げに言いながら、空いている席へ適当に座ると、両手で抱えていた広辞苑を図書室の大きな机の上へドサリと置き、「昔から相楽の企画、俺の趣味にぜんっぜん合わないんだもん、ダッサダサで」

容赦ない発言をして、

「ださださ……？」

隣に座ろうとした奈良を、躊躇《フリーズ》させた。

「それより奈良ー、俺、さすがに家にいるのに飽きてきてさー。年内に推薦でさくっと大学に合格したものの、やることないのに親がバイトさせてくんないし、運転免許はもう取っちゃったし、遊びに行くにもまだみんな受験中だし、かと言って一人で遊ぶのはビミョウだし、あまりに退屈だから学校へ戻って来たんだけど、何か面白いこと、ないかなあ？」

と、訊く。

「……はあ」

奈良俊介《しゅんすけ》はちいさく苦笑すると、「相楽先輩の企画は、麻生先輩の退屈しのぎにすらならない。と、いうことでしょうか？」

気の毒さを隠せぬ口調で、訊いてみた。

ところで、これから受験の本番を迎える人々が周囲にいるのに、麻生の無神経とも映るお気楽な発言に対してクレームがひとつも発生しないのは、麻生が進む科がかなり特殊で、ハードルもさほど高くなく、羨ましがるには多少、難があるからであった。

幸いにして。

「企画ったって、祠堂の祠の字に由縁する『祠探《ほこら》し』だよ？　そんなの、入学したら誰でも一度は調べるじゃないか。奈良だって、調べただろ？」

「そうですね、一度はふと、疑問に感じますからね」

奈良が頷く。「祠堂学院と、校名にわざわざ『祠』の字が付いてるくらいなんだから、当然どこかに祠があると思いきや、構内のどこを探しても祠のほの字もありませんから」

「学園の方が創立が先で、あちらに祠があるんじゃないか、とかさ」

「園の方が新しいから、それはないです」

「わかってるよ。今のは誰もが通る道を示しただけ」

ムッとした麻生に、

「あ、すみません」

奈良は急いで謝罪する。

「くだらないこともひっくるめて、あれこれぐるぐる考えて、暇つぶしも兼ねて、林の中、探索したりしただろう？」

「しますね、一度は」

「でも結局、誰にも、何もみつけられないということは、だよ？　そんなもの、どこにもないってことだろう？　校名は、きっと創立者の趣味か、個人的な理由か事情があったんだよ。この土地に由来したことじゃなくてさ」

「それが麻生先輩の結論ですか？　やるだけ無駄だと？」

「面倒クサイ。——それに、寒い」

「……はあ」

「どこもかしこも一面雪だらけの真冬にさ、なんで外で祠探しすんの？　なんでそんな効率の悪いこと、わざわざ今、しなきゃならないんだよ」

「まあ、そうですけど」

「俺たちに風邪をひかせたいのか、相楽のヤツ」

「それは、違うかと思われますけど」

「相楽って、第一希望の入試、いつ？」

「来週あたりじゃないですか？」

「終わったら戻って来る気かな？」

「それは、まあ、当然そうでしょう」

　この企画の発案者だから、というだけでなく、「ここには未練がたっぷり残ってるらしいですから、相楽先輩」

「ああ」

　軽く頷いて、麻生が笑う。「諦《あきら》め悪いよなあ、ギイとどうにかなりたいなんて、メダカが富
士山に登るようなものなのに」

「絶対不可能ってことですか？」

「ううん、とんちんかんってこと」

「とんちんかん？」

「相楽がどんなにギイを好きでも、ギイは無理だよ、そういうんじゃないから」

　麻生の説明は、わかるような、わからないような。

「そうじゃないなら、どう、なんですか？」

「んー？」

　麻生は隣に座る長身の奈良を、上目遣いに見上げると、「それは、ナイショ」

　のんびり笑った。

「麻生先輩って、崎と入学前から親しいんでしたよね」

「うん、まあね」

「崎のこと、裏でこっそりギイと呼べても、本人を前にしてそう呼べる上級生って、実はほと

んどいませんからね」

「あの相楽でさえ、ギイとは呼べない」

言って、麻生がくすくす笑った。

「むしろ同級生たちは、気楽にギイと呼んでますよね」

「そうなんだよねえ。先輩って、それだけで、年上ってだけで、有利だけど、不利だよねえ」

「多少の横暴が許される代わりに、どうしても、後輩には距離を感じられちゃいますからね」

「礼節という名の遠慮をね。そういうの、取っ払うの、けっこう大変だよねえ」

麻生は言って、じっと奈良を見る。

「――え。今の、俺へ、ですか？」

「ううん、別に、リクエストはしてない。奈良はいいよ、そのままで。ぶっちゃけた奈良なんて、柴田《しばた》がマッチョになるくらい、似合わないし」

麻生の譬《たと》えに、奈良は爆笑した。

そこそこ賑わっていても、さすがに爆笑は注目を集める。奈良は周囲に謝罪を込めた一礼をして、気持ち、声をちいさくして、

「実に的を射た表現でした」

麻生へ告げる。

すらりとした和風美青年の柴田俊《しゅん》。奈良と同じ二年生で、華族の血が流れているのだと聞かされたら誰もが納得してしまうであろう、気品のある男である。

「崎をギイと呼んでるのって、麻生先輩と、……あ、渡波《となみ》先輩も、そうでしたね」

そもそも面と向かって『ギイ』などと、基本、よほど親しくなければ愛称でなんか、とても呼べない。——同級生であろうと、先輩であろうと。

もしくは、相当、年上か。

奈良はカウンターでコンピュータの画面を食い入るようにみつめ続けている司書の中山女史を、こっそり眺めた。彼女はおそらく、祠堂で一番の自由人だ。

「ああ、渡波ね」

麻生はわざとらしく眉を寄せ、「あいつは相楽以上に図々しいからなあ。相楽と違う方向であいつとも趣味が合わない」

「でも、渡波先輩の方は——」

うっかり言いかけて、奈良は慌てて口を噤んだ。

「ポーズだから。奈良、あいつのは」

案の定、更に眉を顰《ひそ》めて、麻生が突っ込む。「渡波と相楽、ふたりの共通点はあれだな、真冬にヒーターが要らないくらい、暑苦しいってことかな」

「確かに、ふたりとも前向きな性格をしていると思いますが——」

「あの暑苦しさは、迷惑だよ。だから相楽、ギイにも嫌われるんだ」

「嫌われる……」

本人に聞かれたらこの世の終わりと号泣されそうな単語を呆気なく口にした麻生は、裏でこ

っそり組でない、ギイに向かってギイと呼びかけることのできる特権を持つ者の強気な調子で、

「分相応という単語を、そろそろ自分の辞書に入れるべきだね、相楽は」

言い放つ。

麻生の手厳しいコメントが果たして正当な評価なのか、奈良には今ひとつ判然としないのだが、麻生圭からは酷評の嵐の相楽貴博だが、けれど間違いなく相楽は、祠堂の歴史に残るであろう、在校生にして既に『伝説の男』である。なにせ一年生の後期から三年生の前期まで四期続けて生徒会長を勤め上げた、祠堂学院史上、前代未聞の学生なのだ。

この評価のギャップ。言い換えれば、さすが、仲良しさんだ。

「でも麻生先輩、相楽先輩はいつもテンションの高い人ですけど、それが原因で崎に嫌われるってことは……」

「とにかく奈良、俺なんか誘ってないで、いっそ在校生たちに広く参加者を募れば？　御利益目当てに、きっと盛り上がるよー」

「念の為に断っておきますが、別に俺の了見が狭い等ということではなくて、こういうことは一部の学生でこっそりやるから楽しいんじゃないですか。広く募ってどうするんですか」

「じゃあ募らなくてもいいよ。でも、俺も誘わなくていいよ。今回は珍しくギイも参加してるんだろ？　それだけで、相楽的には満足なんじゃないの？」

「それは、まあ、そうなんですけど」

「なんとギイ、相楽のイベント初参加、だろ？　最初にして、最後？」

「じゃあね」

「けど、俺を口説くよう相楽に頼まれてきたんだろ？　だから奈良からそう伝えておいてよ。

「俺は相楽先輩じゃありませんけど」

「なら、それでいいじゃん。良かったね、相楽」

「はい、……まあ」

「喜んでただろ、相楽？」

「はい」

　言って、麻生は机に突っ伏す。

　彼の前に置かれた、開かれることのない分厚い広辞苑。──図書室で広辞苑を枕に堂々と寝ようとするなんて、祠堂広しといえど、そんな酔狂な真似をするのはこの先輩くらいだ。

「差し出がましいかもしれませんが、麻生先輩、そんなに眠いようなら学生寮へ戻ったらいかがですか？　ベッドの上で、のびのびと体を伸ばして眠った方が──」

「ここがいいんだよ。あったかいし、本に囲まれてると落ち着くし」

「でも、広辞苑は、ちょっと」

「枕には、広辞苑がいいんだよ。三年かけて、ようやく発見したんだ。この高さがバッチリなんだぜ。すごいよね。人間工学に基づいてこの厚みになったのかなあ」

　人間工学……。

「一見誉めてるようですが、麻生先輩」

辞書の厚みは科学の研究成果から算出されているわけではないので、「とはいえ、広辞苑の著者には喜ばれないかと……」

「表紙がひんやりしてて、気持ち良いんだー」

「それも、誉めてませんよ？」

「よだれは垂らさないから」

「そんなことは気にしてません」

「じゃ、垂らしてもいいんだ」

「そうじゃなくて──」

言いかけた時、足早に図書室へ入って来る一年生が目に入った。

俯《うつむ》いて、やけに張り詰めた表情をした、一年生。

「あ……」

麻生が嬉しそうに、顔を上げる。「葉山くんだ」

葉山託生。ひどくクセのある、一年生。

「先輩の密かなお気に入り、ですね」

「そ。ナイショでこっそり応援してるんだ」

「応援？　って、何するんですか？」

「心の中でガンバレーってエールを送るのさ」

「でも、ナイショでこっそりだと、相手にはなかなか伝わらないですよね」

「まあね」

「楽しいですか、そういうの」

「楽しいよ？　――なあ、ここだけの話だけどさ」

いきなり声を低くした麻生に、反射的に耳を近づけた奈良へ、「ナント、葉山くん、俺にはさほど、警戒しないんだよ？」

麻生は、とっておきの秘密を打ち明けるように、言う。

「そうなんですか？」

それは、ある意味、すごいかも。

いつでもどんな時でも、全身、これ警戒心のカタマリ。な、葉山託生。

「これもひとつの、以心伝心？」

「かもしれませんね。――葉山って、崎と同じクラスでしたよね」

「そうそう、ギイのクラス」

「あの崎が、けっこう手を焼いてるらしいですけど？」

「らしいね、うん」

過剰な警戒心が災いして、些細なきっかけで厄介な揉め事を引き起こす、常習犯。

「なにかコツでもあるんですか？　葉山を警戒させないような」

「さあ？」

のんびり首を傾げた麻生は、「それにしてもラッキーだなあ。今日、図書当番なんだ、葉山くん。わざわざ図書室へ昼寝に来て正解だったなあ」

「わざわざって。――暇だと、いつも図書室で昼寝してるじゃありませんか、麻生先輩」

ある意味、日常の光景でもある。

「わざわざ！　祠堂に戻って来て良かったなあ」

「――はい、そうですね」

さすがにそれは、

「邪《よこしま》な意味じゃなくてさあ、卒業までに一度、触りたいなあ」

「あり得ない、感じですけど」

笑った奈良へ、

「握手だけでもいいんだけどなあ」

麻生はボソッと野望を口にする。

「……麻生先輩の好みが葉山なら、確かに、相楽先輩とも渡波先輩とも、趣味は合わないかもしれませんね」

奈良はちいさく、溜め息を吐いた。

呼び出しから五分を過ぎても不在だと、切られてしまう寮の電話。

「もしもし？」

放課後になってすぐというタイミングでは、呼び出す相手がまだ校舎にいる可能性の方が断然高いのに、掛け直しを余儀なくされるとわかっているのに、どうにも我慢できなくて、掛けてしまった。

が、呼び出しからほんの数秒も待たずに、相手が出た。

「び、びっくりした」

渡波正則《まさのり》は心底驚いて、「どうしたんだよ、ギイ?」

と、訊く。

ギイは噴き出して、

「どうしたんだはオレのセリフですよ、渡波先輩。掛けてきたのはそっちなんですから」

「——あ、そうか」

そうだった。

学生寮の一階に、数個の電話ボックスが、そこそこの間隔を空けて一列に並んでいる。

呼び出しの放送を受けてすぐ、指定されたボックスの、外されていた受話器を取り上げ、

「今日あたり渡波先輩から電話がありそうな気がして、授業が終わってから、ソッコー寮へ戻ってたんです。良い読みでしょう?」

「……それ、俺をからかってるのか?」

ギイが言う。

決まり悪げな渡波へと、

「もちろん、からかってますよ」

悪びれない後輩は、けははと笑って、「今朝、戻ってきましたから、麻生先輩が」

ズバリと核心を突いてくださる。だがおかげで、

「麻生の奴、どうしてる?」

照れずに切り出すことができた。

「例によって、今頃は、図書室でのんびりお昼寝タイムじゃないですか?」

「うわ。それはまた、受験生の神経、逆撫でするようなことを」

「大丈夫ですよ、麻生先輩、癒し系というか、和み系というか、いるだけで緊張感のそがれる祠堂のマスコットですから」

「ああ、動くぬいぐるみってヤツ?」

前に誰かがそう評していた。

「そう、ぬいぐるみ。着ぐるみではなく」

「なあギイ、動くぬいぐるみと着ぐるみって、どう違うんだ?」

「もったり感、ですか?」

「もったり感? ——よくわからんが、でもあれだな、麻生は動くぬいぐるみというよりは、むしろ自然児だな」

「わかりました、渡波先輩にとって麻生先輩は、癒し系ではなく、自由系なんですね」

ギイは頷き、「とはいえ、渡波先輩が危なっかしく思ってるほど、頼りなくはないですよ」

「頼りないなんて、思ってないけどさ」

「少なくとも、ご自分の受験の本番が目の前だというのに、それ以上に心配されるほど、危なっかしくはないと思いますけど？」

「……まあな」

「そうやって、あからさまに心配するから、俺を何歳だと思ってる！　幼稚園児じゃないんだぞ！　って、麻生先輩の不興を買うんですよ？」

「……まあな」

「でも、心配なんですよね？」

笑うギイに、渡波も苦笑する。ここまでくると、一種の条件反射みたいなものだ。

「麻生の奴、無神経なわけじゃないが、風の向くまま気の向くまま、だからなあ」

顔を見ると、見なくとも思い出すだけで、気になって仕方がなくなる。「図書室の机の上で大の字になって、寝返り打った拍子に床へ落ちてやしないかとか、同室者のブレザーを気づかずに着て、困らせてやしないかとか、心配の種は尽きなくてさ」

「しかも麻生先輩ときたら、なんか今日のブレザー、ぶかぶかしてる。まあ、いいか。で終わりでしょう？」

「そう。それ」

万事に無頓着で、悪気はないから恨まれるようなことにはならないが、粗相に気づいても、あ、ごめんと軽い調子で言うだけで、ずっとそんなだったから、「俺が麻生心配性になった原因は、麻生本人にあると思うんだけどなあ。なのに、うざったいとか言われて、さあ」

「三年間、いろいろとフォロー、お疲れさまでした」

「麻生にとっては、大きなお世話、だったようだけどな」

「そうだ、渡波先輩、相楽先輩の例の企画、ご存じですか?」

「え? あ、祠堂の祠探しゲームのことだろ?」

「なんでも、どんな願いでも叶う、御利益バッチリの祠らしいですよ」

「あるわけないだろ、──あ、祠じゃなくて、どんな願いでも叶う、なんて魔法みたいな現象がさ」

「それはまあ、最後のレクリエーションですから、ウソでもホントでも、御褒美は豪華に越したことはありませんので」

「なに、もしかして、みんな本気でやってるの?」

意外そうに、渡波が訊く。

「御利益目当て、ではなさそうですけど、そこそこ楽しんでるようですよ」

「麻生は?」

「さあ、それは知りませんけど」

「──興味なさそうだもんなあ、御利益にも、祠にも」

「もう大学受かっちゃってますしね、別段、恋人も要らないようですし」

「………はああ」

渡波の深い溜め息に、

「いっそ、渡波先輩が祠探しに参加したいくらいですか？」

茶化して訊くと、

「願い事なら、わんさかあるからな、俺には。祠の御利益でひとつでもふたつでも叶えてもらえたら、どんなにありがたいか」

素直な渡波は、あっさり同意する。「で、ギイは？」

「はい？」

「そこそこ楽しんでるんだろ？　ああ、でも、あれか。ないか、ギイにも」

「なにがですか？」

「願い事。——全部持ってるもんな、お前」

「そんなこと、ないですよ」

「家柄だろ？　容姿だろ？　頭も良いし、将来性もバッチリだし、女の子にもモテモテで、——じき、バレンタインだな。ふもとの女の子たちから、どっさりチョコが届くぞ、ギイ。いいなあ、羨ましいなあ」

「先輩、話、脱線してますけど」

「ああ、だから、欲しいものなんか特にないだろ、ギイ？」

「……そうですね」

「取り敢えず俺は、麻生が今日も一日、無事ならいいや」

ストンと、渡波が言う。

「そうですね」

今日も一日、無事ならいい。「明日も元気なら、もっといいですね」

「おおギイ、わかってくれるか？　そうなんだよ！　そういうことだよ！」

たいそうな望みなど、持っているわけではない。

少しでも心安くいてくれれば、それがなによりなのだから。


「それにしても、呆れるほど穴だらけの話だな」

444号室。三洲新と、同室の児玉力也《こだまりきや》の部屋。

自分の机に向かってポツリと呟いた三洲へ、

「え、何が？」

楽しそうに、ベッドに寝転がって雑誌を読んでいた児玉が顔を上げる。

「ん？　別に、なんでもないよ」

柔らかく返事をして、三洲はまた、机へ視線を落とした。

何度か読み直した『キツネの温泉』。

この長さで人ひとりの人生のスタートから終わりまで書かれているのは、すごいと言えばすごいのかもしれないが、それにしても、穴だらけ。

むかしばなしってこんなのばかりだったか？　そもそも、——そもそも、心も癒せる温泉ならば、コンの心も癒せるだろ。花になんかならずに済む。なぜ温泉につからない。

だが、つっこみどころ満載のこの話が、重要なファクターのはずなのだ。

ここから何を拾えば良いのだろう？

「……崎は、これ、どう読んだかな」

「キツネの温泉？　あれ？　現国にそんな課題、あったっけ？」

ベッドから起き出してきた児玉が、三洲の肩越しにコピーを覗《のぞ》く。

「ないよ、そういうんじゃない」

「じゃあ三洲の趣味？　童話とか、好きなの？」

「それも違うけどね」

言ってふわりと微笑んだ三洲に、うっかり赤面しつつ、

「崎って、ギイ？　あ。もしかして、三洲とギイとで、新しい同好会とか、作るのかい？」

児玉が訊く。

「作らないよ」

「なんだあ、三洲とギイが揃うゴージャスな同好会なら、絶対混ざろうと思ったのに」

「別に俺と崎のふたりじゃ、ゴージャスになんかならないだろ」

謙遜しているのか本気でそう思っているのか、判断つきかねる柔らかな三洲の口調。

「そんなことないよ、充分、ゴージャスじゃないか」

わからないので、取り敢えず、本音を口にしておく。

「それは、どうもありがとう」

またしても柔らかく微笑まれて、児玉はそれ以上この話題を続けられなくなった。——社交辞令のような礼を言われて、よそよそしさは感じないものの、それだけで、柔らかな何かに道を塞がれたような気がした。

もう少し三洲と話していたいのに、とはいえ別の話題もみつけられず、児玉は仕方なくベッドへ戻る。

三洲とは、初めまして、と挨拶を交わした入学直後からかれこれ一年、この部屋で寝起きを共にしているけれど、なぜか親しさが深まった気がしない。

最初からとてもきさくで、友好的で、一年経ってもそのスタンスに変化はなく、表面的には喜ばしいことなのかもしれないが、一年も一緒にいるのに、ちっとも彼へ、近づいていないような、気がした。

コピーをじっと眺めている三洲の整った横顔が気になるけれど、どうしても話しかけるのが憚《はばか》られて、児玉はおとなしくベッドへ戻ると、読みかけの雑誌に視線を戻した。

「葉山くん、今日、図書当番なんだあ」

小柄な麻生の、子犬のようなくりくりの目に見上げられて、

「……はい」

攻撃を避ける警戒心ではなく、無邪気に近づいてこられることに当惑した警戒心で、託生は僅かに顎を引く。

警戒はするが、だが、嫌な気分ではない。

この先輩はいつだって、にこにこしながら近づいてくる。託生の人付き合いの苦手さを承知しているのか、人目がある場所ではつい頑《かたくな》になってしまう託生への気遣いか、たいていは図書室で、他にあまり人がいない時に。

今は、図書室そのものはかなりの賑わいを見せているのだが、返却された本をそれぞれの棚へ戻す作業をしている託生の周囲には、特に人はいなかった。

「図書当番、サボる連中多いのに、葉山くんって一度もサボったこと、ないよねえ?」

「……多分」

今日のように、たいていは放課後に突然告げられて、部活に所属しているわけでも委員会に所属しているわけでもない、放課後に特に用事のない託生は、本が嫌いでないということもあり、自ら進んで図書当番をサボるようなことはしなかった。――伝達ミスで、そうと知らない場合、以外。

「手伝おうか?」

「え……」

「本、棚へ戻すの」

「いいえ」

短く首を振る託生へ、

「もうひとりの図書当番、サボりだろ?　そういう日に限って、返却本が多かったりするんだよねえ」

「いえ、ひとりで大丈夫です」

断る託生は、熱心に受験勉強をしている三年生たちを、そっと振り返る。

「あ、俺、違うから」

麻生は笑うと、「もう受験、終わってんの。実家にいても暇だから、学校に戻ってきただけで、やることなくて退屈してたんだ。心配してくれなくていいよ？」

「あ、そ、うなんですか」

とはいえ、やはりどんな表情をして良いのかわからない、という困惑した眼差しで、託生は再び、三年生たちを振り返る。

優しいなあ、葉山くん。

「合格おめでとうって、言って？」

「……あ、お、めでとう、ございます」

「ありがと」

麻生はまた、にっこり笑うと、「はい」

手のひらを差し出す。

「……え」

「本、手伝うから」

「いえ、でも……」

「ここに本、乗せて？」

にこやかに促され、じっと動かずに手のひらを差し出され、やがて託生は気の進まない表情のまま、それでも一冊、本を乗せた。——手と手が僅かにでも、触れないように。

おそらく祠堂では知らない者はいないであろう、葉山託生の人間接触嫌悪症。面白半分で嫌がらせをされることも多々あったが、この先輩は承知だからこそ、距離を置いてくれる。

手伝うよ。と言って、いきなり本を奪ったりしない麻生に、ホッとしていた。

「——葉山くんは、本に囲まれてると落ち着く方？　落ち着かなくなる方？」

本を手に、きちんと棚毎にジャンル分けされた書架の間を歩きながら、麻生が訊く。

「どちらでも、ないです」

「俺はさ、落ち着く方。でも読書はあまりしないんだな、これが」

笑った麻生は、「葉山くんは、読書は好き？」

「それなりに、ですけど」

「いつもどんなの読んでんの？」

「推理小説、とか、ですけど」

「和物？　洋物？」

「どちらでも」

「へえ」

あった。と、麻生は本を、棚へ戻す。「はい、次」

また手を差し出され、託生は苦笑しながら、もう一冊、手渡した。

「あれ、これ？」

麻生が面白そうに、目を見開く。

禁帯出の赤いスタンプが燦然と目に眩しい（？）『キツネの温泉』。

「ギイと三洲新くんがコピーして行った、話題の本だ」

「……え」

ギイ、の名前に託生が立ち止まる。

託生がいきなり歩みを止めた理由に心当たりがあるわけではない麻生は、

「そう、どこで話題かと言うとね、俺の中で」

ようやく話題に食いついてくれたのかと、愉快そうに続ける。「へえ、どれどれ？　ギイのみならず、三洲くんまで注目してる本ってどんなんだ？」

むかしむかし、人里離れた山奥に――。

「ははは、これ、祠堂みたいなシチュエーションだね」

麻生は笑って、「うーわ、こりゃまたシンプルな『むかしばなし』だなあ」

数分とかからず立ったまま読み終えて、言う。

本の表紙をぱたりと閉じて、

「どんな病も治す温泉かあ、そんなのあったら、すごいよねえ」

麻生は何の気無しに、「そしたら葉山くんの接触嫌悪症も治るのに」

と、続けた。

託生は、押し黙る。

治る？　これが？

「あ、そうか、つまりこいつが相楽の娯楽か」

マイペースで話を続ける麻生は、「知ってる葉山くん？　今さ、生徒の一部でちょっとしたレクリエーションやってるんだよ。首謀者が三年生の相楽でさ、祠堂の祠探しってイベント。その祠が、どんな願いでも叶う御利益バッチリの祠なんだってさ。どこもかしこも眉唾《マユツバ》クサイから俺は不参加を表明してるんだけど、葉山くん、参加しない？」

「……え？」

「俺と一緒に祠を探そう。きみと一緒なら、参加してやってもいいや。でもって、みつけて、願い事しよう。きみの接触嫌悪症、治してくださいって」

「いえ、ぼくは……」

「治してもらおうよ、せっかくだから」

「でも、別に、ぼくはそういうのは——」

「俺、ばっちり、ピンときたぜ。きっとこの万能な温泉を、祠として祀ったんだよ。それがこの、祠堂学院の由縁なんだよ」

「……せっかくですけど、すみません」

託生はぺこりと頭を下げると、本を抱えたまま、足早にその場を去った。

そのままカウンターへ行き、中山女史となにやら話す。

やがて中山女史が頷くと、彼は荷物を手に、図書室から出て行ってしまった。

「あーあ……」

麻生はがっくりと、肩を落とす。「咄嗟の思いつきの割には、我ながら、妙案だと思ったんだけどなあ」

葉山託生の接触嫌悪症が治せて、しかも、交流も深められる。

一石二鳥!

だが、交流を深めるどころか、さっさと逃げられてしまった。

調子に乗って、距離を詰め過ぎたのかもしれない。

「卒業まで、もう一ヵ月ないんだもんなあ」

卒業したら、間違いなく、葉山託生との接点はなくなる。

せっかく、こんなに気に入ってるのに、思い出のひとつもないなんて、残念過ぎる。

「こりゃあちょっと、頑張るかな。——うわ、楽しくなってきた」

麻生は明るく笑うと、「中山先生、俺にもこれ、コピーさせてー」

元気にカウンターへと歩いて行った。


「ギイ、みつけた!」

電話を終えてボックスから出た途端、砂糖菓子のようなスイートな雰囲気の小柄な学生が、弾むように声をかけてきた。

ギイとはまた別の意味で、入学と同時に学生たちの注目を一気に集めた、高林泉《たかばやしいずみ》。

繊細な、まるで美少女のような趣の彼は、けれども外見の甘い雰囲気とは裏腹な、はっきりとした気性の持ち主である。

「さっきギイに、電話の呼び出しの放送がかかってたから、ここにくれば会えると思ってたんだ。良かった、会えて！」

高林のテンションの高さに反比例するような、

「なんだ高林、何か用か？」

ギイの、微塵も嬉しそうでない、素っ気ない問い。

「なんだはひどいなあ」

微笑むだけで、誰もがイチコロである高林の魅惑の術。

その威力を充分にわかっている彼は、獲物に対して、遠慮なく武器を使う。

「用がないなら、急ぐから」

けれど、この美貌の同級生には、あいにくとまだ一度も威力が発揮されたことはなかった。

じゃ。と、行きかけたギイの腕をぐいと引き、

「夕飯、一緒に食べようよ？」

次なる攻撃、甘えたような上目遣いでギイを見上げる。

「悪いな、先約がある」

ギイは腕をするりと外すと、そのままチラとも振り返らず、寮の階段を駆け上がってゆく。

その後を、高林泉が追いかける。

「待ってよ、ギイ！」

高林泉とギイとなら、悔しいけれどお似合いだと、一部の学生が噂しているのを耳にしたことがある。――当然じゃん。かの崎義一に釣り合うのは、祠堂の中で、いや、祠堂の外であれ、自分以外にありはしないのだから。

「そんなに照れなくてもいいじゃない、ねえ、ギイ」

高林のセリフに、ギイは唐突に階段の途中で立ち止まると、

「悪ふざけはよそでやれよ、オレは、つきあう気はないから」

振り向きざまに口早に告げて、――周囲の学生には聞こえないような小声で、それは高林の面子を守る配慮なのだが、高林を残し、階段を四階まで駆け上がる。

「ひどいや、ギイ」

そんな配慮をされたところで、誰に聞こえずとも、充分に、傷ついた。

好きなのに。

こんなに、こんなに、好きなのに。

「……ひどいよ、ギイ」

ドアにノックがした。

「開いてます」

三洲が応えると、

「あ、いたか」

四階の階段長である、石川忠秋《いしかわただあき》が顔を覗かせた。

祠堂の学生寮には、一階から四階までのそれぞれの階にひとりずつ、個室という特典付きで『階段長』なる責任者というかお目付役というか、寮生活を円滑に送る為の相談役のような学生が配置されていた。

先生よりは気楽に、友人よりは遥かに頼もしい相談相手という、かなり重要なポイントを占める役目なので、階段長はその年の最高学年から役目に相応しいであろうという基準にのっとって、新二、三年生による投票で選ばれていた。当然、階段長となる三年生は一般的に人気が高く、人望も厚い。

「ふたりともおりますが、用があるのは児玉にですか？　俺にですか？」

三洲の問いに、

「あ、三洲の方」

石川の返答に、

「なーんだー」

児玉は、せっかく起き上がったのにー、と言いながら、わざとらしくベッドへドサリとダイビングした。

「悪かったな、児玉」

石川の謝罪に、

「石川先輩だから、許しますー」

児玉はベッドの端から顔を覗かせる。

細やかな心配りをしてくれる、石川忠秋。ただ優しいだけでなく、頼り甲斐もある、新入生にとっては非常に心強い階段長であった。

けれど残念ながら、もう一ヵ月もしないうちに、卒業してしまう、三年生。

「三洲、これ、さっき郵便で届いたんだけどさ」

石川は定形外の厚さ三センチほどの茶封筒を三洲へ差し出し、「宛て名に『学生寮内、三洲様』しか書いてないんだよ」

悪筆でもなく達筆でもない、宛て名の文字。──だが、おそらく、本人としては、ものすごく丁寧に書いたであろう文字。

「祠堂の学生で三洲は三洲だけだから三洲で間違いはないと思うんだけど、寮監の先生から念の為、確認するように頼まれてね」

「わざわざ、ありがとうございます」

三洲は礼を言い、茶封筒を丁寧に両手で受け取る。

三洲は三洲だけだから三洲。

「先輩、今のそれ、早口言葉みたい」

素早くベッドから移動してきた児玉が、「わ、ホント、三洲様、だけだ」

楽しそうに覗き込んでくる。

「漢字もちゃんと『三洲』で間違いじゃないんだが、ただ、名字だけなんて、ちょっとアヤシイだろう？」

慎重に、石川が続ける。「三洲、差出人に心当たりがないようなら、返送するなり、こちらで処分するなり、するから」

「はい、わかりました」

「差出人、誰？　誰？　三洲の知り合い？」

子供のように急かす児玉にくすくす笑いながら、

「さて、どうかなあ？」

三洲は封筒を裏返す。

真行寺兼満《しんぎょうじかねみつ》。

「しんぎょうじ、かねみつ？」

児玉が声に出して読む。「なんか、時代錯誤な匂いの名前。昔の人？　三洲のおじいちゃんのともだち、とか？」

「三洲、心当たりあるかい？」

石川に訊かれ、

「いいえ」

三洲は即答した。「こんな名前に心当たりはありません」

いつもの三洲ならば、このような名前、と表するところだが、三洲はつい、そう言ってしまっていた。

僅かな違和感。

石川は、

「そう。知らない人からなんだ」

頷きつつも、「中、なんだろうね。この時期のこの手の荷物って、たいていチョコだったりするんだけど」

言いながら、封筒へそっと鼻を寄せる。

独特な、甘い匂い。

「あ、バレンタインのチョコレート？」

児玉が目を輝かせる。「そうか、来週バレンタインだ！　こんな山奥の学校にいるから、女の子からチョコレートをもらうなんてとっくに諦めてたけど、こうやって送られてくることもあるんだー、そうかー」

ということは。

児玉は差出人の名前をじっと見て、

「しんぎょうじ、かねみ。って、読むのかな？」

言った途端、石川がぶぶっと噴き出した。

笑われて、児玉がどどっと赤面する。

「そ、そんなに笑わなくてもいいじゃないですか、石川先輩！」

「ごめん、ごめん。でも、さすがにそれは、強引かなと思ってさ」

「しんぎょうじ、かねみ。確かに、無理矢理読めないことは、ない、けれどね」

三洲も微妙に笑っている。

「だって中身がチョコなら、女の子からだろう？　そしたら、その子、男みたいな名前でも女の子ってことだろう？」

「どうかな」

石川は三洲以上に微妙な笑顔を作ると、「ここでは、例年、ともだち同士で義理チョコをあげあったり、してるからさ。普通に、男同士であげたりもらったり、してるから。もちろん、彼女からチョコが郵送されてくる奴もいるけど、それから、多分ギイあたりはそのクチだろうけど、彼女ではなく、ふもとの不特定多数の女の子たちからファンレターよろしく、チョコが届いたりも、するけどね」

「でも、三洲、こいつ、ともだちじゃないんだろ？」

児玉が、不思議そうに訊く。「男で、ともだちでもないのに、どうしてチョコが送られてくるんだ？」

「さあ」

三洲は軽く首を傾げて、「ということで石川先輩、このブキミな郵便物、返却するなり捨てるなり、しちゃってください」

あっけらかん、と言う。

普通の人なら、至極普通の発言なのだが、素っ気ない三洲の返答に、石川も児玉も少しばかり当惑した。

こんなに素っ気ない三洲を、初めて見た。

どんなにくだらない出来事にも、温和に、柔和に、親切に、対応する人なのに。

つまり。

「――本当に、いいのかな？」

念を押す石川へ、

「かまいません」

「せめて、開封だけでもしてあげる、とかは？　中に手紙が入っていたら、読めばなにか思い出すかもしれないだろう？」

「嫌ですよ。開けた途端に爆発でもしたら、迷惑じゃないですか」

爆発したら迷惑どころの騒ぎではないのだが、

「えっ！　そんな物騒なチョコなのか!?」

驚く児玉へ、

「あり得ないから、児玉」

石川は、落ち着くように。と、ぽんぽんと児玉の頭を軽く叩いて、「では、これは一応、持ち帰るから」

三洲へ告げる。

「すみません、お手数をおかけします」

丁寧に続けた三洲へ、石川は声を改めて、

「返送の手続きをするにしても数日かかるから、しばらくこれはこちらで預かっておくけど、もし心当たりを思い出したら、その時は、遠慮なくゼロ番に取りにきてくれよな」

と、言った。

「わかりました、思い出した時は、伺います」

一礼する三洲へ石川は微妙な表情のまま、４４４号室を後にした。――万が一思い出したところで三洲がこれを取りにくることはないんだろうな。と、思いつつ。

気の毒な、真行寺兼満くん。

「どこかでうっかり、三洲に惚れたか？」

抜群に記憶力の良い、三洲新。心当たりはありありだろう。三洲にしてはらしくない、素っ気ないリアクションの数々は、つまりはそういうことではないか？

ということは、あの様子では、片思いはその場で却下されたに違いない。

「なのにチョコを送ってよこすとは、根性あるなあ、こいつ」

三洲の下の名前も知らないのに。

加えて、

「趣味も良いな」

三洲に惚れるとは、なかなかだ。

同じ一年生でも、崎義一や高林泉のような、一瞬で人の心を捉えるようなインパクトのある存在感の持ち主ではないが、いつしかとても深く心に残る、三洲新はそういうたたずまいの学生だった。

じわじわと、心にくる、そういう感じ。

今年はともかく、来年のバレンタインには、それこそ男女にかかわらず唸《うな》るほどチョコレートをいただくことになるのではないかと、石川は勝手に予想している。

なにより、あの相楽貴博が、生徒会役員でもない、まだ一年生である三洲を、なにかにつけて活動に引っ張り込んでいたくらい、高く評価しているのだ。

四階のゼロ番こと４００号室、自室のドアを開けながら、

「しまった」

石川はポツリと呟いた。「やばいなあ、なんか俺、このチョコ、返却も処分もできそうにないぞ」

先見の明のある、真行寺兼満くん。

精一杯の、宛て名の文字。

精一杯の、恋心。

「さて、どうするか……」

石川は弱って、天井を見上げた。

ノックと同時に４０９号室へ入ってきたギイへ、

「よう、お帰りギイ。電話、やっぱり渡波先輩だったか？」

机に向かって本を広げていた章三が、楽しげに訊くと、

「ああ」

短く頷いたギイは、自分の机の椅子を引いて座るなり、不機嫌そうな溜め息を洩《も》らす。

「——どうした？」

章三は、開いていた歴史書をひとまず閉じると、ギッと椅子を反転させながら、不思議そうにギイへ振り返った。

「いや、たいしたことじゃ……」

「ならいいけどさ」

興味本位では立ち入らない、章三のスタンス。

相棒としての章三の、ギイが一番、評価している部分だ。

「サンキュ」

ギイは言って、ちいさく笑った。

「なにが？」

更に不思議そうに、章三が訊く。

「いや、別に」

おかげで少し、気分が良くなった。「祠堂で得た最大の収穫は、章三と友人になれたことかな、と思ってさ」

「なんだ、それ」

章三は目を見開いて、「新手の冗談か？　キモチワルイぞ」

大袈裟に肩を竦めて見せる。

「マジでさ、今、けっこう、感謝してる」

「今？　――今って、今現在？」

「そ。今、この瞬間」

「よくわからんが、図書室から借りてきた歴史書、今、僕が読んでるやつ、けっこう参考になるかも、だぜ」

「へえ」

ギイは椅子から立ち上がり、章三の脇に立つ。

「祠堂が、ということじゃなく、どうやら昔々のこの界隈って、けっこう戦に巻き込まれてるんだな。国境《くにざかい》だったせいで」

章三が本のページを開く。

それらを見下ろす位置に立ちながら、

「そういえば、祠堂の近くに城址があったもんな。石垣だけだけど」

ギイは腕を組んだ。

「あの城址、天守閣跡もあるらしいから、出城ってわけではないんだよな」

章三が言うと、

「の割に、あまり皆に認知されてないってことは、歴史の授業では扱われないくらいには、ちいさな城ってことか?」

ギイが訊く。

「でなきゃ、登場人物が国取りとはさほど関係なかったか、かな?」

「ふうん」

ギイは腕を伸ばして自分の椅子をガラガラ引き寄せると、章三の横へ座り、「で、それには何て?」

指先で本を示す。

「江戸時代になってからの、お家断絶のことが書かれてる。次期当主が身内に暗殺されて、そのお家騒動がお上の知るところになり、責めを受けて、お家断絶。領地没収」

章三の説明に、

「同じ暗殺でも、敵に殺されてたら断絶は免れてたんだよな?」

ギイが訊く。

「ケースバイケースだろうけど、多分な。家の中のゴタゴタって、この頃は厳しい処置を受けてたらしいから」

「と理由を付けて、その実、端から取り潰すつもりだったんだよな、きっと。ゴタゴタを逆手に取ってさ」

「ああ、確かに、そういう匂いもする」

頷く章三へ、

「逆恨みを買わずに、全国の武将の頭数を減らしていく遣り方のひとつだ。なかなか壮絶だよな、日本の武士の世界って」

ギイは興味深げに言うと、「で、例の『キツネの温泉』と繋がりそうな何か、あるか？」

本題に入った。

「繋がるかどうかはナゾだけど、この界隈の歴史情報を要約すると、戦国時代には戦によって城の主が入れかわり立ちかわりしてて、江戸時代になってからはしばらく安定したものの、その後、お家断絶、領地没収と藩の統合による領域の変更に伴い、城としての利用価値もなくなり遺跡になってしまった。と、こんな所かな」

「……そうか」

「なに、ギイ」

「ん？」

「冴えない返事してさ」

「あ、いや、捨てられた赤ん坊ってのが気になってて。物語では擬人化ならぬ擬キツネ化してあるが、捨てられた先は山奥の人間の夫婦の家の前、だったりしないかな」

「童話の白雪姫のように、暗殺されかけた跡取りである赤ん坊を、誰かが助ける為に山へ逃がした、とか？」

章三は言って、いきなり笑い出した。「でもギイ、仮にそうだとして、そしたらその赤ん坊、普通は男子だぜ？　大きな庄屋の跡取り息子も、男だぜ。そこで恋は芽生えないだろう？」

「まあな」

ギイは曖昧に頷いて、本へ目を落とす。「性別はともかく、だとしたら、ちょっとロマンチックかなと思ってさ」

「ロマンチックねえ……」

「ま、そこにはこだわるな、章三」

ギイが笑うと、

「了解」

章三も笑った。

主人公の性別はさておき、人里離れた山奥に、もし、夫婦がふたりきりで住んでいたとしたら、それこそ不可解ではあるまいか。人は、人里に住むものだ。孤独に生きるものではなく、人は多数の人と支え合って生きて行くものだ。人間とは、それほど社会性の高い、そして、脆《ぜい》弱《じゃく》な生物なのだ。人の世から隔絶された、厳しい環境に耐えながら生きることを余儀なくされた、キツネに譬えられた夫婦とは、実は何者だったのだろうか。――どうして、そのような生活を強いられていたのだろうか。

「あの『キツネの温泉』が、この地の伝説を元に、むかしばなしへアレンジして書かれたものだとしたら、気になる点はいくつもあるんだよ」

ギイが言う。

赤ん坊は、なにゆえ捨てられることになったのか。なにゆえ人里でなく、そのような山奥の人目のない場所へ捨てられたのか。夫婦の元へというのはたまたまか、意図的にか。山賊に襲われた庄屋の跡取りは、本当に庄屋の息子だったのか。

「ではギイ、夕飯まで時間もたっぷりあることだし、新たなる調べ物をしにまた図書室へ行きますか?」

相棒がすっくと立ち上がった。


「どう思う、奈良?」

奈良俊介が所属する化学部。

寮からはるばる校舎へとやってきた石川は、例の茶封筒を手に、いくつかある化学室の中でも一番広い第一化学室で部活中の奈良を、廊下の外へ手招きした。

「どうって、先輩……」

化学部の活動着である白衣の袖を心持ちしゃくって、奈良は細長い腕を組むと、「わざわざそんな相談をしに、ここまでいらしたんですか?」

と、訊く。

呆れたような、感心したような、微妙なニュアンス。

「え……、まあ」

「石川先輩、俺は、それ、気配りし過ぎだと思うんですけど」

「やっぱり、そうかな」

「そうですよ。いくらもうすぐ卒業だからって、そんな、階段長大盤振る舞いみたいなサービス、しなくていいと思いますけど」

「サービスとか、そんなつもりじゃ、ないんだけどね。——ああ、でも、そういうことなのかな。すぐに卒業だから、思い残すこと、ないようにしておきたいのかな」

「そういう石川先輩の責任感の強いところ、好きですけど、これはちょっと……」

奈良は腕を組んだまま、石川の手の中の封筒を見下ろして、苦笑した。

「でもなあ、可能であれば、どうにかしてあげたい気持ちなんだよ」

「ですから、どうもこうも駄目ですよ」

奈良は冷静な眼差しで石川を見ると、「ご存じのように、こういうのは、受取人の意思が最優先ですから。おかしな郵便物にはその後のトラブルを避ける為に、内容証明付きで返却するケースもあるんですから、三洲が返却を希望してるのなら、それが最善です。お人好しを発揮してる場合じゃありません」

「でもなあ」

「でももかかしもありません。もし、本当に三洲がわかってて、受け取り拒否をしたのなら、

「そもそも、先輩の読みが正しいとしたら、三洲は本気で受け取り拒否したってことじゃないですか。三洲はそいつに迷惑してるのかもしれないんですよ？」

「——迷惑、かあ」

　そうかもしれない。

「先輩だって、受け入れられない好意には、辟易《へきえき》してるんじゃないですか？」

「へ？」

「好きでもない人から猛烈にアタックされても困るだけじゃないんですかと訊いてるんです」

「や、それは、そうだが」

「散々困ったじゃないですか、忘れたんですか？」

「忘れてやしないが」

「あー、忘れてますね。喉元過ぎれば、だ」

「いや、でも、あれは、そんなたいしたことじゃ」

「本当に先輩は、恋愛事になるとぐにゃぐにゃですよね。それ以外の揉め事にはきっちり、びしっと采配を振ってくれるのに」

「奈良……」

「そんなんじゃ、告白もできずに卒業ですよ」

「……でもなあ」

　尚更じゃないですか」

「ややややめてくれよ、告白なんか、するわけないだろ」

「万が一、向こうも先輩が好きだったらどうするんですか？」

「ないない、絶対、そんなこと、ない」

「そうですかー？」

「って、話、ぴょんぴょん飛び過ぎだよ、奈良。俺の話じゃなくて、テーマはこの、真行寺兼満くんなんだからさ」

「逃げを打つ気ですね、石川先輩」

にやりと笑った奈良へ、

「勘弁してくれよ、逃げてもいいだろ？」

やはり恋愛事には及び腰の石川は、「チョコを受け取らないまでも、きっと、中に手紙かカードが入ってると思うんだが、せめてそれを読んでくれないかな、とさ」

「それ、逆じゃないですか？　カードも手紙もないただの市販のチョコなら、軽い気持ちで受け取れますけど」

「無理かな、やはり」

「じゃ、ないですか？　柔和そうに見えて、実に三洲はシビアですからね。あいつが一度ノーと言ったら、おそらく撤回させるのは難しいですよ？」

押したら引いてはくれるけれども、ただ、それだけ。

「やっぱり、そうか？」

「おとなしそうな外見に反して、相当根性据わってますからね、三洲は」

「まあ、むやみに騒いだりする子じゃないが」

「頭ひとつ、大人ですから」

ぽんと奈良は言って、「とにかく、その封筒に関しては、トラブルを避ける為にも、普通に返却の手続きを取った方がいいですよ。片思いが玉砕するくらい、どうってことないじゃありませんか。玉砕しても、それでもまだ好きなら、また攻めてくるでしょうし」

「そう、かな？」

「皆が皆、勝負の土俵に上がる前から逃げることしか考えてないような、意気地無しばかりじゃありませんからね」

「……皮肉かい、それ」

「はい、もちろん」

奈良はあっさり頷くと、「石川先輩、卒業までに、思い残すことのないようにしておきたいなら、ご自分のことも、ちゃんとしておいた方がいいんじゃないですか？　大きなお世話ですけれど」

と、笑った。


学生寮から、人気のない雪だらけの行路を校舎へ向かう道々、

「なあ、図書室で思い出したけどさ、ギイ、図書当番、いきなり葉山に変更して、本当に大丈

夫だったのか?」

ふと、心配そうに章三が訊いた。

「大丈夫って、なにがだ?」

「あんなに急に振られたら、いくら生真面目な葉山でも、行くに行けないかもしれないだろ。

――よほどの理由でもあったわけ?」

「よほどってほどのことじゃないが」

ギイは肩を竦めると、「今回の図書当番、健志《たけし》の予定だったからさ」

「鈴木《すずき》健志? なら、葉山に頼まなくとも、サボったりしないのに」

「昼頃から顔色が悪かったから、授業が終わったらすぐに校医の中山《なかやま》先生の所へ行くように、言ったんだよ」

「え? そうなのか? 大丈夫なのか、鈴木?」

「無理はしてないと、本人は言ってた。健志の自己申告だから信用はしてるが、毎日深々《しんしん》と寒いからな、体力が消耗されがちなのは、しょうがないよな」

「大丈夫なら、いいけどさ」

章三は複雑な表情《かお》をして、「でも、鈴木のピンチヒッターに葉山? なんでだ?」

ギイへ振り返る。

そう伝達を頼まれたから、そのまま葉山へ伝えはしたが、

「そのせいで、また絡まれてたじゃないか、葉山の奴」

図書当番がどうとかで、数人のクラスメイトに囲まれていた。「てっきり、助け舟、出すのかと思ってた」

章三にじっと見られ、ギイははぐらかすように、ふっと笑った。

「クラスのちいさないざこざにまで、口は出せないだろ。それに、あの場には片倉もいた」

「そうだけどさ」

あの厄介な葉山託生の同室者でありながら、この一年弱、不平も不満も洩らすことなく、むしろ周囲が意外がるほど、それなりに楽しそうにやっている、片倉利久。

「片倉が葉山を庇ってたし、オレの出る幕じゃないだろう？」

「そりゃまあ、そうだけどさ」

「結果論だし、たまたま、かもしれないけどさ、葉山の同室が片倉で、正解だったよな。祠堂の学生寮の部屋割りって、奇跡の部屋割りって呼ばれること、あるらしいぜ」

「なんだ、それ」

「かなりの確率で、絶妙な部屋割りが登場するらしい」

「部屋割りって、先生方が勝手にやってるんだろ？　なんだっけ、唯一のルールが、一度同じ部屋になった者同士は、翌年、翌々年は、同室相成らぬ、なんだよな」

「らしいな」

「――ということは、葉山、来年は片倉じゃないのか」

言って、いきなり章三は不安げになった。「うわ、難問だ。誰ならば、片倉くらい、うまく葉山とやれるんだ？」

「章三が案ずることはないだろう？　部屋割りは先生方がやるんだから」

「とはいえ、影響はこっちにくるじゃないか。僕は無理だな、葉山とは、絶対に無理だ」

「そうか？　存外、うまくやれるかも、だぞ」

「冗談言うなよ、肱《ひじ》が当たっても大騒ぎなんだぞ。朝から晩まで、ピリピリした葉山の空気に晒《さら》されるのは、想像しただけで疲労困憊《ひろうこんぱい》」

「図太いようで、繊細だもんな、章三は」

笑ったギイに、

「疲労困憊といえば、あれだけ人間嫌いでさ、よくここの生活に耐えられるよな、葉山の奴」

章三が不思議そうに言う。「僕が葉山だったら、三日と保《も》たない気がするな。さっさと家へ逃げ帰りそうだ」

「葉山のは、人間が嫌いというよりも、接触嫌悪症の方だからな」

「ああ。ギイが入学早々に命名した、人間接触嫌悪症な。それ、マジでどんぴしゃりだよな」

章三が笑う。

だが、からかいのネタを提供したくて命名したわけじゃない。状況を簡潔に表現し、周囲の理解を得たかったのだ。

――あいつを、守りたかったのだ。

「って、どのみち人間嫌いじゃないか？」

「違うような、気がするんだよ。葉山の奴、近寄られたり触られたり、そういうの極度に苦手だけどさ、人間が嫌いなわけじゃないような気がするんだよ」

「そっかー、ギイ？　それ、希望的観測ってのじゃないのか？」

「でなきゃ、来ないだろ、全寮制の学校になんてさ」

「そうそれ！　祠堂の七不思議のひとつとして数えられてるらしいぜ！」

待ってましたと言わんばかりに手を打った章三に、

「……面白がってる場合かよ」

聞こえないよう、こっそり呟く。

追い詰められた手負いの獣のような表情ばかり、見ていたいわけじゃない。傷を隠して攻撃してくる、やるせない場面に遭遇したいわけではない。

叶うものなら、安堵に満ちた笑顔が見たい。それが自分に向けられていたとしたら、どんなにか、しあわせな気分だろう。

「じゃあギイは？　ギイなら、葉山と同室でも楽勝だろ？」

「どうかな、それは」

オレは良くても、葉山が嫌がるだろうな。

とは、けれど、口にはできなかった。

言葉にすると事実が何割増しかになってしまいそうで、不吉過ぎて、とてもじゃないが音にはできない。

「部屋割りのことはともかく、章三、図書当番の話に戻すけど、今朝、麻生先輩が戻ってきたからさ」

「麻生先輩？　麻生先輩が、どう関係してるんだ？」

「葉山に引き合わせたら喜ばれるかと思ってね」

「え？　麻生先輩、葉山のこと、気に入ってるのか？」

「かなりね」

「――まあ、たで食う虫も好き好きだから、な。や、それにしても……」

「葉山も、麻生先輩とは萎縮しないでいられるようだから」

「ええっ⁉　葉山も麻生先輩、気に入ってるのか？」

「積極的に気に入ってるかどうかは知らないが、少なくとも、片倉を除外した他の誰といるよりも、気は楽そうだよ」

「へえー」

章三は感心したように、ギイを見る。「さすが、我がクラスの級長だよな。葉山のそんなところまで見てるんだ」

「……まあな」

ギイは伏し目がちに、相槌を打つ。

「確かに、葉山にしても麻生先輩にしても、違う意味で、それぞれ図書室の似合うふたり、だもんな。意外と似た者同士だったりするのかな？」

「さあな、そこまではわからないが、うちのクラスに回ってくる図書当番は、今回ので年度内最後だからさ」

「で、麻生先輩の定位置である図書室に葉山を送り込んだと。——相変わらず、ケアの細かいことで」

葉山託生にだけでなく、麻生先輩にまで、配慮するとは。

「オレの采配だからな、実際に葉山に喜ばれたかどうかは保証できないけどな」

ギイのセリフに、

「葉山に限って、たいてい裏目に出るもんな！」

章三が弾けて笑った。

「笑うなよ」

「悪い悪い、でも、前にも言ったが、ギイ、誰がやっても葉山は無理だ。あいつ、受け取る気がないんだもん、投げられたボールをさ」

「…………」

「一切受け取らないから、誰にどんな球を投げられてるのか、わかんないんだよ。わざとぶつけるような乱暴な球ばかり投げられてるわけじゃないのに、そんなことすらも、わかんないんだよ」

「——あながち、わかってないわけじゃ、ないのかもよ」

「そうかー？」

「麻生先輩とは、ちゃんとやりとりが成立してる」

言いながら、切なくなる。

こういうのは、敵に塩を送るとは言わないのであろうが、これがきっかけでふたりが恋仲になる、なんてことは、可能性としては皆無に等しいのに、それでも、切ない。

あいつは、オレを見ない。

救いを求められたら、何と引き換えてでも守るのに。どんなことをしてでも、助けるのに。

「オレじゃ、ダメだ」

「ギイ、級長体質、そんなに発揮しなくていいからさ。葉山のことは仕方ないって。割り切った方がいいって」

「別に、級長として責任を感じてるわけじゃないが」

「なら余計、気にするのはよせよ。ギイは充分過ぎるほどやってるんだから、葉山にであれ誰に対してであれ。だからいいんだよ、卑下するなよ」

「章三……」

「そんなのギイらしくないからな。オレじゃダメだなんてセリフ、簡単に口にするなよ」

「……章三」

よしんばそう感じているとしても、「わかった。卑屈になるのは、やめておく」

「そうしてくれ」

頷いた章三は、ぷっと噴き出す。「ギイと卑屈かー。最も似合わない組み合わせだな。ありえないだろ。ギイの人生で卑屈になる瞬間があるなんて、想像できないよ」

そんなことはない。せめて嫌われていなければ、葉山と周囲を橋渡しすべく、打つ手立てもあろうものを。

危なっかしくて、手助けしたいのに、決してさせてもらえない。渡波が麻生に疎まれる以上に断固たる拒絶に阻《はば》まれる。近づくことなど永遠に叶わないのかもしれない切なさが、胸の奥に、氷の冷たさで居座っている。

せめて自分を見てくれれば。

一瞬でいいから。

「――おや？」

ふと、前方から聞き慣れた声がした。

見知った顔が、嬉しそうにこちらを見ている。

つられて、ギイも笑顔になる。

「こんな所でなにやってるんだ、島岡《しまおか》？」

ギイの父親の秘書である、島岡隆二《りゅうじ》。

「義一さんに面会ではありませんよ。ちょっとした所用で、学院にお邪魔しておりました」

「ギイ、先に行ってるから」

というふたりの関係を知っている章三が、気を利かせて校舎を指さす。

「わかった、後でな」

ギイが頷くと章三は通りすがりに島岡へ軽く会釈して、雪道を図書室へと向かって行った。

なんとはなしに章三を見送り、

「よろしかったんですか？」

と島岡が訊く。

「なにが？」

「赤池さんと一緒の用事があったんではないんですか？」

「急ぎじゃないから」

「こちらは、用向きすらないんですが」

「まあな」

でもまあ、「久しぶり」

「そうですね、冬休み以来ですから、一ヵ月ちょっとぶり、ですね」

「またなにか、親父に頼まれたのか？」

「義一さんのスクールライフが順調であるよう、便宜を図るのが私たちの役目ですから」

「とはいえ、やりすぎだって。別になにも不自由してないし、そんなに小まめにここにこなくても、大丈夫だよ」

「来年からはそうそう訪れることはないかと思われますが、何事も、最初が肝心ですから」

「最初ったって、入学して、かれこれ一年だぜ？」

「これでようやく、年間を通しての学院の雰囲気が把握できつつあります」

「はいはい、わかりました。で？　もう帰るのか？」

「帰りますよ。用事は終わりましたから」

「お茶くらいごちそうしたいところなんだが」

「おかまいなく。赤池さんと、予定があるんですよね」

「そ。今、祠堂の祠探しゲーム、やってるんだよ」

にやりとギイが言うと、

「祠とは、校舎の暖房施設である温泉スチーム配管元の給湯棟の奥にある、あの祠のことですか？」

するりと島岡が言った。

「――は？」

「あそこに確か、ありましたよね、ちいさな祠が」

「なんだ、それ？　なんでそんなこと、島岡が知ってるんだ？」

「それは、もちろん、義一さんが入学される前に、こちらで校舎を含め敷地内全体を徹底的に調べさせていただきましたから。義一さんのお立場上、危機管理として当然のことですし、学院側の了承を得た上でのことですし、特に問題はないかと思われますが。事前調査に関しては義一さんもご存じでしたよね？」

「そりゃ、知ってたが……」

だからって、そんなのアリか？

「なんでも、学院の創設より以前から、湧き出る温泉の効用に感謝して祀られていた祠だそうですね。学院ができてからも、敷地内にきちんと祠を大事にしているとは、素晴らしいことです。この界隈には、温泉に係る伝承もいくつか残っているそうですし、開校以来の長い歴史だけでなく、実に情緒ある環境に恵まれた学校ですね」

——ああ、キツネの温泉……。

「なんか、オレ、一気に脱力した……」

島岡の学院に対する誉め言葉など、右から左だ。「思いっきり、興が削がれた」

「なにがですか？」

キョトンと、島岡が訊く。

「お前、推理小説読みかけの奴にいきなりオチを教えたんだぞ」

「そうなんですか？」

「そうなんだよ」

せっかく、たまには、相楽の企画に乗ってあげようと思ったのに、この顛末《てんまつ》。

やっぱりあの人とは縁がない。

「それで？　島岡も、なにかお願い事とかしたのか？」

「なんですか、お願い事って」

「噂によると、ものすごい、御利益ばっちりの祠なんだそうだよ」

「そうなんですか？」

「そうなんだよ」

「しませんよ。一応、どこの神仏にも挨拶はさせていただく主義ですから、初めて祠を確認させていただいた時に手は合わせましたが、お願い事なんて、いたしません」

「へえ、欲がないな、島岡」

「そういう意味ではありません」

「なら、どういう意味だよ」

「特に願うようなことがないくらい、けっこう、日々、しあわせだということです」

「ふうん」

「今日もこうして、偶然にも義一さんにお会いしましたし」

「そうだよな、お前、オレに面会する気、なかったんだもんな。学校での用事が済んだら、そのままニューヨークに帰るつもりだったんだもんな。考えようによっては、薄情だよな」

「先生方から義一さんは風邪もひかずに元気だと伺っておりましたので、特に心配の必要もありませんでしたから」

「で、偶然会えたから、そこそこラッキー？」

「ええ、ラッキーでした。こちらにはこちらの分というものがありますから、用事もないのに義一さんに面会などと、上に知られたら公私混同とお叱りを受けます」

「——へえ」

「ですから、そこそこどころか、かなりラッキーです。こんなふうに、なんとなく、しあわせに恵まれているので、うっかり願い事をするのを忘れるんですね、きっと」

微笑む島岡に、

「島岡、お前って、ホントーに、食えない男だよな」

気恥ずかしくて、イヤミのひとつも言いたくなる。

「そうですか？」

「そうなんだよ！」

食えないし、憎めない。

「では、そろそろ失礼いたします」

「ああ」

「引き続き、お元気で」

「島岡もな」

「はい、ありがとうございます」

島岡は一礼すると、雪道を慣れた足取りで通用門へと歩いて行った。

下心がなかったか、と言えば、ウソになる。

『ではギイ、夕飯まで時間もたっぷりあることだし、新たなる調べ物をしにまた図書室へ行きますか？』

相棒にそう提案された時、正直、気持ちが弾まなかったかと訊かれたら、否定はできない。

急遽《きゅうきょ》、図書当番を任命された葉山託生。

麻生への配慮と、葉山への気遣いと、それは確かにそうなのだが、それにかこつけて自分も図書室へ用もないのに行こうなどと、積極的に思っていたわけではないのだが（自分が葉山に嫌われていることは、満更自覚していないわけではなかったし）、だが、図書室へ行けば葉山がいる。その意識が、まるきりなかったわけでは、決して、ない。

のに、入室した図書室の、どこにも葉山託生の姿がなかった。

無意識に葉山託生の姿を探しながら図書室へ一歩を踏み入れると、

「ギイ！　こっちこっち！」

大声で（ここは私語厳禁なのだがしかし）ギイを呼んだのは、待ち合わせしている相棒の赤池章三ではなく、もちろん葉山託生でもなく、麻生圭だった。

ギイを愛称で呼びつける麻生の無邪気っぷりに、周囲の三年生たちから羨ましげな視線が注がれていることなどこれっぽっちも気づかずに、

「見て見て、じゃーん」

麻生は楽しげにコピーを胸の前にぴらっと立てた。

「……ああ、それ」

キツネの温泉。

あんなに調べまくったのに、もう、めっきり、どうでも良くなってしまった。——せっかく珍しくも、あんなにテンション上げて謎解きに挑戦しようとしていたのに。

ギイのやる気が消え失せてしまったのはやむを得ないとして、

「麻生先輩、絶対不参加表明してませんでしたっけ？」

不参加どころか、相楽の企画を毛嫌いしていたはずの麻生圭。

なのに、なんでこんなに楽しそう？

「ギイこそ、珍しく相楽のイベントに参加表明してるってのに、俺という新たなる強力ライバル登場で、少しは焦ったりしないのか？」

「いえ、別に」

「どうした？　やけにつまんなそう」

「そんなことは、……ないですけど」

「俺、相楽のイベント、葉山くんと参加することにしたから！」

「――は!?」

葉山って、「あの、うちのクラスの葉山託生ですか？」

訊きながら、つい、周囲を見回してしまう。

「うん、そうそう」

「葉山は、承知したんですか？」

「ふふふ、まあねー」

「……そうですか」

相手が麻生なら、そういうことも、あるのかもしれない。「っつ」

あいつの隣にいるのは、自分でなくても、いいのかもしれない。

葉山の笑顔が見られるなら、きっかけは、自分でなくてもいいのかもしれない。

胃が痛い。「や、なんでもないです」

「いえ、ちょっと……」

「ん？　どうした、ギイ？」

「ギイ」

その時、書架の陰から章三が呼んだ。

「先輩、すみません、オレ、あっちに用があるんで」

「了解、了解。なんかねー、楽しくなってきたよねー」

麻生はこれ以上ないくらいのご機嫌な笑顔で、ギイへバイバイと手を振った。

「章三、悪かったな、待たせて」

近づくと、章三は何冊かの本を抱えて、

「どうしたんだよギイ、リタイア希望みたいな表情《かお》をして」

ギイの顔を覗き込む。

さすが、相棒。

「いきなりシラケた。もう祠探しはいいよ」

「もしかして、それどころじゃなくなったのか？　向こうでなにかあったのか？　島岡さん、なにかまずいニュースを持ってきたのか？」

いきなり心配顔の章三。

「じゃない。そうじゃなくて——」

ギイはストンと声を落とすと、「あいつ、祠の場所、知ってたんだ」

「はあ!?」

「しっ」

「ごめん」

章三も声をちいさくして、「どういうことだよ」

「祠が今までみつからなかった理由もわかった」

いつも入り口が施錠されている給湯棟。ドアに鍵がかかっている、からだけでなく、業者でなければあんな場所に用はない。冬場となれば、日々フル稼働しているのにもかかわらず、基本、学生からは忘れられた建物だ。

「少し考えれば、とっても納得な結末なんだけどさ」

キツネの温泉。と、温泉の給湯棟。

「じゃあギイ、これ、どうする？」

手にした本へ目を落とし、章三が訊く。

「章三が続けたいなら、止めないけど？」

「戻してくる」

「だよな」

溜め息。

御利益バッチリの祠。みつけだせたなら、今まで誰にもみつけることのできなかった伝説の祠をみつけだせるような、そんなすごい幸運が自分にあったなら、そうしたら、もっと自分を信じてあげられたのに。

そんなに幸運な自分ならば、きっといつかは手に入ると、信じてあげられたのに。

「ところでギイ、葉山、体調が良くないとかで図書当番、早引けしたそうだぜ」

「え、風邪か？」

それで姿が見えないのか。

「片倉が風邪気味だったからな、一日隣の席にいて、伝染《うつ》したのかもな」

「……そうか」

ひどくならないといいが。

「風邪ひいてちゃ、葉山も麻生先輩と祠探しどころじゃないな」

章三がからかう。

「まあな」

ギイは複雑な気分のまま、曖昧に頷いた。

「昨日は俺の方がひどかったんだけどさ」

朝の教室で、片倉利久がクラスメイトと話している。「てか、昨日は託生、どってことなかったのに、夜中に急に咳き込み始めてさ。託生に伝染したせいか、俺の方は治っちゃって」

「じゃあ葉山くん、片倉くんの身代わりってことじゃないか。気の毒に」

「そうなんだよー、なんか、申し訳なくてさー」

「それで今日は、欠席なんだ」

「うん、無理しない方が良いかと思って。朝も、頭がガンガンするとか言って、とてもご飯なんか食べられそうにない感じだったから、学食で果汁百パーセントのオレンジジュース買ってご飯がわりに置いてきたんだけどさ、おかゆとかの方が良かったのかな?」

「それはわかんないけど、校医の中山先生に相談して、風邪薬もらってくれば?　あ、診察、してもらった?」

「まだ。あっ、そうか、診察って部屋まできてしてもらえるんだ、忘れてた」

「片倉くん、普段、丈夫だからね」

　へへっ、と照れ笑いした利久は、

「出張診察の相談も兼ねて、昼休み、中山先生のトコ行ってこようっと」

「うん、そうだね、それがいいよ」

　盗み聞きするつもりではなかったが、

「それがさ託生、寒いのからきし弱いのに、窓のカーテン開けて行けって言うんだぜ」

「へえ、どうして?　カーテン閉めとくだけで、あったかさが断然違うのに?」

「だろ?　目が寂しいって言うんだよ。雪も寒さも苦手だけど、雪景色は好きなんだってさ。

カーテン開けておけば外の雪景色、見えるじゃん？　でも、さっむいんだよなー、やっぱ、開けておくと」

「そうだよね。寮の部屋、そんなに暖房効かないから」

「余計風邪がひどくなるからって、カーテン無理矢理閉めてきたんだけどさ、今頃勝手に開けてるかも」

「うん、かもね」

「診察はいつになるかわかんないけど、昼休みに薬だけでももらえたら、部屋へ届けるついでに抜き打ちチェックしようっと。カーテン開けてたら、即、閉める！」

「ははは」

「学食のおばちゃんに頼んで、おかゆ、作ってもらおうかな。空腹で風邪薬ってダメなんだよな？」

「多分ね。風邪薬って、基本的には強いから。あ、だったら俺、見舞いのカンパするよ」

「へ？　なんで、鈴木？」

「りんごかなにか、果物買って差し入れてもらえる？」

「それはいいけど、なんで鈴木が？」

「昨日の図書当番、葉山くんに代わってもらったお礼ってことで」

「へ？　そうだったの？　鈴木が当番だったのか？」

「うん。急なのに、快く代わってくれたって聞いたから」

鈴木健志は胸ポケットから学生手帳を抜くと、隙間から五百円玉を取りだして、「ありがとう、と、お大事にって、葉山くんに伝えておいてもらえる？」

と、利久へ手渡した。

「ギイ、おはよう」

クラスメイトに挨拶され、

「あ、おはよう」

ギイは反射的に挨拶を返すと、

「おいギイ、自分の席についてるのに、どうしていつまでも突っ立ったまま、荷物、手に持ってるんだ？　机になり椅子になり、置けばいいのに」

冷静な突っ込みに、初めて、そのクラスメイトが相棒だと気がついた。

中途半端に荷物を持ったまま、どれくらいそうしていたのか。

「え？　なに、オレのこと、ずっと見てたのか、章三？」

「ぼんやりと心ここにあらずだったから、しばらく見守ってた」

利久はにっこり笑顔で、

「りょーかい！　ありがとうな、鈴木」

五百円玉を受け取る。

「見守ってないで、そういう時は早く声をかけろよ」

「ギイのことだから、なにかとてつもなく深遠な考え事をしているのかと思ってさ。邪魔しちゃ悪いだろ？」

どこまで本気かは不明だが、

「そりゃどうも、お気遣いいただき」

ギイは苦笑いすると、荷物を机の上へ置いた。

「せっかく昼食を誘いにわざわざ一年生の教室まできたのになあ」

弁当持参で、麻生がぼやく。「葉山くん、今日、風邪で休みなんだって？　こんなことなら寮にいれば良かったなあ。どうせ暇だし、そしたら午前中いっぱい、つきっきりで看病できたのになあ」

「いくら麻生先輩でも、さすがにそれは、嫌がられるんじゃないですか？」

ギイの返答など意に介さず、

「しようがないから、昼食に頼んだ弁当、ギイたちと食べてあげるとするか」

勝手に空いてる椅子を引き寄せて、「いただきます」

ギイと章三のランチタイムに割って入る。

どこまでもマイペースな、麻生圭。

全寮制の祠堂学院、昼食の選択肢はふたつ。はるばるグラウンドを越えた学生寮のそのまた先の学食へ足を延ばして、できたてホカホカの食事をいただくか、冷めていても教室内で手早く食べられる弁当を朝のうちに注文してゲットするか、である。

「麻生先輩、誰も一緒に食べてくれなんて頼んでませんけど」

本日の幕の内弁当を前に、ギイが言うと、

「まあまあ」

麻生は呑気に笑って、「サービス、サービス」

意味不明な発言をする。

これが渡波あたりなら、麻生と一緒にランチ。というシチュエーションは間違いなく嬉しいであろうが（人気者の麻生なので、渡波の他にも歓迎組はゴロゴロいそうだが）あいにくと、それでなくとも緊張を強いられる場面の多い全寮制の学校生活、数少ない昼食という楽しくも寛げる時間に最上級生が教室にいて、喜ぶ一年生は少ないに違いない。

「三年の教室にも、麻生先輩と同じく、寂しく昼食を摂ってる人がいるはずですから、そっちで食べた方がいいんじゃないですか？」

「だって、どうせなら、景色は綺麗な方が良いじゃん」

麻生はしれっと言って、「ギイの顔、見ながら食事ができるのも、後少しだからなあ」

「なんですか、それ」

「な、そう思うよね、赤池くん？」

同意を求められた章三は、自分のルックスが話題にされることをさほど好まない親友の気持ちを察して、

「あ、まあ、ですかね」

曖昧に、誤魔化した。

「そうだ！　弁当食べ終わったら、寮に行こうかな」

「葉山の見舞いに、ですか？」

「うん、そう。祠探しの相談もしたいし」

そうでした。

ギイは笑顔で麻生を見て、

「祠探し、オレは一抜けですけど、麻生先輩は頑張ってください」

と、伝えた。


放課後、所属している天文部の部室へ向かおうとした高林泉は、校舎の奥の階段を上がって行くギイを見かけた。体育会系でも文化系でも、なんでもござれのオールマイティな崎義一。

なのに、彼はどこの部活にも所属していなかった。

そのギイが放課後に、学生があまり行くことのない校舎の上へと向かっている。

「どこに行くんだろ」

急いで、こっそり、後を尾ける。

ギイは階段を最上階まで上がると、人気のない廊下を第一化学室へ入って行った。

「なあんだ」

化学部に用があったのか。

踵を返そうとして、気が変わった。

そのまま第一化学室の入り口まで行き、そっと中を覗くと、ギイは二年生の奈良俊介となにやら話をしていた。

「塩化アンモニウム？　そんなの、なにに使うんだ？」

奈良に訊かれ、

「ちょっとした化学実験がやりたくなって」

ギイが応える。

「ふうん」

奈良は活動着である白衣の腕を組むと、「でもなあ、部員でもない学生に、それなりの値段のする薬品を簡単に、はいどうぞ、とはあげられないよなあ」

「必要なら、お金払いますけど」

「そういうことじゃなくてさあ」

意味深に笑った奈良は、ふと、「どうかした、高林くん？　誰かに用？」

開け放したままのドアの陰に隠れるように、そっとこちらの様子を窺《うかが》っていた、高林泉に問いかけた。

気づかれているなどと、これっぽっちも思っていなかった高林は、それはびっくりして、

「あ、えっと、忘れ物を探しにきたんですけど」

と言った。

「そうなんだ。どうぞ、入って。今日の授業で忘れたの？」

「多分、そうです」

「消しゴムかなんか？」

「えっと、あ、はい」

「それなら、そこの忘れ物箱を見てみて。放課後の掃除の時に気がついた忘れ物は、全部そこに入ってるから」

言われるままに箱を覗いた高林は、

「ない、みたいです」

と首を横に振る。

「そうか、残念だったね。移動中に廊下で落としたかもしれないね。もしくは、他の特別教室か。そっちにも行ってみたら？」

「はい、そうします。ありがとうございました」

高林泉はぺこりと挨拶すると、第一化学室を後にする。

彼の気配が廊下から完全に消えてから、

「あ、それで、なんだっけ？」

奈良がギイへ訊く。

ギイはちいさく苦笑すると、

「奈良先輩って、意外に敵に回したくないタイプですよね」

と、言った。

「そうかな」

「だいたい、数少ない例外の日を除いて、毎日きちんと定時に活動を始める勤勉な化学部員って、奈良先輩だけじゃありませんか」

奈良以外に、まだここには部員はひとりもきていない。「ひっくるめて、こう、ものわかりよさそうなのに実はとらえどころがない感じがしますよね、奈良先輩って」

「それ、誉められてる？　牽制されてる？」

「どっちでもないですけど」

「ああ、思い出した。塩化アンモニウムだ」

奈良はぽんと手を打つと、「そこでだギイ、必要なだけあげるから、代わりにそれ、もらえるかな」

ギイのブレザーに視線を落とした。

「それ？」

「ブレザーの第一ボタン」

「ボタンがないと、服装チェックで引っ掛かっちゃうんですけど」

「それはうまく誤魔化せよ、お手のものだろ？」

言うなり、奈良がギイのブレザーから第一ボタンを引きちぎる。

「うわ。強引なこと、しますね」

目を丸くするギイへ、

「塩化アンモニウム、いらないの？」

奈良が訊く。

「いいえ、いります」

ギイはまた苦笑して、ボタンはどうぞ、と、手で示した。

「これ、石川先輩にあげるけど、崎、くれぐれも余計なことするなよ」

「なんですか、余計なことって」

「とにかく、大学の合格祈願のお守りにボタンは石川先輩にあげたと、誰に訊かれてもそう答えておけよ」

「オレのブレザーのボタンに、そんな効力、ありませんよ」

御利益ばっちりの祠じゃあるまいし。

「いいんだよ、ポイントは気の持ちようなんだから」

「よく、わかんないんですけど」

「あるかないかわからない祠探しに明け暮れるより、よっぽどこっちの方が説得力があるからな。第一、受験を控えた石川先輩には、祠探しなんかしている暇はない」

「それはそうかも、しれませんけど」

祠なら給湯棟の中にあるそうです。と、今ここでばらすべきか？

「終わったら、返すから」

　奈良が笑う。

「受験の全日程が終わったら、ですか？　それとも、石川先輩がめでたく第一志望の大学に合格したら、ですか？」

「まあ、どちらにせよ、もし記念に欲しいと頼まれたら、俺は断らないけど」

「勘弁してくださいよ。ボタンだってタダじゃないんですから」

「天下の御曹司がケチ臭いこと言うなって」

「どこがケチ臭いんですか、当然の主張じゃないですか」

「なら、万一返ってこない時は俺のボタンを崎にやるよ。それでいい？」

「——わかりました」

　実際には、なにも、まるきり、わからないのだが、「それでいいです」

　縦社会の全寮制の高校生活、先輩の言うことは、限りなく絶対なのであった。


　広辞苑に手を伸ばしかけて、同じ本へ伸びた、もうひとつの手に気がついた。

「あれ、三洲くん」

　麻生は楽しげに声を掛ける。

「あ、麻生先輩。こんにちは」

　礼儀正しい一年生へ、

「もしかして、俺の枕に用があるの、三洲くん？」

「麻生先輩の枕、ですか？　その広辞苑が？」

「そ」

麻生は更に楽しげに頷いて、「やることなくてつまんないから、昼寝でもしようかと思ってさ」

図書室を巡らせた。

こんなに楽しそうに『やることなくてつまんない』とか言われても、三洲としてはどう続けたものか、話に困る。

相楽の秘蔵っ子である、三洲新。もれなく、相楽主催のイベントには参加している。

「三洲くんは、調べ物？」

「あ、はい」

「祠堂の祠探し、やってんの？」

「ええ、一応」

「でもこの広辞苑を読んだところで、祠探しの役に立つとも思えないけどなあ」

「それは、別件で。明日の授業の予習のためです」

「へえ、そうなんだ」

麻生は真面目な優等生と評判の相楽の秘蔵っ子の顔を覗き込み、「三洲くんて、よーく見ると、きれいだよね」

と言った。

「――は？」

「つくづく相楽って、面食いだよなあ。そういうとこも、好きじゃないんだよなあ」

「あの、麻生先輩？」

「相楽の企画した祠探しをさ、俺、葉山くんと組んで参加しようと思ったわけ」

——葉山くん？

「相楽がしつこく誘うし、珍しく参加してあげようと、前向きなキブンになったわけ」

「あの……」

「ところがさ、葉山くん、いきなりひどい風邪ひいちゃって、見舞いに行ったら、丁度、校医の中山先生が葉山くんの診察終えて寮の部屋から出てきたところで、薬を飲んだばかりで安静第一だからって、俺、さっさと追い返されちゃってさ」

ああ、それなら、同じ一年の葉山託生か。

「——あの」

「ひとりでやるんじゃ、全然つまんないだろ？　しかも、ギイがさ」

ギイの名前に、三洲の表情が、一瞬、変わる。

「突然、一抜けたとか言うんだよ。この期に及んでリタイアなんだとさ。もうさ、ダブルつまんないってやつでさ」

崎が、一抜けた？

「パートナーはいなくなるし、ライバルもいなくなるし、もう、やってらんないって感じ」

「そう、ですか」

「まあね、三洲くんにこんな話してもしようがないんだけどさ、なんか、誰でもいいから愚痴を聞いてもらいたかったんだな、俺としては」

ふう、と、溜め息を吐いた麻生へ、

「渡波先輩に愚痴をこぼせば良かったんじゃないですか？」

柔和な笑顔付きで、三洲が言った。

「あ、やっぱ、迷惑だった？」

「いいえ、迷惑なんかじゃないですけど、渡波先輩相手なら、どんなに愚痴っても、とことんつきあってくれそうなのに、と、思ったものですから」

「まあね」

曖昧に頷いた麻生は、「でもあいつ、お人好しのクセして、実は隠れ説教魔だから、イヤなんだよ。後が面倒って言うかさ。その時は黙って愚痴、聞いててくれても、後でチクチクくるんだぜー」

「へえ、そうだったんですか」

「幼稚園からの腐れ縁でさ、俺が早生まれでトロかったから、なんか、最初からやけに俺の面倒見てくれてさ、そのまま現在に至っちゃってるのさ」

「渡波先輩って、そんなちいさな頃から麻生先輩のことが好きだったんですね」

「どうかなあ？　俺は、あれはあいつの、ただの自己満足だと思ってるけどなあ」

「あんなに献身的な渡波先輩に、それは失礼なような気がしますけど」

「いつまでもデキの悪い幼稚園児扱いしてる渡波の方が、よっぽど失礼だと、俺は思うぜ」

麻生が言うと、三洲はけらけらっと笑って、

「それはそうですね」

同意した。「ところで麻生先輩、申し訳ありませんが、少しだけ、先輩の枕、拝借してもよろしいでしょうか？」

「あ、広辞苑？」

麻生は、「仕方ないか。愚痴聞いてくれたお礼に、今日は譲るよ」

書架から広辞苑を引き抜いて、三洲へ手渡す。

「ありがとうございます」

「三洲くんってさ、相楽のどこが好きなわけ？」

「——はい？」

「ものすごく、相楽に心酔してるように見えるけど、確かにあいつ、伝説の男だけどさ、あんまりたいしたことないぜ？」

「はあ」

それは多分、価値観の相違というものかもしれないが、「強いて言えば、サービス精神が旺盛なところでしょうか」

「ふうん」

「とてもリーダーシップに優れた先輩だと、思いますけど」

「それはそうかもしれないけどさ、それのどこが魅力的なのかがさっぱりわかんない。俺は、一匹狼みたいなやつに、ぐっとくるからさ」

「それで、パートナーに葉山くん、ですか？」

「そうそう」

「麻生先輩って、可愛らしい外見に似合わず、野生の狼を飼い馴らしたいタイプなんですね」

さらっと続けた三洲に、麻生はうっかり頷いて、ふと、

「三洲くんて、案外ブラック？」

言って、「それいいな、その方が好みだ」

と、笑った。


「石川先輩！」

往来の賑やかな寮の一階の廊下で、呼び止められた。

「奈良？」

石川は腕時計の時間を確認して、「珍しいな。まだ五時前なのに、もう部活から戻ったのかい？」

「いえ、先輩に急いで渡したいものがあって、部活を抜け出してお届けに」

「俺に？」

奈良はブレザーのポケットから恭《うやうや》しく、ちいさなものを取り出して、

「どうぞ」

石川へ、差し出した。

「なに、これ？」

「世界屈指の最強のお守り、ですか」

「はあ？」

石川は噴き出して、「それはまた、大仰なものを」

奈良のてのひらにちょこんと乗っているのは、祠堂のブレザーのボタンである。

「いやいや、侮ってはなりません。石川先輩、これは誰あろう、あの崎義一のボタンなんですから」

「え？　崎くんの？」

石川は咄嗟に凝視して、「や、でも、これが崎くんのだとしたら、服装チェック――」

「階段長として、風紀関係の心配をされるのは当然でしょうが、今回は、それは無視してください」

「そうはいかないよ、奈良」

「とにかく、これは、世にもアメージングな学生のボタンですからね。持っていれば、例の、幻の祠の御利益より強力ですよ」

「そうかなあ？」

「あんな学生、今後、祠堂の歴史が何百年続いたところで、二度とここへ入学したりしませんから」

世界屈指のセレブリティの御曹司。こんな日本の片隅にある全寮制の高校に留学してくるなんて、それこそがミステリーだ。

おまけに、生まれ育ちだけでなく、無条件で人を惹きつける存在感そのものが、スペシャルな学生。

「確かに、奇跡のような学生だと、思うけどさ」

「強運の申し子みたいな崎義一に、あやかっちゃいましょう、先輩」

奈良は石川の手にボタンをぎゅっと握らせると、「祈、志望校合格。それから、祈、後悔を残さない高校生活」

「奈良……？」

「優しいばかりじゃダメですよ」

「別に俺は、優しくなんか」

「入学した時から、俺は石川先輩に一番お世話になりました。一番、恩のある先輩なんです。できれば、晴れやかに、ここを卒業してもらいたいんです」

「……奈良」

「思いやりもけっこうですけど、思いやりと思い込みはちょっと似てますからね、気をつけた方がいいです」

「それって、奈良——？」

「じゃ、部活の続きがあるんで、失礼します」

奈良は短く一礼すると、慌ただしく寮を後にする。

ボタンを手に廊下に取り残された石川の脇で、いきなり公衆電話の呼び出し音が鳴った。


ドアをノックしようとして、思い直して、拳を戻した。

421号室の前、

「片倉は、弓道部に行ってるはずだしな」

ギイはポツリと呟いた。

片手に提げた、ペットボトルの入ったコンビニのビニール袋。

部屋には葉山託生ひとりきりのはずなのだが、だからこそ余計、躊躇《ためら》ってしまう。

眠っているのか、起きているのか。

「いや、迷惑がられるだけか……」

見舞いを届けたところで、崎義一からの見舞いなど、葉山託生が喜ぶわけがない。

せっかく、用意したけれど、

「オレから直接じゃ、無理だな」

ギイは肩で息を吐くと、ノックすることなく踵を返した。


バサリと、紙の束がゴミ箱に捨てられた。

部屋に帰ってくるなりの三洲の行為に、

「あれ？　三洲、そのコピー、もういらないの？」

同室の児玉が宿題の手を止める。

あれは、昨日、三洲が熱心に目を通していたコピーだ。タイトルは確か、キツネの温泉。

「いらないと言えば、いらないかな」

三洲は自分の机の椅子を引くと、「宿題順調、児玉？」

と訊く。

「それが、全然」

児玉は情けなく眉を寄せ、「後でわかんないとこ、教えて、三洲」

「いいよ、俺にわかる範囲ならね」

三洲は応えて、机に教科書を開いた。

崎義一が抜けたと聞いて、なぜかいきなりやる気がなくなった。

そもそも崎がイベントに参加していると知らなかった段階から自分は始めていたのだから、もちろん張り合おうとしていたわけではないのに、相楽をやたらと煙たがっていた崎が、珍しくも相楽の企画に参加していると知って、心中やや複雑になったのは事実だが、参加した矢先にこんなにあっさり抜けられては、気まぐれな奴と呆れるよりも、

「ひょっとして、祠、あっさりみつけちゃったのかな」

崎義一のことだ、ありえなくない。

もしくは、みつけないまでも、とてもつまらない顚末だったのかもしれない。

それにしても。

崎が抜けたと知ったら、崎にご執心の相楽は相当がっかりするだろうが、三洲が抜けたと知っても、きっとさほど、がっかりはしないだろう。

以前なら、この発想に至るたびにひっそりと傷ついていたのだが、不思議と今回は、すんなりと納得しているのだった。

『み、みすって、どんな字を書くんですか？』

ほんの数週間前、入学試験の最中に、三洲に告白した中学生。

『俺、真行寺兼満って言います。両方を兼ねるの兼と、潮が満ちるの満で、兼満です』

泣きながら、いつしか泣いてる自分を棚に上げ、ぼんやりと三洲をみつめていた、中学生。

今、思い出しても、笑えてくる。

身の程知らずの中学生、

『漢数字の三と川の中洲の洲だ。同じ州でも、さんずいが付く方の洲。それで三洲。下の名前は、きみが晴れて入学できたら教えてやるよ』

ちゃんと合格、できただろうか。

「落ちてたら、平和で良いな」

名前を教える手間も省けるというものだ。

厄介事は、遠慮したい。

平穏無事に高校生活を終えることが、三洲の第一目標なのだから。

『好きなんです！』

まっすぐに向けられた眼差しが、だが、いつの間にか気持ちのどこかに棲みついていた。

チョコは受け取ってなどやらないが、

「おかしなヤツ」

思い出すと、笑えてくる。


起き上がろうとすると、頭が痛い。

金づちで脳の内側からガンガンに叩かれているように、頭が痛い。

おまけにひどく、だるかった。

「喉、渇いた……」

枕元の時計を見て、室内に利久の姿がないのを理解する。まだ彼は部活中だ。

利久がいれば頼めたのに、いないから、自分で動くしかない。

なんでもいいから、すごく冷たい物が飲みたかった。

校医の中山先生からもらった風邪薬のおかげか、咳の方はずいぶん楽になったのだが、発熱で体中がぽかぽかで、どことなく、地に足のつかない浮遊感が、気持ち良いような、落ち着かないような。

「ゆっくり動けば、大丈夫だよな」

頭痛を引き起こさないよう気をつけて、手近な厚手のジャケットを羽織ると、託生は小銭入れを手に、不確かな足取りで421号室を後にした。

「はい、祠堂学院学生寮です」

電話当番であるなしにかかわらず、たまたま近くにいた学生は電話を取ること。という不文律に従って電話に出ると、

「あ、あれ、石川？」

びっくりして、狼狽したような声が聞こえた。

「その声は、え？　渡波？」

石川も、驚いた。――反射的に、ボタンを持つ手に、ぎゅっと力が込められた。

「う、うん、そう。俺。あー、元気か？」

「元気だよ。渡波は？」

「大丈夫。かろうじて、風邪はひいてない」

「それは良かった。あ、誰を呼び出すんだい？　麻生？」

「や、ちが、えっと、あー、石川って本命、まだ？」

「うん、まだ、これから」

「学校に残ってて、階段長やりながら受験勉強するの、大変じゃないか？」

「それほどでもないよ。慣れてるし。家にいるとやけにのんびりしちゃって、みごとに勉強する気がなくなるんだ。寮の部屋の方がはかどるから、むしろここにいる方が効率的かな」

「へ、へえ」

「渡波は？」

「俺は、なんていうか、そこにいると気が散るっていうか」

「そうだよね、こっちには麻生がいるから、気になっちゃうよね」

からかうように、ちいさく笑う石川へ、

「や、だってあいつ、危なっかしいから、目が離せないだろ？」

渡波が言い訳のような説明をする。

「そんなに好きなら告白すればいいのに」

ぽろっと言ってしまって、

「えっ⁉」

渡波が本気で驚いた。

こんな立ち入ったことを口にした自分に、石川も驚く。

「ごめ、渡波、あの――」

「なんで？　石川、俺、なにを麻生に告白すんの？」

「え？　え？　なにって……」

そんなことは、決まってる。「卒業してからも仲良くしていたい、とか、恋人になってくれないか、とか、そういう告白？」

「ええーっ⁉　なんで俺が、そんなこと、麻生に言わなきゃならないんだ？」

動揺たっぷりに訊き返されて、石川の方が動揺する。

「だって、渡波、麻生に惚れてるんだよね？」

あの過保護なまでの心配っぷりは、そういうことであろう。

「まさか！」

渡波は短く否定すると、「俺、別に、麻生に惚れてなんかないよ」

「ウ…ウッソだー」

「ウソなんかつくもんか。なんだよ石川、お前、ずっとそう思ってたのか？」

「俺だけじゃないよ、きっと、渡波と麻生を知ってる祠堂の学生は、もれなく全員、そう思ってるよ」

「ちがっ！　違うって！　俺が好きなのは——」

言いかけて、渡波はいきなり押し黙る。

「——渡波？」

呼びかけても、返事がない。

「もしもし？　渡波？」

「とにかく！」

突然、渡波がいきり立つ。「俺が惚れてるのは麻生じゃないから！　その誤解、今日、今ここで訂正しろよ、石川！」

「あ、うん。それで階段長として、責任持って皆にそれを伝えろと？」

「そんなこと石川に頼まないよ。お前だけ、わかってりゃいいよ」

「……え？」

「とにかく、受験が終わったら、俺も祠堂に戻るから。石川も、受験が終わっても、帰省しないんだろ？　卒業式まで、そこにいるよな？」

「う、うん、いるつもり」

「よし。じゃな」

「え？　渡波、誰に電話だったのさ？」

「もういい。これで切るよ」

「用があって、わざわざかけてきたんだろ？　規定の時間は過ぎてるけど、今からでも取り次ぐから」

「いや、いい。なんかもう、どうでもよくなった。それより石川、お互い受験、頑張ろうな」

「あ、うん」

「じゃな」

「うん、また」

告げて、受話器を戻す。

ボタンを持つ手が、ずっと小刻みに、震えていた。

「お、ギイ、発見」

寮の階段を昇りかけた章三が、降りてくるギイを呼び止めた。

ふと目に入った、ギイが持っている、どこぞのコンビニ袋にペットボトルが一本。

「え？　ギイ、いつの間に外出したんだ？」

というか、平日に外出なんて、できたっけか？

「外出は、してないよ」

ギイは言い、「なに、それより、オレのこと探してたのか？」

と、章三に訊く。

「別に急ぎじゃないんだけどさ」

「夜になればイヤでも会うからな、同室なんだから」

「そうそう」

章三は笑い、「ギイが一抜けした祠の伝説だけどさ、やっぱり史実に基づいたものらしい」

「まだ調べてたのか、章三？」

「調べるつもりはなかったけど、図書室に読書用の本を借りに行ったら、たまたまあれこれわかっちゃって」

下へ行くギイにあわせるように、章三も、階下へ戻る。「ややロミオとジュリエット、らしいぜ」

「なにが？」

「捨てられた赤ん坊と庄屋の息子」

「へえ」

「赤ん坊ってのが、暗殺された昔々の城主の子供で、危機を察したシンパの家臣がこっそりと逃がしたらしいんだ」

「山奥のキツネの夫婦の元へ？」

「そうそうキツネの、って、そんなわけないだろ」

章三はまた笑うと、「城主の恩情で刑を免れた夫婦者が人里離れた山奥に隠れ住んでいて、そこへ預けられたそうなんだが、庄屋の息子とされているのが、実は城主から城を奪った裏切り者の家臣の息子で、これまた別の派閥から暗殺されかけたところを、からくも逃げ切って、成長した赤ん坊と出会った、らしい」

「親の仇の息子と恋に落ちたのか」

それは、「さすがに、キツネの両親も賛成はしてくれないな」

「当然だよな。で、本人も諦める道を選んで、ちいさな花になってしまったと」

「でも、そういう類いのオチとしては、コンの涙がやがて温泉となったのでした。とかじゃないか、普通？」

ギイの突っ込みに、

「まあね、普通はそうだよな」

章三も頷く。

「なんだ、温泉はやっぱり、ただの温泉だよ。体や心がホッとできても、御利益バッチリなんて、あるわけない」

祠だとて、温泉の恵みに感謝して、後年人が祀ったものだ。「だいたい、御利益ばかりをアテにして、努力を怠ったりしたら、本末転倒もいいところだ」

「なに、ギイ、なんか怒ってる？」

「いや、ちょっと、反省しただけ」

祠の御利益をアテにしていたわけではないが、ひとつのバロメーターにしようとしていた自分は、やはり、どこか頑張ることに疲れていたのかもしれない。

確かに、努力したら必ず叶うわけではない。どんなに努力しても、叶わないことがあるのも現実だ。だが、だからといって、努力しないでいいということにはならない。

手にしたコンビニのビニール袋、章三あたりに頼んで葉山に届けてもらおうかと、密かに考えていたのだが、

「違うな、きっと」

「え？　なにが？」

章三が訊きかけた時、弾む足取りで、麻生が寮の玄関から入ってきた。

ご機嫌な笑顔。手にはネットのミカン。——風邪ひきの葉山託生の見舞いの品であろうことは、容易に想像できる手荷物だ。

ふと、廊下の奥が低くざわついた。

やがて、

「ちゃんと謝れってのが聞こえないのか！」

学生の怒号が廊下に響いた。

この感じ――。

ギイは急いで、廊下を進む。

放課後の、往来の多い寮の廊下。あっという間に人垣ができ、その中央に、案の定な光景があった。

睨みつける上級生と、俯いている、葉山託生。

「言っとくけどなあ、俺が理不尽ないちゃもんつけてるわけじゃないんだからな！　そっちが勝手に俺にぶつかっといて、謝罪もなしとはどういうことだって訊いてんだよ！」

俯く葉山の顔色が赤い。

「……熱、かなりあるのかな」

ギイはちいさく呟いた。

葉山の足元が、ふらついている。

「おい、いい加減にしろよ、いつまでシカトしてんだよ！」

上級生が葉山の肩をがっと摑んだ。

常の葉山の反応として、嫌悪感たっぷりに摑まれた手をぱしっと払いのけ、余計に怒りを買うのだが、

「あの、ご……」

葉山の両腕は、体の脇に下がったままだ。

「なんだよ、文句あるってのか⁉」

上級生が葉山を突き放す。

そのまま壁に背中をぶつけ、痛さに葉山が上級生を見上げた。

「とことん生意気だな！　謝りもしないでガンつける気か！」

上級生が拳を握りしめた時、咄嗟に葉山が周囲を見回した。

「ちょっとちょっと！」

麻生が人垣を必死によけて、ふたりの方へ近づいて行く。

王子様の登場だ。

ギイはそっと、溜め息を吐く。

これまで、どんなに窮地に立たされても、一度として、葉山は周囲に救いを求めたことなどないのだ。あんなふうに、心許なく、周囲を見回したことなど、ついぞないのだ。

それだけ、麻生の存在は大きいのだ。

「……参ったな……」

ああ、でもこれで、諦めがつく。

葉山が心安くいられるのならば、隣に誰がいようと、かまわないのだ。

「病人相手に、なに憤ってるんだよー、緒方《おがた》」

「麻生先輩……」

緒方は拳を脇に引くと、「や、だって、こいつ」

「さっきだって、葉山くん、ちゃんと謝ろうとしてたのに、緒方が聞く耳持たないから」

「冗談でしょ？　葉山が謝罪してるとこなんて、見たことないですよ、俺」

「ごめんなさいって、言いかけてたのに、緒方がぎゃんぎゃん怒鳴るから」

「ぎゃんぎゃんって、先輩」

「風邪で、熱があって、ふらふらしちゃって、ついぶつかっただけなんだから、大人気ないことするなよ、緒方」

「——熱？」

「調子が悪いから、緒方、葉山くんに反撃されなかったんだぜ、きっと」

麻生に指摘されて、緒方が、あ、と、口を開ける。

怒りのあまり、うっかりしていたが、

「そういや、ひっぱたかれなかったですね、俺」

「なー？」

麻生はのんびり同意を求めて、「ほら、ケンカは終わりー。やじ馬、散って、散って」

——葉山が心安くいられるのならば、隣に誰がいようと、かまわない。

と、思うのに、詭弁《きべん》でなく、そうと納得しているのに、人垣が散り散りになってゆくのに、どうしてか、足がここから動かない。

「大丈夫、葉山くん？」

麻生は助け起こそうと、朦朧《もうろう》としている葉山託生へ手を伸ばす。

だが葉山は、まだ、ぼんやりと周囲を見回していた。

目の前に麻生がいるのに、まだ救いを求めて誰かを探しているかのように、周囲を見回していた。

ふと、ギイと葉山の目が合った。

決して向けられることはないと思っていた視線が、ギイの上でピタリと止まった。

都合の良い、思い込みなんかでなければいい。

「あの意地っ張りな葉山が謝ろうとしてたなんて、あれか？　熱のせいで、ちょっと素直になっちゃってるのか？」

章三のからかいに、ハッとする。

だとしたら——。

一歩を踏み出したギイに、気のせいでなく、葉山の視線がついてくる。

大股で、葉山へ近づくギイに、葉山の視線がついてくる。

葉山の視線を追った麻生が、ギイに気づいて、苦笑した。

「なんだよ、ギイ」

邪魔するなよ。

「すみません麻生先輩、オレ、葉山のクラスの級長なんで、責任持って、オレが葉山を部屋まで送り届けます」

「なんだ、それ」

不満たっぷりな麻生へ、

「第一、麻生先輩じゃ、葉山、担げませんし」

小柄で可愛らしい、麻生圭。

「えー、なんだ、それ」

麻生はギイを睨みつけると、「トンビに油揚げー」

と、毒づいた。


「……あれ？」

気がつくと、ベッドにいた。

目の前に、見慣れた天井の模様が広がる。

「なんで……？」

とても喉が渇いてしまって、冷たい物が欲しくって、自販機へ行こうと、確か部屋を出たのではなかったか？

なのに、どうして、自分はベッドで横になっているのだろうか。

しかも、

「なんかヘンな夢、見た気がするし」

夢の内容などまるきり覚えてはいないけれど、不可解な違和感と、それとは反する安堵感とが、なぜかごちゃまぜに胸の中にあった。

少し動いても、頭がガンガンする。

「トイレ……」

だが、背に腹は代えられないので、頭痛がひどくならないよう、ゆっくりと、ベッドから起き出した。

用を済ませてベッドに戻ろうとした時に、それに気づいた。

それと、分別ゴミに出す準備のように、フィルム包装のはがされた透明なペットボトルが、託生の机の上に置かれていた。

「利久の差し入れ?」

咄嗟にそう思ったものの、利久が部活から戻った気配が、まだ室内のどこにもなかった。

ふと見ると、ペットボトルの下にハガキくらいの大きさの白い紙が挟まれていた。

『ご注意!

これはミネラルウォーターではありません。

キャップを開けて、添付のアルミホイルの中の白い粉を、ペットボトルの中へそっと入れてみましょう。

入れ終わったらキャップを閉めて、しばらくお待ちください。

さあて、なにが起こるでしょう?

お楽しみに!』

ペットボトルの隣に、お弁当のゆでたまごにセットされてる塩を包んだアルミホイルの風情で、メモどおりにアルミホイルが置かれていた。

「これ、利久の字じゃないよね」

だとしたら、誰がここへ、このような物を置いて行ったのだろうか。

残念ながら託生には、利久以外、クラスメイトの筆跡ですら、わからない。

つまりは、皆目見当がつかない、という状態である。

またしても嫌がらせの類いかと一瞬身構えたのだが、メモの文字を眺めていたら、不思議と警戒する気持ちが薄れてしまった。

「いいや、なにが起こるかわからないけど、試しにやってみよう」

ペットボトルのキャップを開け、書かれた指示どおりに白い粉を中へ入れる。

しばらくすると、透明な水の中に、次々と雪の結晶が現れた。

「——うわ、なに、これ」

ペットボトルの入り口付近から絶え間なく生まれ出る星の形をした白い結晶が、まるで雪が降るがごとく、透明な液体の下へ下へと降り積もる。

とても、きれいだ。

「すごいや。これなら、カーテンを開けなくても雪景色が楽しめる」

託生はペットボトルを手に、ゆっくりとベッドへ戻った。

揺らさないよう枕元にペットボトルをそっと置き、横になって、降り続ける雪を眺める。

「これ、本物の雪なのかな」

だが、ペットボトルを触ってみても、特に冷たいということはない。

そうして絶え間なく降り続ける雪のような白い結晶を、託生は飽きることなく眺めていた。

誰の贈り物かはわからないが、わからなくても、ただただ、嬉しい。

「早く元気になろう」

心強い励ましをもらったように、気持ちが明るい。

こんなにしあわせな心持ちになれたのは、生まれて初めてかもしれない。


「ギイのせいで渡し損ねちゃったじゃないか」

夕飯時の学食で、麻生がぼやく。

テーブルに、これみよがしに置かれたミカン。

「今から部屋を訪ねればいいじゃないですか」

ギイはちいさく苦笑して、「どんなタイミングでも、麻生先輩なら渡せますよ。なにせ麻生先輩、葉山が唯一、警戒しない先輩なんですから」

よく言うよ。

麻生はこっそりギイを睨むと、

「ギイから渡しておけよ」

ミカンをよこす。

「なに、拗ねてるんですか？」

おかしげに、ギィが笑う。

ついてくるなと、鋭い目つきで麻生に無言で牽制したくせに。麻生どころか、一緒にいた相棒の赤池章三ですら、ついてこさせなかったくせに。

「こんなことなら、せめてさっき、どさくさ紛れに頭くらい撫でておけば良かったなー」

「はい？」

「いいよなギィは、葉山くんを担げてさ」

「まだそれを気にしてたんですか、麻生先輩」

「してるよー。向こう五年は、ぐちぐち言うよー」

ギィはくすくす笑うと、

「それは困った」

ちっとも困った口調ではない。

麻生はやれやれと肩を竦めると、

「ギィがライバルじゃ、分が悪いよな」

「なんですか、それ」

「俺みたいに好奇心じゃないんだ、ギィは」

「だから、なにがですか？」

「こんなにわかりやすいのに、だからダメなんだよな、相楽は。全然人を見る目がないって言うか、ダメ男だよなー、ダメダメ男」

「麻生先輩？」

「相楽がどんなにギイが好きでも、永遠に叶わないだろうって話」

「……はあ」

「俺だって、相楽よりは葉山くんの方が良いもん」

「麻生先輩⁉」

　でもきっと、俺よりもギイの方が良いんだな、葉山くんは。

　思ったけれど、口にはしない。

「あーあ、葉山くんと祠探し、したかったなー」

「それこそ、今からでも遅くないじゃないですか。現在、イベント真っ最中なんですから。葉山はかなり個性が強いですけれど、一度した約束はちゃんと守るヤツですから」

　麻生はばつが悪そうに、

「してないから、約束」

　と打ち明けた。

「――は？」

「ちょっと見栄を張ってみた」

「そういうのも見栄を張るうちに入るんですか？」

「ギイが相手だと、入るかな」

自分の方が優位だと、アピールしたい気分だった。

「相変わらず、面白いですよね、麻生先輩」

「あーあ、葉山くんともっと仲良くなりたかったなー」

麻生は言って、深く溜め息を吐いた。

——片思いが辛いなんて、思ったことはなかった。

その辛さを知ってから、希望を持つことの難しさも知った。

「オレも、もっと葉山と仲良くなりたいと、思ってます」

ギイが言うと、麻生は眩しげにギイを見上げて、

「そっかー」

と、頷いた。

叶うものなら、彼が良い。

葉山託生の視線の先に、他の誰でもなく、自分がいたい。

タクミくんシリーズ完全版1

そして春風にささやいて

四月、快晴、日曜日。

ぼくは半分、気分が良かった。

「日曜に入寮なんて、サギだよなあ」

一面の桜吹雪。粉雪みたいにうす桃色の花びらがヒラヒラと舞い降る中、『祠堂学院前』というバス停から校門まで、まっすぐに長く続く桜並木を、片倉利久はひょろ長い体を少し前屈みにして、ぶらぶらと歩いていた。ぱんぱんに膨らんだボストンバッグも、大柄な利久が持つと軽々という印象だ。「な、そう思うだろう、託生ィ」

利久は隣を歩くぼくに同意を求める。いや、この場合は同情だ。

「たいしたことないじゃないか」

ぼくはずしりと重いボストンを、右手左手と交互に持ち替えながら、「春休みは例年分きちんとあったんだから。それとも今年は入寮日が日曜にぶつかる、いっそ一日繰り上げて土曜日に、なんて方が良かったかい？」

途端に利久は不服そうな顔をした。

「意地悪言うんだな、託生は」

ぼくは眉《まゆ》を上げて、

「そうだね」

気のない返事をした。

だって、ぼくは利久みたいに、一日でも少ないと惜しいほど楽しい春休みを過ごしていたわけじゃないからね。

久しぶりに帰ってきた息子に、相変わらず腫《は》れ物にでも触るように接した両親。自分たちの負い目を一気に埋めようとして、あの手この手とサービスしてくれた。——無理なのに、長い間干渉されないことに慣れていたぼくには、降って湧《わ》いた溺愛《できあい》が煩わしいだけなのに。

あれから年月だけは流れたけれど、結局、何も変わっていないんだ。彼らも、ぼくも。

今年もぼくは兄の墓参りに行けそうにない。もう三年もの月日が経とうとしているのにね。

「冷たいんだよ、託生は」

利久はむすっとして、「ちっとは、ああ可哀相《かわいそう》だね利久くん、よしよし、なんて慰めてくれたっていいだろー」

上からぼくを睨みつけた。利久は優に百八十センチ以上ある長身で、それなりにがっしりした体格をしていた。片やぼくは百七十ちょっとの中肉中背。十センチの身長差とこの体格の差に、本来ならばかなりの威圧を感ずるものなのに。

「ぼくは幼稚園のせんせいじゃないんだよ。第一、今年で十七にもなろうって大の高校生が、いまさらそんなことを言われたいのかい」

「言われたい！」

「あのね……」

マジだよ、こいつ。「祠堂じゅうで利久だけそうだっていうのなら、まだ話は別だけどね、今回のは同情の余地なし」

「冷血漢」

利久はギロリと目をむいた。——の割に迫力に欠けるのは、やはりひょうひょうとした顔の造りと、ぷくりと頬《ほお》を膨らませて、拗《す》ねてますと顔中に書いてあるせいだ。

「まだあったね、利久」

ぼくは、面白半分に続けた。「無感動、無関心、人間嫌い、潔癖症、雑木林に自律神経出張症、etc、etc。よくまあ、たった一年の間に、こんなにもたくさんのあだ名《な》をつけてもらったものだと、我ながら感心しちゃうよ」

「やめろよ！」

利久が焦って遮った。「やめろよ、自分で言うなよ、そんなこと。——ごめん、冷血漢だなんて、仮に冗談でも言っちまって」

「気にしてないよ」

そう、気にしてなんかないさ。他人に理解されないことにはずっと昔から慣れているんだ。いまさら陰口たたかれて、それが何だというのだ。それでもぼくは、ぼく以外にはなれないのだから。

「でもごめん。「それに、利久に悪気があったわけじゃないしね」

「でもごめん。他に言いようがあったのにな」

「もういいよ」

「ごめんな、託生」

利久は本当に済まなそうに、もう一度謝った。ボサッとして粗野っぽい外見とまるきり裏腹な、デリケートな神経を持つ利久。だから去年、一年間、ぼくは同じ寮の部屋で、ぬくぬくと暮らせたのだ。本来ならばとても集団生活には適応できない欠陥だらけのぼくを、細々《こまごま》とフォローしてくれた。利久なりに。

「しつこい男は嫌われるぞ、利久くん」

ぼくは軽く笑って、まだしょんぼりしている利久の脇《わき》を抜けると、校門へと歩を速めた。

ここ、祠堂学院高等学校は、人里離れた山の中腹にポツンと、それも斜面にへばりつくように建っている、全寮制の男子校である。創設が昭和ひとケタという歴史と、ぐるりを雑木林に囲まれて（れっきとした私有林である）この美事な桜並木ともども、自然の豊かさという点では、国内のどの高校にもひけをとらないだろう。

昔は、それこそ、良家の令息しか学べなかったのだろうが、現在では一般庶民がわんさと机を並べている。もっとも、学費は他校より幾分高いそうだけれど。

似たようなボストンバッグを持った新二、三年生がゾロゾロと登校していく流れにのって、久々の再会に元気な挨拶《あいさつ》がとびかっていた。

けれど、ぼくにかかる声はない。――片倉利久くらいなものか。

そのくせ、興味に満ちた視線だけは、いつも執拗《しつよう》にまとわりついてくる。

ぼくが、葉山託生、だから。

何事にせよ、反応が他の多数と異なれば、無条件で個の存在が目立つのは道理だが、人にはそれを好意で迎えられる場合と、逆と、ある。

少なくともぼくは、前者ではなかった。

これだけ疎外感に苛《さいな》まれて、我ながらよく退学しないものだ。

『――葉山は自己表現がド下手だな』

ふいに、ギイに言われたセリフがよみがえった。

ギイ、こと崎義一。ぼくはギクリとして――あんまり唐突に図星をさされたので――呆《あき》れるほどギイを凝視してしまったものだ。

昨年、入学してすぐの、昼休みだった。

ぼくの異質さを『変人』ではなくて『自己表現が下手だ』と評したのは、後にも先にもギイひとりだけだった。医師ですら、心そのものが屈折していると診断したのだ。でも、誰よりぼくは、ぼくを理解していた。ぼくは、心のままに行動する術《すべ》を、誰にも教えてもらわなかっただけなのだ。むしろ、感じたことを包み隠し、何もなかったように振る舞うことだけ、身につけていた。

無感動、無関心、冷血漢。――そう取られても、否定はできない。

いつまで経っても、うんともすんとも応《こた》えないぼくに、ギイはひょいと肩を竦《すく》めると、先にグラウンドへサッカーをしに出た級友たちを追いかけて行った。

そして、それきり。

ギイとは一年間同じクラスだったけれど、それ以後も親しく口をきいたことはなかったし、そんな機会もなく、ましてや彼は、ぼくから気安く話しかけられる存在ではなかった。入学してすぐ、既に彼はクラスの中心的存在で、皆から一目も二目も置かれていた人物だったのだ。ぼくとは好対照である。

何をしても許されるギイ。常に物事が裏目に出るぼく。

不条理だ、と思う。——でも、だからどうだというのではない。

ギイとぼくとでは、住む世界が初めから違うのだ。ギイのようになりたいと望むのは愚かなことで、諦《あきら》めるのには慣れていた。

「待てよ託生、怒っちゃった？」

利久が小走りに追いかけてきた。——まだ気にしてる。

「怒ってないよ」

全く、利久みたいな気の優しい男が、こんなぼくと親しいだなんて、世の中の巡り合わせなんてわからないものだ。

「本当に？」

「本当さ。今年も同じクラスだといいね」

ぼくが言うと、利久はパッと満面の笑みで、

「うん、俺《おれ》もそう思う！」

力強く応えた。

と、その時だった。

ドン、と誰かがぼくの背後からぶつかってきた。そしてよろけるように数歩前に進むと、奇妙なほど派手に転んだのだった。

「な、何するんだよ！」

転んだ当人が叫んだ。茶色い巻き毛の、随分きれいな顔立ちの小柄な男の子だ。胸の校章は赤、同じ二年生である。

「大丈夫か高林、どうしたんだ⁉」

まるで大事件かの如く、ふたりの学生が血相変えて駆け寄って、その子を抱き起こした。

――高林？　ああ、高林泉。うちの学年で、一番きれいと評判だった子だ。上級生のみならず、同級生にまで、お姫様ならぬ王子様扱いを受けていると耳にしたことがある。

その高林泉はびっくり眼《まなこ》のような大きな瞳《ひとみ》を、更に大きく見開いて、キッとぼくを睨みつけるなり、

「そいつ、わざと僕にぶつかってきて、謝りもしないんだ！」

はっきりぼくを指差した。

え……？

「何だってぇ⁉」

男のトーンが一オクターブ跳ね上がった。

「てめえ、図々しい野郎だな！　ちゃんと高林に謝れよ！　あーあ、クリーニングしたての制

服がまっ黒けになっちまったじゃねえか。弁償するんだろうな！」

「託生、どうなってるんだ？」

利久が呆然《ぼうぜん》として訊《き》く。訊かれても、ぼくは何と応《こた》えていいのかわからなかった。ぶつかってきたのはあっちなのだ。——どうなっているのだろう。

しかし、どうなっていようとも、状況はぼくに不利に展開していた。

登校中の学生は足を止め、ぼくたち四人を囲んで、すっかり人垣ができあがっていた。高林泉には同情の視線が、非難の視線は、当然ぼくだけに注がれている。

「またかよ。新学期早々だぜ」

誰かのヒソヒソ話が耳を掠《かす》めた。

「謝れってんのが聞こえねえのかよ、このヤロー！」

男がドスの利いた声で怒鳴りつけた。こっちを小馬鹿にしたような得意げな言い方だった。だらしなく開いたブレザーの前、だらんと垂れたネクタイ。まるで、できそこないのヤクザみたいだ。それも、下っ端の。

よくわからないけれど、謝れというのなら謝ってしまおう。それで事が済むのなら充分だ。

そう決めて口を開こうとすると、

「随分と威勢が良いじゃないか、山下清彦《やましたきよひこ》くん」

低い、冷静な声が辺りに響いた。

ぼくたちを囲む輪の中から、一人の学生がこちらに歩いて来た。

「赤池章三」

チッと舌打ちして、山下清彦がその名を呟《つぶや》いた。――まずい奴《やつ》とでくわしたという表情が、ありありとみてとれる。

「僕の見ていた限りでは、葉山君が高林君にぶつかったとは到底見えなかったんだがね。前を歩いてたのは葉山君の方だ。つまり、むしろ――」

赤池章三はチラリと高林泉を見た。

同じ二年生とはとても信じ難い落ち着きと、冷ややかな物言いが特徴の赤池章三。やはり昨年同じクラスで、彼はギイの親友だった。

「なんだい、赤池君はあんな奴の肩を持つのかい」

高林泉はあざけるようにふふんと鼻を鳴らして、ぼくを顎《あご》でしゃくった。

「僕は誰の肩も持たない。見ていたままを言っただけだ」

「僕を誰だと思ってるのさ！」

「高林泉君だろう」

高林泉の魅力が赤池章三には何の効果もないとわかると、高林泉はぐっと詰まって、いきなりクルリと踵《きびす》を返し、人垣を強引に掻《か》き分けて行ってしまった。

残された山下が慌てて高林泉のボストンを拾い、

「畜生、覚えてろよ！」

それこそヤクザの捨《き》てゼ《まり》リ《も》フ《んく》を吐いて、後を追った。

興をそがれて、人垣がバラバラに散ってゆく。少し、決まり悪そうに。

「くだらない茶番だ。所詮《しょせん》あの程度だがな」

赤池章三は誰へともなしに呟いて、ぼくに振り返った。「おい、身に覚えのないことは断固として認めるものじゃないんだぜ、葉山託生。馬鹿をみるのはあんただよ、世間知らずだな」

サラリと辛辣《しんらつ》なセリフを吐いてくれる。

「はあ……」

「自分に降りかかる火の粉を、たまには払ってみたらどうだ」

赤池章三は言い残し、さっさと校門に消えてしまった。

「相変わらずきついやつだなあ」

利久が溜め息混じりに言った。「火の粉がどうとか、訳のわからんこと言って、なあ」

「そうだね」

「しかし助けてもらったのは事実だ。危うく無実の罪を被《き》せられるところだったんだもんな。後で礼を言っといた方がいいぜ」

「――そうだね」

ぼくは相槌《あいづち》を打って、でもそうするつもりは毛頭なかった。

助けてくれなくたって良かったのだ。ありがたいなどと、これっぽっちも感じてなかった。誤解されたままだって、目をつむってやりすごせるならば、ぼくはそうする。

反論にどれほどの価値があるというのだろう。頭上に火の粉が降りかかってきたら、止むまで浴びていればいい。

そう、ぼくは身につけてしまった。——訂正するには、もう遅いんだ。

「なあ、託生」

校門をくぐって、クラスと寮の部屋割りが掲示されている前庭にさしかかると、利久がやけに神妙に呼んだ。

「なんだい」

「今度の同室のやつ、寮の部屋のさ、そいつ、託生のことわかってくれるやつだといいな」

「え？」

ぼくが当惑して利久を見上げると、利久はふいに破顔して、

「だってさあ、俺と今年も同室なんて絶対にありえないもんな。見聞を広めるとか理屈をこねて、一度一緒になった人とは同室にさせないなんて寮則の方が、絶対に了見《りょうけん》が狭いと思うね」

明るい口調と裏腹な、心配そうな利久の目。

「託生、人に触られるの、今でも嫌なんだろう？」

ぼくは黙って、目を伏せた。

案の定、利久とは寮もクラスもまるきり別々だった。

ぼくの新しいクラスは２－Ｄ（因《ちな》みに利久は２－Ｂである。発音は少し似ているのだが）。

寮のルームナンバーは３０５。

ノックもなしにドアを開けて、ぼくはギョッとした。

「失礼、部屋を間違えました」

「間違いじゃないよ、葉山君」

赤池章三!!

「さ、さきほどはどうも」

彼と一年間、一緒なのか!?

「こちらこそ。でしゃばりは僕の本意じゃないんだが、祠堂にはおせっかい好きな男がいるからね。きみもそう思うだろ?」

「は?」

何の話だろう。

赤池章三はまるでぼくが入って来るのを待っていたかのように、一杯に開けた窓の桟《さん》に、ドアを向いて腰掛けていた。

「いつまでも突っ立ってないで、せめて荷物を下に置いたらどうだい。重たいだろう」

親切に言う。――彼はぼくなんかと同室でいいんだろうか。

とりあえず足元の床にボストンバッグを置いて、ぼくはあれ? と思った。

今思い出してみると、あの光景は妙だった。あの時、赤池章三が高林泉と山下清彦をやりこめた時、彼は手に何も持っていなかった。

そして手ぶらのまま、校門に消えて行ったのだ。

　ということは、荷物を部屋に置いた後、ということになる。だったらどうして彼はあの時、あそこに居合わせたのだろう。

「あの、赤池君……」

「葉山君、独断で悪いけれど、左側の机とタンスとベッドを使ってくれないか」

「それはかまわないけれど、あの……」

「了解がとれればそれでOK。それだけ前以《まえもっ》て断っといてくれと頼まれたんだ。それから――」

　赤池章三はトンと桟から下りると、ふいにぼくの髪に触れようとした。「イテッ!!」

　手の甲を押さえて、赤池章三が呻《うめ》いた。

　ぼくは全身総毛立っていた。口唇をぎゅっと噛《か》みしめて、据えるように赤池章三を睨みつける。体がわなわなと震えていた。実際机に摑《つか》まっていなければ坐り込んでしまいそうだった。

「ふむ」

　赤池章三は手をさすりさすり、「この反応も依然変わらず、だ」

「どういうつもりだよ！」

「きみの人間接触嫌悪症が健在かどうか、確かめてくれと頼まれたんだ。完璧《かんぺき》に健在だね」

「誰に！　そもそも人間ナントカって何だよ！」

「２－Ｄの級長。そいつが葉山君のことを人間接触嫌悪症だと言っていた」

「級長が何だって言うんだよ！　ぼくがどうだって、クラスには関係ないだろう！」

「それが大ありなんだな。そいつがきみのルームメイト、崎義一」

「え……？」

　ぼくは絶句してしまった。『ルームメイトって、赤池君じゃなく、て……？』

「僕は担任に呼ばれたギイの代理だよ。きみの嫌がることをわざとしたのは悪かったけれど、こいつはちと過剰防衛じゃないのかな」

　手の甲に赤くくっきり、ぼくの手形が浮いている。「全く、僕に損な役ばかりさせるんだ、あいつは」

「そいつは済まなかったな、章三」

　ぼくと赤池章三はギクリとした。当のギイが、開けっ放しのドアの抜けた空間に、腕を組んで立っていた。

「おや、お帰りギイ。用件は済んだのかい？」

　赤池章三は白々しく微笑《ほほえ》んだ。

「そっちこそ、済んだのならさっさと引き上げろ」

　ギイはかなり不機嫌そうだ。

「はいはい」

　赤池章三は素早く部屋を出ると、すれ違いざま、いきなりギイの背中をバチンとひっぱたいた。「これで貸し借りナシだ。じゃあな」

　逃げるように走り去る。

　ギイは痛いでなく、憎らしそうにそれを目で追っていたが、やがてぼくに向き直った。

久しぶりに会ったギイは、この春休みにまた一段と大人っぽくなって、頬《ほお》の辺りの少年っぽさが抜けきったようだった。整った、並びだ。きれいな。

彼が人望を集める、それ以外に、なぜか同性にモテるというのも、高林泉の場合とはまた別に、わかる気がする。

ぼくは机へ体を支える腕に、ぐっと力を込めた。

ギイは後ろ手にドアを閉めると、

「春休み、どうだった」

ふいに、訊《き》いた。

「べ、別に。――長かったけど」

答になっていない。

体の震えがまだ止まらない。さっきのショックが残っているから、だけではないと、ぼくは気づいていた。

「別に何もなかった？」

「何も」

「本当に？」

「うん」

「へえ……」

ギイは意外そうに目を見開いた。日本人にしては彫りの深い顔。瞳《ひとみ》の色が透けるような淡い茶色だ。それもそのはず、ギイは四分の一だけフランス人の血が流れるクォーターなのだ。そのくせ、アメリカ生まれのアメリカ育ち。去年、アメリカから祠堂学院に入学してきた。

ギイに関する情報だけは、世情に疎いぼくでさえも、そこかしこで耳にした。――でも、知っているのはそこまでだ。

「崎君は、アメリカ帰ってたんだって?」

「ギイでいい」

ぼくは口を噤《つぐ》んでしまった。ギイ、と馴れ馴れしく呼ぶには、きっと相当時間がかかる。

「それはそうと、今朝は大変だったそうだね、託生」

ぼくはドキリとした。心臓が止まってしまいそうだ。――託生、呼び捨て。

「高林は人形みたいな顔してて、けっこうワルなんだ。気をつけた方がいいぞ」

ギイの言葉が上の空だ。――鼓動が速い。

いきなり名前を呼び捨てなんて、ルール違反だ、ギイ。

ギイはぼくが諦《あきら》めていたものを呼び起こしてしまう。可能性という単語を、思い出させてしまう。

あの日、たった一言のギイのセリフが、ひょっとしてこの人ならぼくを真実理解してくれるかもしれないという甘い期待をくすぐるのだ。理解されないことに慣れているぼくが、望みを持ちそうになる。

それは危険だと、心の奥深く、信号が点滅していた。

「託生、顔色が悪い。そんなに震えて、寒いのか？」

ギイが心配そうに近づいてくる。

「違う」

大きく頭《かぶり》を振りながら、ぼくは反射的に後退《あとずさ》って、ベッドのへりにぶつかり、惨めにもそのままベッドに倒れこんでしまった。

ギイはまっすぐ窓に行き、音をたてないように窓を閉めた。

四月とはいえ、山間《やまあい》の冷えた空気がピタリとやんだ。まるで、今まで吹きっ晒《さら》しになっていた人々の冷たい風を、ギイが止めてしまったみたいに。

「医務室で風邪薬をもらってくるよ。しばらく横になってた方がいい」

ギイは言うと、ぼくの返事も待たずに部屋を後にした。

――どうしよう。

心が乱れている。ギイの親切を、誤解してしまいそうだった。

違う。あんな風にぼくにでも気軽に声をかけてきてくれたギイだもの、彼は誰に対しても、わけへだてなく接するタイプなのだ。友人を大切にして、だから誰からも好かれるのだ。ぼくは一年間、否応なしに一緒に暮らすルームメイトだから、ギイは無理して気を遣ってくれているのだ。皆から鼻つまみもののぼくが相手ですら、彼は人間関係に波風たてたりせずに、誠意で接してくれる人なのだ。

――ぼくは何度も何度も、そう心の中で繰り返した。

他人の好意に慣れていないから、誤解してしまうのが恐ろしかった。

「選《よ》りに選って、どうしてギイと同室なんだ」

ぼくはシーツをギュッと握りしめた。「最悪だよ……」


なんとなく、食欲がなかった。昼食が学生食堂に用意されているはずだけれど、ぼくは後ろめたさなど何もないのに、人目を避けるようにして、校舎脇《わき》の学生ホールに来ていた。

授業のある平日はともかく、休日や、特に今日みたいな登校日などは、ここまでわざわざやって来る学生は少なかった。学生ホールは寮から、やけにだだっ広いグラウンドを隔てた先の校舎の、そのまた向こう側にあるのだ。

紙コップのコーヒーを一口すすって、安物のソファーにもたれた。窓際の席、雑木林が遥《はる》か眼下に広がっている。緑が目に快かった。

午前中だけの動揺で、半年分はありそうだ。これから一年間もギイと同室で、一体どうすればいいのだろう。おそらくギイは、もぬけのカラの部屋を見て憤慨するだろう。人の親切を無にする失敬な奴《やつ》だと思ってくれたら、その方が楽だ。

利久がぼくに心を砕いてくれるのと、ギイが心を砕いてくれるのとでは、あまりに差がありすぎる。光栄の痛みなのだ（至り、の間違いではない。念の為）。

ぼくはもう一口、コーヒーを飲んだ。

「苦いや」

キイときしみをたてて、ホールの横開きのサッシの扉が引かれた。つられて、なんとはなしにそっちを見る。青いバッジ、三年生。どこかで見たことある顔だ。

その顔はホールをキョロキョロ見回して、ぼくに気づくと、やっとみつけたぞといわんばかりにニッコリ笑った。

——なんなんだ？

「やあ、ここ、いいかな？」

ぼくはこれみよがしに周囲を巡らして、

「他に席があいてますよ」

と応《こた》えた。なんたって、席は点々としか埋まってないのだから。

「誰か来る？」

そういう問題ではない。

「他に席があいてます」

聞こえなかったのだろうか。

「誰も来ないなら、失礼するよ」

三年生はちゃっかりと、ぼくの前に坐った。

「楽しい噂《うわさ》が流れてるんだけど、その分じゃ何も知らないみたいだね」

その人が言った。

「噂ですか？」

ぼくが噂話に疎い、という噂を、この人は知らないのだろうか。と、ぼくが知ってるほど、有名なのに。

「そうさ。――僕を知ってるかい？」

「残念ながら」

ぼくはそっぽを向いて、ガブリとコーヒーを飲んだ。消化不良をおこしそうな甘ったるい二枚目に、知り合いはいない。

「僕は野崎大介《のざきだいすけ》、バスケット部の主将。――まさか、知らなくはないだろう」

そういう言い方をされると、全然知りません、と応えたくなる。が、

「ああ、思い出した。知ってますよ」

運悪く思い出してしまった。「去年のインターハイで全国準優勝したんでしたっけ」

「今年は優勝する」

「あ、そうですか」

どうぞご勝手に。――自信も『過剰』が付くと白けるものだ。

「葉山君と僕がつきあってるって噂は？」

ぼくはコーヒーを噴き出しそうになった。

「な、なんですか、それ」

「という噂がまことしやかに春休み中に広まったのさ」

――別に何もなかった？　本当に？

ギイ、何度も念押ししたのは、そのせいか。

しかし、アメリカに帰ってたギイが噂を知ってて、渦中の人であるぼくがまるきり知らなかったのは、あまりに不公平だ。

どうりで、今朝やけに視線が気になったわけだ。いつもよりずっと興味津々風だった。

「迷惑かけて済みませんね」

ぼくは言った。「放っておけばそのうち消えますよ」

人の噂も七十五日。祠堂じゃせいぜい二週間てとこだ。

「迷惑だなんてとんでもない」

野崎大介は甘ったるいマスクをとろけるような笑みで包むと（ぼくはケーキよりおせんべいの方が好きだ！）、「葉山君とは以前から親しくなりたかったんだ。誰が流したかはわからないが、僕はむしろ感謝しているよ」

「そうですか」

悪趣味ですね、野崎さん。そう続けそうになり、慌てて口を噤む。何もそこまで卑下することはないのだ。

「これを機会にひょうたんから駒《こま》を狙《ねら》っているんだが、どうかな」

「どうかなって、何がですか」

「鈍いね……」

野崎大介の手がぼくの方へ伸びてくる。ぼくは思いきり、その手をひっぱたいていた。

「冗談じゃない！」

ぼくは肩を怒らせて、早足でグラウンドを歩いていた。「人間接触嫌悪症じゃなくたって、あの場合は一発お見舞いするさ！」

しかし、ギイは実にうまく命名したものだ。人間接触嫌悪症なんて、まるでれっきとした病名みたいだ。

もっともぼくのは病気じゃなく、必要に迫られて生じた条件反射と称した方が相応《ふさわ》しかったが。

「この分じゃ結婚もできそうにないな」

好きな女の子だっていたのに。まだどっちも小学生だったけれど、漠然と結婚とか家庭とかのイメージを持っていて、ハタチになったらケッコンしようね、なんて心ときめかせていた。まだ何も知らない頃。事の善悪もわからず、美しい夢をためらいなく描き、自分は幸福になれるのだと信じきっていた頃。

野崎大介、ニヤけた二枚目だった。他の人にどんなに人気があっても、ぼくはごめんだ。

「おかげで行く所がなくなっちゃったじゃないか！」

ぼくは人影皆無のグラウンドのど真ん中で叫んだ。全く、踏んだり蹴《け》ったりってのは、今日のことだ。

「託生、もっと力を入れて持ち上げろよ、動かないじゃんか」

「そ、そんなこと言ったって、全力だぜ」

「だらしねえ……」

半ば軽蔑《けいべつ》の眼差しで利久がタンスの陰からぼくを見た。「もう一度いくぞ、よいせっ！」

「手伝ってやってるのはぼくなんだぞ」

「なんか言ったか？」

「いいや！　よいしょっ!!」

体格の差は体力の差。しかもあちらは運動部。鍛え方が違うのだ。

「はー、やっと落ち着いた。ありがとよ」

タンスが希望の位置におさまると、利久はやれやれと額の汗を拭《ぬぐ》いながら、ベッドに腰掛けた。

「なにもわざわざ動かすことないのに」

ぼくは机とセットの椅子《いす》に坐りながら、利久に言った。顔が熱い。

「この方が使いやすいんだ」

利久は笑って、「喉《のど》、渇いただろ。学食でコーラ買ってくるよ。託生はコーヒー？」

「うん」

「じゃ、待っててくれ」

利久は身軽に立ち上がって部屋を出た。

「タフだねー」

感心してしまう。ぼくはといえばぐったりして、あれがぼくのだったら、本当はベッドに寝転がりたかった。「それともぼくに体力がなさすぎるのかな」

結局ぼくは、利久の部屋に来ていた。利久と同室である岩下政史《いわしたまさし》君が、交通事情で入寮が一日遅れるので（彼は伊豆《いず》、初島《はつしま》の住人なのだ。海が荒れて連絡船が出ないんだそうだ。陸にさえ着けば、ここまで半日かからないのに）利久は一人で奮闘していた。

この配置を岩下政史君が気に入らなかったら、どうするのだろうか。

「お待たせ」

利久はものの三分と経たぬうちに戻って来た。

「ほい、コーヒー」

「ありがと」

勿論《もちろん》、これはおごりだろう。

「託生ィ、笹《ささ》かまぼこ食べるか、笹かま」

「は？」

利久はボストンのチャックをあけると、ビニール袋にどっさり詰まった笹かまぼこをぼくに見せた。

「お袋がさ、みんなで食べろってうるさかったんだ」

「おいしそうだね」

「自家製だぜ」

利久は得意げに言った。「託生ンちのお母さんも休み明けに、あれ持ってけこれ持ってけってうるさいだろ？　うちも家に帰るたんびにこうだもんな、遠足や修学旅行じゃないってのに参っちゃうぜ」

どこが。――と、反論したくなるような笑顔だ。

「タマゴボーロだったら部屋にあるよ」

ぼくが言うと、利久はキョトンとした。

「タマゴボーロ？　それって、赤ンボの食べる、あれ？」

「そ」

――託生ちゃん、好きだったものね。潰《つぶ》れないように一番上に入れておいたわよ。

幼児はみんなタマゴボーロが好きなんだよ、お母さん。ぼくが、じゃない。

「うーん、懐かしい味覚だ」

「食べたかったら取ってきていいよ」

「今は遠慮しとく」

――だろうね。

利久はニヤニヤ笑って、袋の縛り目を解きにかかった。

「利久、お姉さんがいたよね」

「美人だぜ、俺《おれ》と似てない」

「お姉さんって、いい？」

「何が？」

「存在がさ」

「んー？」

利久は手を止めて考え込んだ。「どうかなあ。あいつ、口うるさいかんなあ。家にいた頃なんか、朝、顔合わせると、やれ髪がボサボサだの、靴が磨いてないだの髭《ひげ》の剃《そ》り残しまでみっともないとか文句言われて、夜帰ってくれば宿題やったかの風呂入れだの、洗濯物出したかだの、母親と錯覚してるんじゃないか？」

「へえ」

「ちっとも嫁にいかないし」

「いくつ？」

「二十二」

「まだぜんぜん若いじゃないか」

「っていうかー。見場の良いうちにいかないと、絶対いき損なうぜ。あいつ、顔はともかく、性格悪いかんなあー」

「と利久が言ってたと、手紙に書いちゃおう」

利久がうっと詰まった。次に、ふたりして大笑い。

「それだけは勘弁な、今度帰った時に殺されちまうぜ。――どうぞ」

「どうも」

ぼくには、笹《ささ》かまぼこの焼き跡ひとつひとつが、みんな利久へのお母さんの温かい愛情みたいに思えた。「うまいね」

「だろ？　母さんの笹かまは絶品だかんな」

ぼくが誉めると、利久は無邪気に喜んだ。


トントン、とノックの音がした。

うたたねをしていたぼくは、机からハッと上体を起こした。

「どうぞ」

誰だろう。

「片倉君、悪いけどちょっと手伝……あ、失礼」

吉沢道雄《よしざわみちお》はぼくに気づくと、ぽっと頬《ほお》を紅《あか》らめた。「あの、片倉君は？」

「さっき弓道部の先輩に呼ばれて、――十分くらいで戻ると言ってたから、じき帰ってきますよ」

「そうですか、それじゃ」

行ってしまおうとする。

「ぼくでよければ手伝うけど」

吉沢道雄は利久と同じ弓道部員で、廊下ですれ違う時に挨拶《あいさつ》する程度の仲だった。さっき彼が頬を紅らめたのはぼくに気があるのではなく、非常にシャイな人だから。

「葉山君だと無理じゃないかな……」

「肉体労働？」

「ベッドとタンスの位置を入れ替えたいんだ」

「きみも配置にうるさいのかい？」

類は友を呼ぶのだろうか。

「いや、僕じゃなくて……」

吉沢道雄は言葉を濁した。「いいんだ、それじゃ」

「戻って来たら伝えるよ、部屋はどこ？」

吉沢道雄は更に頬を紅らめて、

「隣なんだ」

ポツリと応《こた》えた。

「――ひでえ、ぐちゃぐちゃ」

利久は隣を訪問するなり、言った。荷物が部屋中に氾濫《はんらん》している。「これじゃあ、足の踏み場もないじゃんか」

部屋には吉沢道雄しかいなかった。

「同室の人は？」

ぼくが訊《き》くと、吉沢道雄は静かに苦笑した。

「誰だよ同室。これ、吉沢の荷物じゃないだろう」

「うん……」

困ったように俯《うつむ》いてしまう。「勝手がわからないから、どう片付けていいのか、わからないんだ」

「そんなの、本人にやらせりゃいいんだよ」

利久が珍しく、本気で憤然として言った。

「でも頼まれちゃったから」

「吉沢はお人好しだかんなー」

と言って、利久は早速片付けにかかった。

やはり、類は友を呼んでいるのだ。ここはぼくも便乗する。

ふいに、ドアが開いた。

「なんだ、まだ終わってないの?」

愛らしい声が、呆《あき》れたように響いた。あんまり堂々と言うので、ぼくたちは一瞬、謝ってしまいそうだった。

「あ――っ!」

突然、利久が叫んだ。

机の下で、散らばった新品のノートを集めていたぼくは、下から這《は》い出て、唖然《あぜん》としてしまった。

目が合うと、途端に向こうも露骨に嫌な顔をした。

高林泉。――成る程ね。

「早くしてよね！」

高林泉はぼくと利久を無視して吉沢道雄へ吐き捨てるように言うと、バタンとドアを閉めて出て行った。

「待てよ、この…！」

「やめてくれよ、片倉君！」

追いかけようとする利久を、吉沢道雄が必死で止めた。「いいんだ。迷惑かけてごめんね、片倉君、ごめんね」

「なんで吉沢が謝るんだよ」

「ごめん……」

利久は不満げながらも、

「わかったよ！　ワガママな奴《やつ》なんか放っといて、さっさとやっつけちまおうぜ！」

「恋は盲目、か」

クルリと踵を返した。

「託生、なにブツブツ言ってんだよ、手伝えっ!!」

やつあたりはやめてほしい。

「明日の始業式、気が重いぜー」

利久は昼間と打って変わった、心細そうな表情で、夕食のカレーライスをスプーンでぐちゃぐちゃにかきまわした。

「汚いから、利久、やめろよそれ。イマジネーションが刺激される」

「だって……」

利久はぼやいて、よけいにカレーをぐちゃぐちゃにした。今の利久にはぼくの忠告を聞き入れる余裕など無いのだ。

寮に隣接した学食は、夕食のラッシュを迎えていた。入学式が明後日なので、一学年分少ないはずなのに、この混みよう。

「サギだよ、サギ」

朝のぼやきが復活している。「俺のいない隙《すき》に決めるなんて、卑怯《ひきょう》だよな」

と言っても隙を狙《ねら》ったのではない。たまたま、利久が吉沢道雄の、いや、高林泉の荷物を片付けていた時に、利久のクラスの面々で級長を決めていただけなのだ。それも、

「あみだだって?」

「そーっ! いい加減な方法!」

つまり、消去法なわけだ。他のメンバーが次々に選び、それが全部スカ。ひとり残った利久は、故に大当たり。

「でも皆が認めてくれたのなら、いいじゃないか。やり直しはなかったんだろ?」

「俺、去年、保健委員を前期やっただけなんだぞ。クラスをまとめる力なんかあるもんか!」

利久はふんぞり返った。——偉そうにできる問題ではないと思うのだがね。

「やってみなけりゃわからないだろう？」

ぼくが尋ねると、

「やらなくたってわかるさ。俺は託生ンとこのギイと違うんだぜ」

利久は大口あけて、パクリとカレーにかみついた。ギイと聞いただけで、心臓がドキリと鳴る。——これはかなり重症だ。

せっかく昼間のドタバタで忘れていたのに。もっとも、夕食が済めば否応なしに御対面！なのだが。

「噂《うわさ》をすれば、だぜ」

利久が学食の入り口に目を遣《や》った。ギイが赤池章三と連れだって入って来たところだった。さりげない視線がふたりに集まっている。ああいう風に人目を魅《ひ》くのなら、悪い気分じゃないのだろうに。

「やあ、また会えたね、葉山君」

頭上で甘ったるい声が響いた。

やばい。——いつの間に現れてくれたんだ!?

「隣、いいだろ」

しごく当然のように、野崎大介は利久の反対側の席へ腰を下ろした。

利久が、あ、と口をあける。——む。こいつ、知ってたな。どうして今朝教えてくれなかったんだ。

「託生君、クラシック好きだったよね」

野崎大介が覗《のぞ》き込んできた。咄嗟《とっさ》に、顔を背ける。

知らないうちに、葉山君が託生君へと変化していた。ギイの場合と違って、どうにもこちらの変化には、いやらしさを感じる。

「ええ、まあ」

そばに寄らないでほしい。いくら何でもこんな公衆の面前でひっぱたきたくはないですよ。

——懲りない人だなあ。

「今月の末の日曜日、街の文化センターでオケのコンサートがあるんだ。これ、チケット。奮発したんだぜ」

テーブルに滑らされたチケットに、一列目とある。オーケストラの演奏を最前列で聴けっていうのか？　——もう。

「せっかくですけれど、ぼくにはこれをいただく理由がありません」

「託生君にはなくても僕にはあるんだ。デートの申し込みだよ」

利久がギョッとして、椅子《いす》から腰を浮かした。

「男のぼくにデートですか？」

「祠堂《こ》じゃ、普通だ」

馬鹿言え。噂の数ほど真実があるわけじゃないんだよ。

「託生、行こうぜ」

利久がトレイを持って促した。

立ち上がろうとすると、

「行くんだったらきみひとりで行きたまえ」

野崎大介がぴしりと言った。さすがに三年生、しかもバスケ部の主将だけに迫力がある。利久はトレイを手にしたまま、立ち尽くしてしまった。

「託生君、お互いわかりあうには時間と機会が必要だ。特別どうこういうわけじゃない。ただ単に、一緒にオーケストラを聴かないかと誘っているだけだ。断る理由はないね？」

疑問文のくせに、肯定してる。

「随分と強引なんですね」

ぼくは差し出されたチケットに目もくれなかった。「でも、大切な部活動があるんじゃないですか？　今年は優勝するんでしたよね」

「その大切な時間を、きみのために割くんだ」

野崎大介はテーブルに指を組んで椅子に寄り掛かった。どこかの重役のポーズみたいだ。

「わかった。優勝できそうにないんで、ぼくを使って言い訳するんでしょう」

ぼくが言うと、野崎大介はガバッと体を起こした。

「それに、スポーツマンは音楽音痴ばかりだから、一緒に行っても面白くないんですよ」

みるみる野崎大介の形相が変わる。

「野崎さんは典型的なスポーツマンだし、デリケートなクラシック音楽が理解できるとは到底……」

「お、おい、託生」

言い過ぎだよ、と小声で利久が言った。

かまうものか。

「き、きみは僕を侮辱するのか？」

「とんでもない。心配してるだけですよ。一番前の席でいねむりでもされたら、白い目で見られるのはこっちなんですから」

「きさま……！」

言うが早いか、野崎大介は荒々しく椅子を後ろに蹴《け》っとばして立ち上がり、たっぷりと熱いカレーのつがれた皿をぼくめがけて投げつけた。

きつく目をつむって、ぼくは上半身を野崎大介の反対側へ大きく背けた。咄嗟に全身で左手を庇《かば》いながら。

ガシャーンと皿が床に砕けた。石造りの学食にわんわんと響き渡る音。カレーの匂《にお》いがプンと広がり、ざわざわした学食が一瞬、水を打ったようにシンと静まりかえった。

けれど、どこも熱くない。

――変だ。

ぼくはそっと目を開けて、愕然としてしまった。

青ざめた野崎大介が、ストップモーションをかけられたみたいに、皿を投げた恰好のまま、凍ったように立ち竦んでいる。その正面に、怒りを秘めた眼《まなこ》で野崎大介を見据《みす》え、制服の片袖へとカレーを浴びたギイが、すっくと立っていた。

「バスケ部の主将のくせに、随分とコントロールがいいんだな」

「こ、こんなはずじゃ……」

「こんなはずもあんなはずもねえだろ、あんた、オレの制服、どうしてくれるんだ」

「クリーニング代は支払う」

「あたりまえだ！」

ギイは今までに見たことのない、厳しい表情をしていた。「あんたの脳ミソ、腐ってんじゃねえか!?　よく考えて行動しろ！　これが制服の上だったからまだしも、直接頭からかぶってたら、間違いなくやけどを負ってたぞ！　たかがカレーだと甘くみるな！　いい年して、その程度の分別もつかないのか！」

野崎大介は忙《せわ》しく左右に目を走らせて、

「こ、この場は、な？」

満面の愛想笑いで、ポンポンとギイの肩を叩《たた》いた。

「責任を取るってんならいいさ」

ギイは意外にもあっさり承知して、「外に出ろよ」

野崎大介を学食の外へ連れ出した。

ふたりの姿がドアに消えると、息を呑《の》んで事の成り行きを凝視していた学生たちにざわめきが戻ってきた。

「すっげえ迫力、ギイ、三年生に意見したぜ」

感心しきって利久が唸った。「ますますハクがついたって感じだな」

ギイ、ぼくをチラリとも見なかった。あのギイが、カレーの目標がぼくだと気づかぬはずがない。

「しかし、これの後始末は誰がするんだろう。汚した張本人がいなくなった場合は、放っといていいのかなあ。——なあ託生？」

ふと、カウンターでトレイを受け取る列に並ぶ赤池章三が目に映った。顔をドアに向けたまま、やれやれというように片口だけ歪《ゆが》めて笑っていた。

『——祠堂にはおせっかい好きな男がいるからね。つきあいきれないぜ』

ひょっとして、ギイのこと？

「おい託生、聞いてんのか？」

「利久、それ片付けといて」

「俺がーっ!?　——え？　あ、おい、託生！」

ぼくは学食を飛び出した。

ああ、そうだ。今ほどぼくの鈍感が恨《うら》めしいことはない。ギイはぼくを庇ってくれていたんだ。

どうして、どうやって庇《かば》ってくれたのかはわからないけれど、でも、どこをどう考えたって、ロングシュートじゃあるまいし、隣に皿を投げるのに、そうそうコントロールが狂うものじゃない。まがりなりにも、野崎大介はバスケ部の主将だ。

六時を既に回っていたので、外はすっかり闇《やみ》に包まれていた。見回したけれど、ギイたちの姿はどこにもない。

「寮に行ったのかな」

ぼくは学食からほんの十数メートル先の寮へと走って行った。

鼓動が速い。走ってるから、だけじゃない。

ギイは誰にも——いや、赤池章三を除いて——悟られずに、ぼくを庇ってくれた。赤池章三がおせっかい好きと評していたのがギイならば、今朝の一件にギイが絡んでいたことになる。絡むどころか、赤池章三をさしむけたのがギイってことだ。

「でも、どうして？」

どうしてだろう。ぼくにはギイにそこまでしてもらうほどの理由がない。

「葉山託生さん」

ふいに呼ばれて、ぼくはあれ、と立ち止まった。けれど辺りに人影がない。

「空耳だったかな」

「葉山さん、こっちです」

ガサリと脇《わき》の茂みが揺れた。暗くてよくわからないけれど誰かが立ち上がったようだった。

「崎義一さんのことでお話があるんですけど」

「崎君のことで？」

何だろう。

茂みに一歩を踏み出した時だった。ガツンと鈍い音がして、首の後ろに激痛が走った。目の前がチカチカッと光り、風景が奇妙にゆらいだ。

足の力が抜ける。よろけて、何かに摑《つか》まろうと伸ばした手は、ただ空を泳いだだけだった。

――ギイ……。

朦朧《もうろう》と薄れていく意識の中、遠くで誰かがぼくを呼んでいるような気がしていた。


「つう……っ！」

突き刺すような痛みに、ぼくは意識を取り戻した。首から肩にかけて、鈍く、重く、痛みが残っている。

殴られたのだ。まるで、テレビのサスペンスドラマみたいだ。でもドラマじゃきっと、形だけで、本当に殴ったりしないんだろう。

現実は不利だ。

目を開けると、辺りはまっ暗だった。古い朽ちた木材の、独特な匂《にお》いがしている。

ここはどこだろう。手足は自由だけれど、殴られたことからして、ステキな場所にいるとはまず考えられない。

空気は冷たい。床も冷たい。ただ、ぼくの左上半身だけがほんわりと温かかった。まるで、誰かにもたれているように心地好い。

「痛むか？」

「うん、か――」

かなり、と応《こた》えようとして、ぼくは絶句した。

「やっと気がついたな。死んだようにぐったりしてたんで、心配したよ。――良かった」

え？　え？　え？　この声、ギイ!?

ギイはぼくの肩へ腕を回すと、そっと力を込めて抱き寄せた。や、否や、背筋にいきなり悪寒が駆け抜けた。

次の瞬間、ぼくは力一杯、ギイを突き飛ばしていたのだった。

ゴチン、と硬い音がして、

「イテテテッ!!」

ギイが悲鳴をあげた。

「あっ！　ごめんなさい!!」

「謝るくらいだったら突き飛ばすなよ。ひどい奴《やつ》だ」

暗闇《くらやみ》の向こうでギイが苦笑していた。「まあ、それだけ元気なら心配ないか」

「ごめんなさい、ごめんなさい」

とっても痛そうな音だった。

「もういいよ。人間接触嫌悪症の託生に触ったオレが悪いんだから」

嫌味でなくて、ギイが本心からそう言っているのがわかる。

不思議だ、姿が見えないって、別のものが見えてくるんだね。

「オレはともかく、まだ首、痛むかい？」

「平気、です」

「そうか……」

ギイがほっと息をつく。ぼくもつられて、息を吐いた。いつの間にか、緊張していた。でも、気の重い緊張じゃない。むしろ……。

「そういえば、ここ、どこなんですか」

「音楽堂」

「音楽堂って、あの？」

「そう、あの、噂《うわさ》には聞くが誰も使ったことがないって建物さ」

目が闇に慣れてくると、成る程、文化センターの大会議室ほどの広さの部屋の中央に、古びたグランドピアノが置かれていた。ピアノをぐるりと囲んで長椅子《ながいす》が並び、部屋の隅には壊れた机や椅子が山積みになっている。

当時の流行か音響効果を考慮したのかは定かでないが、音楽堂には窓という窓がなく、天井のすぐ下に小さな明かり採りが数か所つけられているだけだった。建てられた当時はモダンだったのだろうが、なんといっても昭和ひとケタの建築物なので方々が傷み、近年ますます老朽化が進んだので、数年前から全く使用されていなかった。おまけにここは、グラウンドを隔てた校舎を遥か遠く眺めるほどの外れにある。しかも雑木林のまっ只中《ただなか》。雑草だって、はびこり放題。――とんでもない所に入れられたものだ。

窓からの脱出は不可能。老朽化しているとはいえ、人間の力で壊れるような壁ではない。たった一つある天井まで届きそうな両開きの扉は、体当たりしたって開きそうになかった。

でも、どうしてギイがここにいるのだろうか。

「えっと、愚問かもしれないけど」

ぼくが話しかけると、ギイは暗闇の中で耳を傾けるように上体を起こした。その彼の背後にグランドピアノの太い脚。――あれにぶつかったのか!?

痛い、だろうなあ。

ぼくはギイに迷惑かけてばかりいる。そもそも同室になったこと、そしてカレーの一件。でもまさか、ぼくを庇《かば》ってくれるだなんて想像もつかなかったんだ。ギイにそんな義理はないはずだから。

「愚問がどうしたって？　喋《しゃべ》り始めてから急に黙りこくるなよ、託生」

「あ、ごめん」

おまけに謝ってばっかりだ。「ぼくたち、ここに閉じ込められているんだよね」

「ドアが開かないから、そうなんだろう」

ギイはのんびりと応《こた》えた。

「それから、どうして崎君がここにいるんだい？　それにどうしてぼくが襲わ……、そうか」

覚えてろよ！

山下清彦の捨てゼリフ。

「でも、ふたりも閉じ込めるのに、ひとりじゃ無理だ」

「何ブツブツ言ってんだ」

ギイが四つん這《ば》いになって、こっちにやって来る気配がした。ぼくは反射的に後ずさり、壁にぶつかる。どうしよう、逃げられない。

「ひ、ひとりでやるのは無理だろうって！」

ぼくは大声で叫んだ。

「へ？」

ギイはキョトンとして、「さっきからわけのわからん奴《やつ》だなあ。ひとりで納得してないで、順序だててキチンと話せよ。オレが会話に加われん」

「えっと、だから、山下君が」

「ああ」

ギイはポンと手を打った。「成る程、わかった」

――わかった？　今ので？

「つまり、オレたちを閉じ込めたのは、山下ひとりじゃないってんだろ？」

本当にわかってる。ナンテカンノイイヒトダロウ。

「それから崎君がここにいる理由がわからない」

まだある、ギイ。

「ギイでいいよ」

ギイは苦笑した。「理由は簡単。寮から戻ってきた時に託生が殴られてるのを目撃して、助けに入ったら逆にやられちまっただけさ」

「きみが？」

信じられない。「去年、札つきの上級生三人をひとりでのしちゃった話、知ってる」

「残念ながら、敵さんが全部で四人だったんだ。三人だったら良かったんだけどね」

ギイはまるで冗談みたいに言う。それともホンキでジョークを言っているのだろうか。――こんな時に？

「あの、それと、野崎さんの、あれ……」

「ああ、ヤツからはしっかりクリーニング代をいただいたさ。部屋で着替えも済ませたし、一件落着」

「そうじゃなくて、――そういえば、カレーの匂《にお》い、しないね」

「オレのジャケット、ヤンキーズのスタジャンだぜ」

ギイが得意げに言う。

「暗くて見えない」

と言ってしまってから、ぼくはやばいと気がついた。

「そうか、ではよく見えるようにしてあげよう」

一度は動きを止めたギイが、再び近づいてくる。困るのだ、こっちに来られると。どうしよう、鼓動が速い。

「そ、それより、ここを出ること考えなくちゃ」

「出られないよ。古いくせにあの扉は頑丈でな、椅子で叩いても体当たりを喰《くら》わせても、ビクともしなかった」

ギイの動きで、ぼくを包む空気が大きく乱れる。声が息を伴ってぼくに届いた。ギイ、目の前にいる。――これ以上、退《さ》がれないのに。

「でも、閉じ込められたままじゃ、ここで餓死しちゃう。夕飯、途中だったんだ」

「オレはまだ一口も食べてない」

「それなら尚更《なおさら》脱出を……」

「こんな工作をしたのは、高林泉の親衛隊の馬鹿者どもだ。――逃げるな」

ダン！　と、壁が叫んだ。ギイはぼくの両脇《りょうわき》へと両腕を突いた。これでは逃げられない。闇《やみ》の中なのに、ギイの表情がはっきりと見える。まっすぐにぼくを据える目。ぼくは、俯いた。

「崎君、腕を、どけて」

声が震えている。――わかってしまうだろうか。

「託生が今朝、奴《やつ》らに嫌がらせをされたのは、オレのせいだ」

「え……？」

まさか。

「オレが託生を好きだと、高林が知ったからなんだ」

ぼくは耳を疑った。ショックが大きすぎて、何て言われたのか、まるきりわからない。

「高林がオレとつきあいたいと言ってきたのは、かなり前だった。でもオレは、何とも思ってない奴とはつきあえない。それが男でも女でも。どこでどんな拍子《ひょうし》に知ったのかはわからないが、高林は、オレが託生を好きだと知っていた。だからこの春休みに、託生と野崎のくだらない噂《うわさ》を流し、野崎のバカをたきつけ、おまけに今朝の茶番だ。新学期になったら、何か託生にちょっかい出すだろうと警戒してたら、案の定ってとこだ」

「だから、赤池君が……」

「本当はオレが守りたかった。——逃げるな!」

だって、ギイ、とんでもないセリフを言うんだもの。ぼくは今まで、誰にも守りたかったなんて言われたこと、ないんだ。

「でも、でも崎君、ぼくなんかより高林君の方が顔もきれいだし、人気もあるし、病気《嫌悪症》はないし——」

「馬鹿言え!」

ドン! と顔の真横で壁が叩《たた》かれた。ビクリと体が竦む。

「いいか、よく聞けよ。オレは、託生が好きなんだ。お前以外の誰でもない。オレはここで餓死しようと凍死しようとかまやしない。夕飯なんかクソくらえだ。——後悔したくないんだ、託生が好きだ」

ギイの顔が近づいてくる。

ぼくは全身が麻痺《まひ》したように、動けなかった。ギイの息が口唇にかかる。

「好きだ……」

枯れたような囁《ささや》きが甘い息になって、合わされる口唇からそっと洩《も》れた。

ギイの両腕が壁から離れ、ゆっくりとぼくを包み込む。強い腕の力。みかけよりずっとたくましいんだね、ギイ。

「オレを嫌いじゃ、ないだろう？」

口唇が離れると、ギイが心配そうに尋ねた。

憧《あこが》れていたよ、たまらなく。

「嫌いじゃ、ないよな」

ギイは言って、もう一度ぼくにキスをした。


「――外の音が何も聞こえてこないってのはぶきみだな」

ギイはぼくから一人分おいて向こうへ、膝《ひざ》を抱いて、座っていた。チラリと横目でぼくを見て、「済まなかったな」

ポツリと謝る。

「いいんだ、これは単なる条件反射なんだから」

ぼくは精一杯にこやかに笑って、でも体はガチガチだった。必死の所でひっぱたきはしなかったものの、二度目のキスで発病してしまったぼくの嫌悪症を、ギイは離れることで治そうとしてくれていた。

優しいんだね、ギイ。

「それより崎君、これからどうするんだい？」

「そうだな」

ギイは顎《あご》に親指を押しつけて、じっと空間を睨みつけた。「せっかく相思相愛になったんだから、死ぬのはもったいないな」

不覚にも、ぼくはくすりと笑ってしまった。

まるでこの状況を楽しんでいるみたいだね、ギイ。ギイといると、何もかも、簡単に解決してしまいそうな気がするよ。

「笑うと、変わんないんだな」

ふと、ギイが微笑《ほほえ》んだ。

「え？」

「今、何時だ。――九時か、学食は閉まっちまったな。託生、人間の肉声とピアノの音と、どっちが遠くまで届くもんだ？」

話題転換が早い。思考がついていけないよ。

「えっと、最も響く声でも三百メートルとかいうけれど、一般人じゃ百メートルも届けば凄《すご》いんじゃないかな」

「ピアノは？」

「——少なくとも、ぼくの声よりは」

「じゃ、決まりだ」

ギイはひょいと立ち上がると、中央のグランドピアノへ向かった。

「決まりって、何が？」

ぼくも慌てて後に続く。

「お、鍵《かぎ》がかかってる。託生、これなんとかなるか？」

ギイはピアノの蓋《ふた》にある鍵穴を覗《のぞ》き込んだ。

「鍵がかかってちゃ、開かないよ」

「託生なら、鍵なしでも開けられるだろ」

「——……？」

「オレはあの窓を叩《たた》き壊すから、その間にピアノの方、頼むぞ」

ギイはウインクして、行ってしまった。

ギイ、どういうつもりだろう。

ぼくはグランドピアノを前に、立ち尽くしていた。

もう何年もピアノに触っていない。もともと副産物として習っていただけで、習うのを辞めてから、それこそ祠堂に入学してからは、一度たりとて、ピアノの半径一メートル以内に近づいてだっていない。ましてや、ピアノが弾ける素振りをぼくは一度だって見せてないはずだ。なのに、ギイはぼくがピアノに関わったことがあると、まるで知っていたかのように言った。

——どうして？

だが、今はそれを云々《うんぬん》している場合じゃない。幸いぼくは制服のままだ。

ブレザーの胸ポケットから学生手帳を出し、硬い表紙を鍵穴のすぐ下、蓋とピアノ本体との隙間《すきま》に差し入れると、力を込めて右へスライドさせた。

カタン、と重い手応《てごた》えと共に、鉤括弧《かぎかっこ》の鍵が外れる。

ぼくがグランドピアノの蓋を開けるのをじっと見ていたギイは、爽《さわ》やかな笑顔を投げて——正直ぼくはドキリとした。明かり採りから洩《も》れる月の光に映えて、それはとてもステキな笑顔だったのだ——長椅子《ながいす》で足場を固めて、その上に乗ると、力任せに一人掛けの椅子を明かり採りへとぶっつけた。

派手に割れるガラス。ギイは次々に窓を破り、そしてぼくの傍にやって来た。

「準備完了。託生、何を弾いてくれる？」

それはほとんど、曲と呼べるような代物ではなかった。指が動かないのと、ピアノが湿気を吸いきって、キイが重いというよりは、押したあと、戻ってくるのに、えらく時間がかかるのだ。

でも、この音が寮に届くのだろうか。万一届いても、誰か気がついてくれるだろうか。

「――どうした？」

ふいに止んだピアノに、ギイが訊《き》いた。「疲れたかい？」

「そうじゃない」

もう三十分近く、昔覚えの曲を弾いていたけれど、外になんの変化もなかった。おまけに、明かり採りからは、凍えるような冷たい山の風が吹きおろしてくる。

「諦《あきら》めるのか」

ギイはサラリと、ぼくの心を突いてきた。

――鋭いんだね、ギイ。本人ですら形にならない感情を難無く言葉にして。

「もし」

ぼくは鍵盤《けんばん》に両手を組んだ。「この音を聞きつけたのが親衛隊の方だったら？」

「奴《やつ》らが動けば、章三も気がつく」

突いて、でもギイの口調は、ぼくを責めない。

「誰も気づいてくれなかったら？　赤池君だって八方塞《ふさ》がりだ」

「どのみち、連中は動くよ」

ギイは当然の如く、口にする。「誰かが動けば、オレたちは助かる」

「わかるもんか」

ぼくは知らず、苛々《いらいら》していた。「知らんふりして一晩過ごしてしまえば、祠堂の夜は冷えるんだ、明日の朝には凍死体がふたつ、ここに転がってるかもしれない」

「だから弾かないのか」

ギイは呆《あき》れて腕を組んだ。「オレたちを凍死させようなんて、いくら奴らでも考えやしないよ。そこまでの度胸があるもんか。せいぜい、ふたりをここに閉じ込めておけば、寒さに耐えかねて、裸で暖めあうだろうなんて事を期待している程度さ。第一、連中は早めに動かないわけにはいかないんだ」

「どうしてさ！」

ぼくは両手にぐっと力を込めた。「どうしてだよ！　さっきから何でもわかったような言い方ばかりして！　ぼくのことも、——知ったかぶりはやめてくれよ！　何も知らないくせに！　知っちゃいないくせに！」

「託生」

「どうせぼくは世間に疎いさ！　自分で嫌になるほど、情報も遅いよ！　きみのことも他の同級生のことも、なんにも知っちゃいない！　でも、きみだって何も知っちゃいないじゃないか！　何もかもわかった風に言うのはやめてくれよ！　苛々するんだ！　ぼくに干渉するな！」

「託生、疲れてるんなら休んでいい」

「違う！」

「——寒いなら、これを着てろよ。肩を冷やすといけないからな」

ギイはスタジャンを脱いで、ぼくの肩にかけた。「少しはいいぜ」

ギイ、セーター一枚きりだ。——ああ、ギイ。

「寒くなんか、ない」

ぼくはスタジャンをギィに返した。「そうじゃない、ごめん、——ごめん、やつあたりして……」

「いいさ、神経が昂《たか》ぶってるんだよ。急に災難に巻き込まれちまったんだから、無理ないさ。——本当に、寒くないか？」

「時々、自分でも自分を持て余してしまうんだ。これはぼくの心なのに、ちっとも自由にならない」

叶《かな》わぬ望み。望んだぼくが悪いのか？　それとも、叶わなかったことが悪かったのか？　ただ、愛されたかっただけだ。他の皆と同じように。ただそれだけだったのに。特別なことじゃない。子供は皆、そうだ。ギィ、諦《あきら》めれば、全てうまくカタがついたのだ。ぼくさえ諦めれば、何もかも。

「誰でもそうだよ」

ギィが言った。

ぼくは弾かれるように、ギィを見上げた。

「誰でも？」

誰でも……？

「オレだって、ままならないことには苛々しちまう。失敗も、後悔することもある。だが諦めたら、それこそおしまい、なんだ。ＴＨＥ　ＥＮＤ。後がない。そうだろ？」

ギイはぼくの目をしっかりとみつめて、ふわりと微笑《ほほえ》んだ。

なんて優しく笑うんだろう、ギイ。

わがままが、わがままの封が解けてしまいそうだよ。

「おしまいで、よかった」

ぼくの視界で、ギイがゆらりと歪《ゆが》んだ。「諦めた方が楽だよ、ギイ」

声が震えて、掠《かす》れてしまう。

でも、と、否定が熱く喉《のど》を焼いて、駆け上がってくる。

でも。諦めたくない。本当は諦めたくなかった。ただ、諦めずにいるには、どうしたらいいのか、わからなかったんだ。誰も教えてくれなかった。簡単なことだったのかもしれないけれど、でも、誰もぼくを抱き留めてくれなかった。――ギイ。

ギイは、ぼくの無言の訴えを読み取ったように、大きく頷くと、

「そうだね」

屈んで、ぼくを力一杯抱きしめた。「そうだね、託生」

子供をあやす母親のように、ギイはぼくの髪を撫《な》でる。何度も何度も、撫でてくれる。ギイの手の温かさが、魔法を解く呪文《じゅもん》のように、徐々にぼくの心を甘やかに溶かしてゆく。

――ここはなんて、居心地が良いのだろう。

「託生……」

ギイがそっと呼ぶ。ぼくは目を閉じたまま、口唇にギイの息を感じた。

と、突然、ドンドンと激しく扉が叩《たた》かれた。

ギイとぼくは、ハッとして、扉の方を振り返った。

「学校の器材を何だと思っているのかね、きみたちは。悪ふざけにも限度がある。ここは鬼ごっこをする場所ではないんだ」

生徒指導部の島田《しまだ》先生から、きついお叱《しか》りの一撃をいただいたのは、それから一時間と経たない頃だった。

「しかしですね、今回の場合は人命が。それにふたりは被害者の方で……」

間に割って入った担任が助け船を出そうとするが、

「理由はどうあれ、損傷に違いはない。遊《ゲーム》びが高じた結果なら尚更《なおさら》だ」

島田先生は、あくまでシビアである。島田先生は、ぼくとギイと、そして少し離れて立つ赤池章三を順々に眺めると、「それなりの処置は覚悟してもらう、いいね」

そう宣告して、雑木林の林道を、職員寮へと引き返していった。

「待ってください、島田先生！」

未練がましく、全力疾走で担任が追いかける。さすが、我らの担任！

「足元が暗いですよ！　懐中電灯をどうぞ！」

——ぼくたちの不利な立場は、不動に終わった。

「参ったね」

ギイは苦笑して、「いきなり大御所がおでましとはな」

ズボンのポケットに両手をつっこんで、散ったガラスの破片を蹴飛《けと》ばした。破片は暗闇《くらやみ》を飛び、カサリと小さく茂みを揺らした。

音楽堂は表で見ると、中にいるよりずっとひなびた感じだった。室内の騒然さは、さながらオカルト映画並みで、はっきり言って、おっかない。

「仕方ないさ、音楽堂の鍵《かぎ》は島田先生が保管しておられるんだから」

赤池章三は慰めるでもなく言った。「あれ？　ということは、連中、どうやって鍵をかけたんだろうね」

「保管は見張りじゃねえよ」

ギイは言って、扉の前の、半円形のポーチに腰掛けた。

「成る程ね」

赤池章三はニヤリと笑い、ギイの向こうに腰掛ける。

駆けつけてくれたのは、やはり赤池章三だった。

「ギイもいなくなったのには、いささか驚いたぜ」

開口一番、彼はそう言った。そしてぼくに視線を移し、「まさか祠堂で名曲アルバムが聴けるとはね。おしまいから二曲目、今度はもっと上等のピアノで弾いてくれよ」

ひょうひょうと喋《しゃべ》る。その赤池章三は、この寒さの中、赤い顔をしていた。多分、広い祠堂のめぼしき場所を、くまなくあたってくれたのだろう。

ギイ、友人にも恵まれているんだね。

風が、前髪を揺らした。

「寮に帰らないのかい？」

ぼくはギイのスタジャンで首まですっぽり包んで、訊《き》いた。寒さは大の苦手である。ギイは得意だと自慢した。その証拠に、セーター一枚のくせに平然としている。

「少しつきあえよ」

ギイは言って、ぼくを手招きした。促されるままに腰を下ろす。赤池章三がギイの肩越しにチラリとぼくを見て、

「そんなに接近して、大丈夫かい」

本気で心配そうに尋ねた。

「章三、一人分あけてってのが、オレと託生の安全な至近距離なんだぜ」

な、とギイが同意を求める。ぼくは曖昧に頷いた。

「へえ、大発見だ。おめでとさん、これで一年間、うまくやれるコツが摑《つか》めたじゃないか」

赤池章三はからかうようにあははと笑った。

「ところで」

急にトーンがマジになる。「ギイ、どう始末をつける」

「高林泉はこの件にタッチしてないね」

「まさか！」

「あいつが関わってて、オレと託生を一緒に閉じ込めるのか？」

「──ふむ」

「それより、島田先生、何か言ってたか」

「とりたてて。一応、ゲームがいきすぎたんだって説明してあるからさ」

「賢明だ」

　ギイは膝《ひざ》に頬杖《ほおづえ》をついた。「本気で閉じ込めるのと、冗談とじゃ、処罰もダンチだからな」

「ちょっと待ってよ」

　ぼくはびっくりして、言った。「それじゃ、まるでむこうの罪を、わざわざ軽くしてあげたってことじゃないか」

「そうだよ」

　ギイはあっさり認める。

「ぼくは殴られたんだよ！」

　痛かったんだ、ものすごく。「崎君だって、やられたんじゃないか！」

「本気じゃなかったんだぜ」

「しかもふい打ちなんて、卑怯《ひきょう》だよ！」

「山下たちも切羽つまってたのさ。現に、殴られはしたものの、縛るでもなく、見張りをつけるでもなかったじゃないか」

「どうしてそんなに、むこうの肩を持つんだい」

ぼくには納得できない。

ギイはひょいと肩を竦めると、

「知ってるか、片思いってのは辛いんだぜ」

と言った。「託生、あいつらはオレたちに危害を加えたかったわけじゃないんだよ。私刑《リンチ》じゃないんだ。そりゃ多少は今朝の件の腹癒《はらい》せがしたかったってのは含まれるんだろうけれど、結局は高林泉なんだ。高林に、オレを諦《あきら》めさせたいんだよ」

「理解できない」

ぼくは言った。

「だから、奴《やつ》らの本音は高林の希望とは相反するものなんだ。山下だって、不本意ながら高林の命令を聞いたに過ぎないんだ。あいつらはあくまで、親衛隊なんだ。高林を、好きなんだ。それでどうして、進んで高林とオレとの仲をとりもつ協力をすると思う？」

「したじゃないか」

今朝の嫌がらせは事実だ。ぼくが殴られたのも事実だ。「たまたま、崎君がぼくが襲われた時に通りかかってくれたからこうなったけれど、そうでなければ――」

「弱ったな……」

ギイは顎《あご》に手をあてた。長い指で口唇を押さえて、――それが妙にサマになる。昔観た、モノトーンの映画の、外国の俳優みたいだ。タイトルも、俳優の名前も、憶《おぼ》えてはいないけれど。

「ま、いいか」

ギイは気楽にポンと膝を叩《たた》いた。「事が表沙汰《おもてざた》になれば、山下あたりは即刻退学処分になりかねないからな。恩を売っとくのも一利だ」

「では、放っときますか、級長」

章三が面白そうに言う。するとギイはやおら背筋をぴんと伸ばすなり、

「何もかも、自分の思いどおりになんて、この世の中なるもんか。人をワナにかけようと工作すれば、いつか報いがくるもんだ。——わかったか!!」

突然、ギイがガラスを蹴《け》った辺りの茂みが大きくざわついた。

「——!!」

ぼくは全身硬直したように動けなくなった。オカルトは、いや、オカルトも、苦手である。

「章三、逃げるぞ、追え!」

赤池章三は——さすが相棒だ——合図とほとんど同時に走り出していた。勿論《もちろん》、既にギイもポーチにはいない。

「待て、こいつめ!」

人影が三つ巴《どもえ》になって、木々の間をうねる。

「嫌だ! 離せよ!」

聞き覚えのある声。——あ。

「高林泉!?」

ぼくは思わず叫んでしまってから、慌てて両手で口を塞《ふさ》いだ。

叢《くさむら》に、赤池章三におさえつけられた恰好で、高林泉は仰向けに転がっていた。さっきの叫びに、ぼくをギロリと睨みつける。挑戦的な、そのくせ、どこか悲しそうな目だった。

「あそこで何してた」

ギイの声は冷ややかだ。

「さすがギイだね、よくわかったじゃない」

高林泉はふてぶてしく応《こた》える。「どけよ、赤池章三。いつまでのっかってる気さ。それとも僕の上は居心地がいいかい」

赤池章三は呆《あき》れたように高林泉を眺めて、

「男じゃねえ……」

と、どいた。

――さりげないけれど、随分と過激な会話だったと、ぼくはかなり後になって気づいたのである。いやはや。

「ギイこそ、あいつとふたりっきりで、何してたのさ」

高林泉は服の汚れを払いながら立ち上がる。「――何もなかったわけじゃあ、なさそうだよね」

高林泉の視線は、ぼくの着ているギイのスタジャンにぴたりと止まっていた。

「関係ないだろ」

ギイは無味乾燥に言い放つ。

まるで、目の前で閉店のシャッターを下ろされてしまった客のように、高林泉はえもいわれぬ表情で、ギイを見上げた。

「とりつくしまもない、というのはこの事だね」

可笑《おか》しそうに片口を歪《ゆが》める。「いっつもそうだ、ギイ。冷たい男《ヤツ》だよ。人の心を傷つけて、まるきり平気でいる。それどころか、傷つくのはそっちの勝手だとでも言いたげだ」

「今朝の件は水に流してやる。今夜の件もそうだ。山下たちにそう伝えとけ」

ギイの整った顔。整っているだけに、無表情だと、仮面のようだ。ただそれだけなのに、たじろいでしまう迫力がある。「――ただし、これ以後、託生にちょっかい出すようなことがあれば、話は別だ」

高林泉はふんと鼻を鳴らしただけだった。ズボンのポケットに手持ち無沙汰《ぶさた》に手を入れて、ギイと赤池章三の脇《わき》を抜けると、ぶらぶらぼくの方へ歩いて来る。

「なあ、葉山託生君」

高林泉は、長めの前髪を煩わしそうに頭を振って上げると、「ギイのガードだったら、耐火金庫よりは安全だろうね」

のんびりと歩いて、ぼくへ数歩手前まで来ると、ポケットから手を抜いた。

月の光に、彼の大きく振り上げた手の先が鋭く光る。

――え!?

「高林!」

ギイが飛び出した。

額に熱く線が走った。

高林泉の、涙いっぱいの目。

――それでも僕は、ギイが好きなんだ。お前なんかに、お前なんかに！

もう一度振り上げられた腕。遮るように、真横から人影が高林泉をはじきとばした。

ドサリと、小柄な体はあっけなく倒れる。傍らに立つのっぽの人影は、肩で荒く息をしていた。両脇《りょうわき》できつく拳を握りしめ、

「馬鹿野郎！」

叫ぶなり、高林泉の胸ぐらをぐいと摑《つか》むと、周囲にパーンと響き渡る平手を喰《くら》わせた。

ギイと赤池章三は啞然《あぜん》として突っ立っている。

ぼくも、額のケガも忘れ、じっと凝視してしまった。――信じられない。

「まさか……」

でも、そうだ。

吉沢道雄は全身を小刻みに震わせて、

「謝れよ、高林君、葉山君に謝るんだ！」

あの吉沢道雄？　本当に？　しかし、この状況下でも名前にちゃんと〝君《くん》〟を付けるところが、彼らしかった。

吉沢道雄は力尽くで高林泉をぼくの前へ、引きずるように連れて来ると、

「謝りなさい！」

ぴしりと言った。

高林泉は呆然《ぼうぜん》と、鳩《はと》が豆鉄砲をくらったように大きな瞳《ひとみ》を更に大きく見開いて、それでも勢いに呑《の》まれたように、

「ごめんなさい」

消え入りそうな声で、謝った。

彼の手から、ポトリとガラスの破片が地面に落ちて、闇《やみ》に紛れた。

「託生、ひどいじゃないか。途中でトンズラして、延々帰ってこないんだから。後片付けと掃除で、三十分は優にかかったぞ」

利久は不満たっぷりに口を尖《とが》らせて、それでも笹《ささ》かまぼこをビニール袋に分けてくれた。

寮では利久も含めて、今夜の件は誰にも知られていないようで、至って普通の賑《にぎ》やかさを呈していた。とはいえ、今夜の消灯はいつになることやら。

「これぐらいで足りるのか？」

「充分。——だと思うよ」

ぼくはギイの食欲がいかほどのものかは知らないのだ。足りなければ、ぼくのタマゴボーロを付ければいい。

学食はとっくに閉まっているし、飲み物だけではギイがかわいそうなので、ぼくは利久に笹かまぼこを分けてもらおうと、彼の部屋を訪ねていたのである。

「隣、どう?」

ぼくが訊《き》くと、

「何が?」

利久はキョトンとした。

「仲良くやってそう?」

「知るかよ」

そりゃそうだ。

「それより、この笹かま、どうするんだ?」

「食べるんだよ」

ぼくが応《こた》えると、

「誰が」

「誰って……」

「まさか、ギイにやるんじゃないだろうな」

利久の声、ドスが利いている。

「まさかって、何さ」

「俺は、託生が心配なんだ」

利久はぐいと、こちらに寄った。思わず、退《さ》がる。

「う、うん、そうだったね」

「俺は、託生のこの一年間を思うと、胸が痛むほど心配なんだ」

「そ、そう?」

どうしたどうした、利久はノーマルなはずだっただろ!

「別々になって、初めて気づいたんだ」

利久は更にぐいと寄った。「俺にとって、託生がどんなに大切かって」

「あ、ど、どうも」

ぼくは更に退がる。――笹かまぼこ片手に熱い想いを打ち明けるんじゃ、コメディーだぞ。

「だから」

利久はにょっと腕を伸ばすと、「これも持ってけ」

ぼくの目の前に、別の袋を差し出した。

「え?」

「これでギイの機嫌をとって、一年間、仲良くしてもらうんだぞ」

利久は言って、やれやれと心配そうに額へ手をあてた。「俺はもう、託生の兄さんの気分だよ。目が離せなくって……」

「傑作だ」

ギイはくっくくっくと声を殺して笑う。「託生は良い友人を持ってるな。あの片倉がねえ」

ぼくは305号室に戻って、呆然《ぼうぜん》としてしまった。ギイの机は既に、食べ物の山! だったのだ。

「どうしたんだい、それ」

「寮のロビーで自販機のコーヒーを買いながら、腹減ったとこぼしただけだ」

「はあ……」

それでもギイは、まず最初に笹かまぼこを頰《ほお》ばってくれていた。

「旨いな」

「愛情の塊だもの、利久のお母さんのさ」

「託生の分も入っているしな」

ギイはウインクしてみせた。ふいに、音楽堂でのことがよみがえって、ぼくは慌ててベッドへ移った。

「おい、どうした」

ギイは机の椅子《いす》に腰掛けたまま、不思議そうに、慌ててその場を離れたぼくを目で追った。

明るい寮の電灯の下、暗闇《くらやみ》と違う。

「託生も食事、途中だったんだろ。こっちに来て、食べろよ」

「いらない」

初めてキスを経験した少女のように、妙にドギマギしてしまう。ギイが喋《しゃべ》るたびに、口唇が動く（あたりまえだが）。口唇が動くたびに、ぼくはギイとのキスを、リアルに思い出してしまうのだ。——あの口唇と、キスしたのだ。

「もう眠いから、寝るよ」

「まだ消灯前だぞ」

「おやすみ」

「おい、服のままだぞ、着替えないのか」

「かまわない」

「服、汚れてるじゃないか」

「――あ……」

　忘れてた。

「眠いんだったら、先に風呂を使えよ」

　ギイは顎《あご》でバスルームを指した。祠堂のへんぴさは不便そのものだけれど、こと、温泉が出るので、各室バスルーム付き、いつでも好きな時に風呂に入れるというのは格別である。自宅でだって、こうはいかない。

　ぼくがタンスから着替えを出す間、ギイは机を向いて、つまり、ぼくに背中を向けて、黙々とパウンドケーキを食べていた。

「じゃ、お先に」

　服を抱いて、ギイの後ろ、一番遠い所をそうっと通る。

「山下たち、解散かもな」

　だしぬけに、ギイが口を開いた。

「解散?」

足が止まる。「どうして?」

「高林の顔を見てたら、そんな気がした」

ギイはくるりと椅子を半転させた。

目と目が合う。

あの後、吉沢道雄はぐいぐい高林泉の手を引いて、寮に帰っていったのだ。あの、あの高林泉がなされるまま、不満も言わずにトボトボついていったのには、再び驚いたものだ。

「高林君、どんな顔してた?」

「しあわせそうな顔してた。今のオレみたいに」

ギイは、するりとぼくの前に立ちはだかった。「託生、さっきの答え、聞いてない」

「さっきのって?」

「オレは託生が好きだ。託生は?」

好きだよ、ギイ。でも、そうあっさり口にはできない。言ってしまったその後が、ぼくは怖いんだ。

毎日一緒に生活する、プラトニックな恋人同士なんて、考えられない。

「そこ、どいて、崎君」

「ギイだ、託生」

ぼくはギイの脇《わき》を抜けようとした。寸前を、腕が遮る。

「意地悪しないで、通してくれよ」

「額の傷、軽くて良かったな」

ぼくは反射的に額のバンソウコウに手を当てた。一瞬、注意がギイからそれた隙《すき》に、ギイはぎゅっとぼくを抱きしめた。

ずるいね、ギイ。ここがぼくにとって安心できる場所となったことに、もう気がついているんだろう？

「逃げるなよ、頼むから」

え……？

ギイ、心細い声。――泣いてるの？

「好きだなんて言わなくていいから、せめてギイと呼んでくれよ。――な？　な、託生」

「――ギイ……」

ギイがこんなに頼りなげになるなんて。

「オレを避けるなよ、逃げるなよ。オレを嫌うなよ、託生……」

ぼくはそうっと、ギイの背中に腕を回した。

「ギイ」

そっと呼ぶ。「ギイ、嫌いじゃない。嫌いじゃないよ。そうじゃないんだ。ごめんね」

ギイのセーター、アンゴラだ。ホワホワしていて、肌触りがとても可愛《かわい》い。

「それじゃ、好きか？」

「好きだよ」

「そうか！」

ギイはバッとぼくを離した。ニヤニヤしている。

「ギイ!?　だ、だましたね！」

「テクニシャンと呼んで欲しい。奇跡のレインボー・ヴォイスと誉れ高いんだぜ」

「前言撤回！　大っ嫌いだ！」

「そうか、嬉《うれ》しい」

「嫌いと言ったんだ！」

「愛してるよ」

と囁《ささや》いてギイが強引にキスしてきたのと、ぼくがその頰《ほお》をおもいっきりひっぱたいたのは、ほとんど同時のことだった。

タクミくんシリーズ完全版1

てのひらの雪

「謝れよ、高林君、葉山君に謝るんだ！」

頭ごなしに叱《しか》られて、高林泉はポカンと、のっぽの吉沢道雄を見上げていた。

これが、あの、吉沢道雄だと信じられなくて。

いつまでも石のように噤《つぐ》んでいる泉に、埒《らち》があかないとばかり、道雄は泉の手首をぐいと引いて葉山託生の前に立たせると、周囲の暗闇《くらやみ》に凜《りん》と響く声でピシャリと命令した。

「謝りなさい！」

――恋は多分、その時に始まったのだ。

正義を貫かんとする意志を秘めた道雄の厳しい眼差しに。べらぼうに高い泉のプライドも、誰もが手を焼く底なしの意地っ張りも、何もかもをいっぺんにひっくるめて攫《さら》ってしまった歴然とした口調に。

それらをすんなりと受け入れてしまった前代未聞の自分に呆然《ぼうぜん》として、ひどく呆然として、そうしたら、どうしてだか胸が熱くなって、道雄にきつく手首を摑《つか》まれて強引に寮へ戻る夜道を歩かされながら、こうして誰かに手を引かれて文句も言わずに歩いている自分に、今までずっと、もうずっと長いこと嫌いだった自分自身がやっと好きになれそうで、嬉《うれ》しくて、切なくて、胸も手首もとても熱くて、泣けてきた。

それは四月。

雪解けの遅い山奥に建つ、ここ、祠堂学院高等学校にも春が訪れようとしていた頃の出来事だった。

「ガラン！　ガン！　ガン！」

　バケツが派手にアスファルトの階段を転がり落ちて行く。

「ったくもーっ！　一体どうしろってんだよ！」

　肩を怒らせ、ずしんずしんと一段ずつ階段を踏みしめるように下りて来た高林泉は、いびつな円を描きながら転がり続ける底の抜けたデコボコのブリキのバケツを、青いスニーカーで思いきり蹴飛《けと》ばした。

　バケツの本来の目的地は、燃えないゴミ置き場。本日は週に一度の大掃除の日。男所帯の全寮制男子校と来ればイメージは『汚い』に限るのだが、なかなかどうして、そこそこ校内が常にきれいなのは、遊び半分とはいえ、毎日放課後に掃除をしているからであろう。

　祠堂学院高等学校は、山の中腹にへばりつくようにポツンと建っている、自然には抜群に恵まれた人里離れた私立の男子校なのである。

　バケツはポーンと空を飛び、雑木林の手前、低い木の茂みに落下した。

　ズサササッ！

　葉が激しく揺れて、しばらくすると茂みから吐き出されたようにこちらへ『ペッ』と転がり出て来る。

「――まるでぼくみたいじゃないか」

高林泉は呟《つぶや》いて、溜《た》め息混じりにコンクリートの階段へ腰を下ろした。制服に一点の染みでもあろうものなら大騒ぎする方だが、幸い今は上下とも紺のジャージ姿で、それでなくとも今の気分ではたかが洋服ごときで大騒ぎする気にもならなかった。

豊かな自然をフルに生かして建てられた校舎の各施設は、ひどいものだと歩いて十分以上かかるという、教室移動には最高に不適格な状況なのだが、その中でも比較的まとまって建っている第一〜三校舎は、十メートルほど間隔をあけて並んでいた。そのうち最も大きな建物で複雑怪奇な形をしている第一校舎の北西中央寄り、建物の外に付けられたコンクリート製非常階段の一番下で、高林泉は憂鬱《ゆううつ》な気分を持て余しながら両膝《りょうひざ》を胸に抱き寄せた。小さい膝頭《ひざがしら》に白くて柔らかい（まるで女の子のような）頰《ほお》を当て、校舎の白いコンクリートの角越しに、ぼんやりと、まるきり人気のない中庭を眺める。

「わかってないんだ、吉沢《あいつ》は……」

吉沢道雄は内気で、口数が少なくて、お人好しで、優しくて、誰に対しても強くものを言った例《ため》しのない、元々そういう性格だけれど（だからこそ弱みに付け込むような真似《まね》もしてしまったのだが）だからって、ふたりの関係が少しも進展しない理由になんか、なるのだろうか。

「バカ道」

何も言わない。何もしない。毎晩ふたりきりの部屋の中で困ったような沈黙が流れるだけ。

そうして、もう何日たつのだろう。

「誰のために、ぼくが親衛隊を解散させたかわかってないんだ。どんな想いでぼくが……」

やるせなくて、胸が痛い。

「なんだ高林、掃除サボリか」

唐突に声を掛けられて、泉は咄嗟《とっさ》に表情を取り繕《つくろ》った。アイドルがカメラを向けられた時、無条件に笑顔を作るように、悲しいほどの自然さで笑顔を作る。

目が合うと、よほど鈍い人間でない限り、誰しもが一瞬たじろぐ泉の美貌《びぼう》。睫《まつげ》の長い大きな瞳《ひとみ》。透き通るような白い肌の、線の細い、少女のような可憐《かれん》な姿。むさ苦しい男子校なればこそ、一際目立つ存在なのだった。それを充分に自覚していればこその条件反射。——だが、声の主を認めた途端、泉はみるみる笑顔を崩した。

「ギイ……」

入寮日の一件以来、ギイの高林泉に対する態度は一変していた。それまでの、拒絶の塊のような撥《は》ね付ける視線のカケラもなく、慈しむように泉を見る。ギイに恋することが終わった日から、ギイは泉を受け入れてくれるようになったのである。

通称ギイ、こと、崎義一。自分の美貌を見慣れている泉でさえが見惚《みほ》れてしまう、とんでもない美形の祠堂の名物男。だが、彼の良さは顔だけじゃない。

「まだ掃除の時間だろ、あんまりサボってばかりいるなよ」

からかって、ギイは通り過ぎようとする。

「待って!」

泉は慌てて立ち上がると、ギイのジャージの袖《そで》を摑んだ。焼却炉からの帰り道なのだろう、近くに寄ると煙の匂《にお》いがした。

「ん？」

ギイは不思議そうに振り返る。「どうした？」

「たすけてよ、ギイ！　責任の半分はギイにあるんだから、何とかしてくれよ！」

泉はたまらなくて、ギイにしがみついた。

「おいおい、泣きそうな声出して、どうしたんだ？」

ギイは手の平で、慰めるようにポンポンと泉の頭を軽く叩《たた》いてくれる。――なんか、おとうさんに『良い子良い子』してもらってるみたいな心境……。

ふと、人の気配を感じてギイの胸から視線を外すと、非常階段の踊り場から一歩を踏み出した恰好《かっこう》のまま、呆然《ぼうぜん》と、吉沢道雄がギイと泉を見ているのに気がついた。

泉と道雄の目がハタと合う。泉は慌ててギイから離れた。途端に道雄は弾かれたように口を開いた。

「いや、バケツを捨てに行ったまま、いつまでたっても教室に戻って来ないから、何かあったのかと心配……、――邪魔したね」

くしゃんと顔を顰《しか》めて、道雄は踵《きびす》を返して凄い勢いで階段を上がって行く。

「吉沢！　誤解すんなよ！」

ギイが叫ぶと、道雄は階段の途中から手摺り越しにチラリと顔を覗《のぞ》かせて、悲しげに泉をみつめるなり、

「わかってるよ」

細く応えて、校舎へと消えてしまった。

「――最悪……」

泉はその場へへたりこんでしまった。泉がずっとギィに片思いしていたことが、そのせいで一歩間違えれば傷害事件にもなりかねない揉《も》め事の引金を引いてしまった『事実』が、誤解するなという言葉からものの見事に説得力を奪い去っていた。

「お前、マジで惚《ほ》れてるんだな、吉沢に」

泉の脇《わき》にしゃがみこんで、嬉《うれ》しそうにギィが言う。それを恨めしそうに見返して、

「能天気に笑わないでもらいたいね。誤解したに決まってる」

泉はぼやきながら足元の小石を拾い、コンクリートの壁に投げつけた。

小石はカチンと跳ねて、不規則に地面を転がっていく。

「一度目はギイに拒まれて、次は吉沢だ。好きになる相手からいつも放り出すように拒まれて、もう、うんざりしてきた」

いつもそうだ。本気でここにいて欲しい人に限って、頃合を見計らったようなタイミングで失ってしまう。しかも、残酷なことに、今回は一度は手にしたかのような展開の後にそれが来てしまった。

まるで、手の平で受けた雪の結晶のようだ。その美しさに心を奪われ、熱く望めば望むほどに早く溶けて、消え去ってしまう。

「吉沢がいつ高林を拒んだんだ？　いつまでたっても戻って来ないからとかなんとか言って、吉沢の奴《やつ》、高林のそばにいたいだけだろ。あいつ、去年の入学式の日に高林に一目惚《ぼ》れしたんだってな」

「知らないよ、そんな大昔のことなんか」

それは初耳だった。そんなこと、自分には一言も教えてくれない。

「なんだ、気づいてなかったのか」

「気づくわけないだろ！　吉沢は、お世辞にも目立つ方じゃないんだぞ！　第一、その時ぼくは――」

ずーっとギイに見惚れていた。

「とにかく、あいつは去年から高林に惚れてるぜ。相思相愛、めでたいじゃないか」

「めでたかないよ！　両思いでも、うまくいかないんじゃしょうがないじゃないか！」

――好きな分だけ、辛《つら》くなる……。

「そう言うなよ。考えなしにものを言ったオレが悪かった。ゴメンな。オレに手を貸して欲しいんだろ？　いいぜ、何をして欲しい？」

「先刻《さっき》までそのつもりだったけど」

泉は迷いを振り切るようにスックと立ち上がり、「でもやめた。わかってないんだ吉沢は。なーんにも。これっぽっちも」

優しさの陰で逃げている。現在《いま》の道雄の態度からは、そうとしか受け取れなかった。

「やめちまって、後悔しないか？」

「だってああいう時、本当の恋人同士だったら怒るよね。浮気するなとか、叫んだりしてさ」

「そうかもな。――高林をひっぱたいた時のあいつはあんなに恰好良《かっこう》かったのにな」

ギイも立ち上がり、芝居がかった大きな動きで腰に手を当てると、「いつまでたっても煮え切らないあいつが悪い。肝心なのは、あと一歩を踏み込めない、あいつの弱さだ。吉沢が心底高林に惚れてるんなら、あいつから動くべきだよな」

台本でも読んでるみたいな節回しで言った。

泉はホッと息を吐いて、

「やっぱりギイに恋してた方が楽だった。相変わらず勘が良いね。変な意味でなくて、託生君が羨《うらや》ましいよ。――ごめんね、吉沢が一方的に悪いなんて、思ってない」

ギイは俯《うつむ》いてしまった泉の顔を下から覗《のぞ》き込むと、

「お前も察しの良い方だ。良過ぎて吉沢には手に余るだろう。いざとなれば頼もしい奴なのに、なかなかイザになってくれないから困るんだよな。あいつは許容範囲が広すぎるんだ」

「ぼくの方から迫れば、事は簡単なのかもしれない。でも、それじゃあ道が違うような気がしてならないんだ。これは、我が儘《まま》なのかな」

「そんなことはないさ」

ギイの励ましは、何よりの精神安定剤だ。泉はその一言で自分の考えが肯定されたようで、それまでの苛《いら》だちが収まり始めたのを感じていた。

「今だから言えるけど、ギイに徹底的に拒絶されても、こんな風な曖昧さに辛くなることはなかったよ」

心はいつでもひとつでいられた。どんなに拒まれても、ギイが好きだった。微塵《みじん》たりとも受け入れてはもらえなかったが、好きで好きで、拒絶であろうとその確実な反応に、安心して好きでいられたのだった。

今は、好きであること自体に、迷いと後悔が伴ってしまう。この人をこのまま好きでいて良いのだろうか……、と。

だが、ギイに恋してた頃の自分は大嫌いだった。ギイに相応しいのはこの世の中で自分ひとりきりだと信じて疑いもせず、傲慢《ごうまん》で自信過剰で、ゾッとするほど醜かった。嫌われて、当然だった。

「わかってないな、お前」

しようがないヤツと言わんばかりに苦笑してギイは慈しむように泉を見ると、「とにかく、高林の初恋が成就することを祈ってるよ」

と言った。

「え……？」

泉はキョトンとギイを見上げる。

「じゃな」

何かを訊《き》きたそうな泉に口を挟む隙《すき》を与えず、ギイは軽く手を振って、さっさと校舎の角を中庭へと立ち去った。

泉は展開が把握できず、まだポカンとしていた。だってギイは不可解なことを言うのだ。ずーっとギイを好きだった泉に対して、可笑《おか》しなことを言い残したのだ。

「初恋って、ぼくが……？」

教室に戻ると既に終礼は済んでいて、クラスメイトが賑《にぎ》やかに帰り支度をしているところだった。

「泉君、ゴミ捨てご苦労さん！」

誰彼ともなく泉に声がかかる。泉は歩けば必ず、擦れ違う人を魅《ひ》く。色んな視線に出会ってきた。その中でも一番ひっそりと儚《はかな》げに自分を追う視線の主が、泉が焦がれてならない人物だった。

吉沢道雄。目立たないながらも弓道部では部長の工藤陽介《くどうようすけ》と一、二を争う腕前の持ち主で、正直、若い分だけ道雄の方により強くなる可能性が大きかった。夏の県の弓道大会では、並みいる三年生を抜いて、二年生の彼が活躍することは目に見えていた。――代表選手が実力だけで選ばれるのであれば。

道雄にギイのような政治的手腕があれば、誰もが彼の実力を知ることになるのだろう。誰も彼を侮ったりできなくなるだろう。

「何してるのさ、吉沢」

泉は憤然として、泉の机で泉の教科書やらノートやらを丁寧に束ねてブックバンドで括《くく》っている道雄に訊《き》いた。

「何って、戻って来てから帰り支度をするんじゃきみが大変だろうと思って」

「幼稚園児じゃあるまいし、自分のことは自分でやるよ」

泉はきつい眼差しで、頭ひとつ分高いのっぽの道雄を見上げた。

「そうだよなー、どのみち同室だもんなー、高林の荷物ったって手間はひとつだよなー。まとめついでに運んでやりなよ、よしざわくん」

元『高林泉親衛隊・第一連隊長』の山下清彦が、ここぞとばかりにはやしたてる。懲《こ》りない彼は親衛隊解散後、未公認ながらファンクラブを自主的に結成していた。

「それもそうだね」

道雄は屈託なく笑うと、「じゃあこれ、部屋に運んでおくから」

あっさり引き受ける。

——どうして！

泉は怒りで体が震えた。どうして嫌だと言わないいんだ！　そこまでする義務なんか吉沢にはないのに！　単にからかわれているだけなのにそうとも気づかず、なんでもかんでも引き受けて！　お人好し！　軟弱者！

「大きなお世話だ、バカ野郎！」

泉は怒りに任せて道雄の手から束をひったくった。「他人のことより自分こそさっさと部活へ行けよ！　天文部《うち》と違って弓道部は遅刻の罰が重いんだから！」

勢い、六センチはあろうかという分厚い教科書等の束で、道雄の背中を思いっきりぶっ叩《たた》いてしまった。

パッチーン！　と痛そうな音がして、一瞬道雄が顔を顰《しか》める。泉はハッと息を呑《の》んで、だが道雄はすぐに笑顔になると、

「わかった、そうするよ。お先に」

いつものお人好しの表情で、自分の荷物を手に足早に教室を出て行った。

「なんでぃ高林、あいつに持たせちまえば良かったのによ。一緒ンなってからかってたのに、手ぶらで行かせちまうなんて、いつもの高林らしくないじゃんか」

口惜しそうに山下が話しかけてくる。

「しっかし、何を頼まれても断った例しがないなあ」

いつの間に来ていたのか、泉の傍に級長の野川勝《のがわまさる》が立っていた。「だからいいように使われちまうんだ。ったく情けないヤツ。もっとはっきり自己主張すればいいのになぁ」

「そういう野川だって、面倒な整美委員に吉沢を任命したじゃないか」

泉が言うと、野川勝は急に派手に咳き込んで、

「いや、ホラ、あれは、なかなかなり手がないから。――ちょい、そういう高林だって入寮ン時の部屋の片付け、全部吉沢にやらせたって話だろ」

「そうだけど……」

泉にはもう反論ができなかった。今まで散々利用して、我《わ》が儘《まま》いっぱい利用しておいて、いまさら道雄を庇《かば》っても、その事実は消えはしない。ギイが好きだった事実と同じように。そしてそれが負い目になる。もう一歩を踏み込んでくれない道雄を責め切れない、宙ぶらりんの自分。こんなに道雄が欲しいのに。狂いそうなほど、欲しいのに。

（天罰だなんて、言わないよな……）

泉は眉《まゆ》を寄せ、心細げに瞼《まぶた》を閉じた。

講堂裏の弓道部専用の細長い道場は、的の向こうを広く緑に包まれた、美しいたたずまいの中に在った。一列に並んで部長の号令のもとに弓を射るのだが、今日はいつものようにスパンと小気味良く的の中央に当たらない。

十五分休憩の号令がかかり、道雄がホッと息を抜いた時だった。

「吉沢、なんか姿勢が変だぜ。背中かどこか、痛いのか？」

極力気に掛けないようにしていたのに、無意識に背中を庇うのか、後ろにつく、仲の良い片倉利久にバレていた。

「ちょっと大ボケしてね。そんなに姿勢に出てるかい？」

利久を振り返って尋ねると、

「まあね。でも先輩たちにはわからない程度だぜ」

それを聞いて道雄はホッとした。夏の県大会に合わせた校内の予選が、五月のゴールデンウィーク明けに行われることになっていた。勝負の世界は厳しいというが、先輩後輩の序列に比べたら可愛《かわい》いものだと道雄は思う。どんなに実力があっても、先輩の頭数という敵に勝つことができなかった。定員と三年生の数がイコールもしくは競争率の高い年は、一年二年は選手の候補に引っ掛かりもしなかった。だが今年は違う。定員五名の枠に、三年生は四人。毎年形ばかりの校内予選が、今年は本物の校内予選となったのだ。確かに放っておいても三年生になれば県大会に行くことができる。しかし、初めての大きな大会が唯一残された試合では、経験を生かして次へ繋げることもできない。この大事な時期、評価を落とすような真似はしたくなかった。

「調子悪くて百発百中じゃ、こっちがやんなっちまうよ」

利久が頭を掻《か》いた。「やっぱ俺みたいな付け焼刃は駄目だわ。おとなしく笹かまぼこ焼いてる方が似合ってるってもんだ」

「片倉君の家は、笹かまぼこの老舗《しにせ》だったよね」

「仙台《せんだい》にお越しの際は、どうぞよろしく」

利久が仰々しく頭を下げたので、道雄はプーッと噴き出した。と、ゲラゲラ笑っている道雄の目の端に、ひとりの学生が映った。細長い道場の両サイドを仕切る金網の向こう側に立つ、背の高い、遠目にも整った顔立ちをしているその学生は、どういうわけかこっちをじっと眺めていた。

その学生へ部長の工藤陽介が近寄って、なにやら楽しそうに喋っていたが、やがて工藤は顔

を上げて道場をグルリと見回し、

「おい、吉沢！　ちょっと来い！」

道雄を手招きした。

「なんでしょうか」

「吉沢、お前確か、シャオシュピーレリンと同室だったよな」

「は？」

「あ、悪い、つい愛称で呼んじまう」

工藤はあははと笑うと、「麗しの高林泉くんのことだよ」

と言った。

「そうですけれど……」

愛称にしては、やけに長ったらしくて複雑じゃないか？　一体、何語だ？

「その子、決まった人いるのかい？」

興味津々《しんしん》に尋ねた学生に、道雄はまるで見覚えがなかった。祠堂学院は決してマンモス高校ではない。一学年二百名を軽く切るのだ。全校生徒を合わせても、五百名ちょっと。校内だけでしか顔を合わせない普通高校と違って、こちとら四六時中一緒に生活しているのである。新入生ですら、二カ月も過ぎればほぼ全員と顔を合わせ、うろ覚え程度には相手の顔を把握しているのに、三年生の校章を付けたこの『先輩』に、道雄は全く見覚えがなかったのだった。――何者だろう。

「いくら同室でも、そんなプライベートなことまでは知りません」

道雄が応えると、

「ギイは？」

思い出したように工藤が訊《き》く。「あの子、ギイにぞっこんだったよねえ」

「ギイって誰だ？」

三年生が言う。ギイを知らないなんて――！　これは益々もってオカシイ。

「なんだ、板見《いたみ》はまだギイに会ってなかったのか。２－Ｄの級長で、祠堂きってのサラブレッドだよ。何であんな奴《やつ》がこんなド田舎の学校なんかに留学して来たのか、マジで、不思議だ」

「妙な名前だが、日本人なのか？」

「あいつは…、クォーターだっけな。本名は崎義一というんだ。で、通称ギイ。入学式で話題騒然だったんだぜ。かのシャオシュピーレリンと並んでさ。とにかくケタ外れの美形でね、当時はまだ子供子供した部分が残ってて、ノーマルな連中まで夢中になってたな。もう半ばパニック状態で、新入生の話題で学校中が浮き足立ってた。あんな粒ぞろいの学年は、きっと祠堂開校以来だぜ。つまり俺たちは、天国の真っ只中にいるわけだ」

「ほー、そいつは素晴らしい」

板見の目が輝いた。板見は、道雄の苦手な種類の目をしていた。

部活の後、道雄は学生食堂で夕飯を済ませてから寮の部屋へ戻った。

ドアを開けて室内に入ると、机で宿題を片付けていた泉がせわしなく手を動かしながら言った。

「お帰り、吉沢」

「ただいま」

荷物を机に運びながら、道雄は泉の華奢《きゃしゃ》な背中に声をかける。濃紺のベストを通して、薄い背中に肩胛骨《けんこうこつ》が浮いて見える。そのラインがやけに愛しくて、衝動的に抱きしめたくなって、道雄はひとり、狼狽《ろうばい》した。

「吉沢、食事は？」

「えと、今、済ませてきた」

「部活、間に合った？」

「あ、うん。おかげさまで」

しばし、沈黙。

泉は手を止めると、クルリと椅子を反転させた。じっと道雄を見上げて、

「昼間はごめんね。あんな物で背中叩《たた》いたりして。反省してる」

大きな綺麗《きれい》な瞳《ひとみ》に影が差す。

「そんな……。どうってことないよ、大丈夫」

道雄は恐縮して、言った。

「吉沢は、ぼくが嫌い？」

「えっ⁉　とんでもない！」

反射的に応えてしまってから、道雄はモロに赤面した。

「吉沢！」

嬉《うれ》しくて、たまらなく嬉しくて、泉は道雄に抱きついた。のっぽの道雄に届くよう、思いっきり爪先《つまさき》立って彼の首に腕を回す。ところが、まださっきの狼狽を引きずっていた道雄は、動揺が過ぎて、あろうことか、咄嗟《とっさ》に泉を突き放してしまった。

抱きついた途端、両手でグイと押し戻され、泉は愕然《がくぜん》とした。

あからさまに、拒まれてしまった。

「階段でのこと、まだ、誤解して、る……？」

道雄は慌てた。大いに慌てて、だが、フォローの仕方がわからない。恋愛事には救いようがないほど疎いのだ。まして目の前の泉は、愛《いと》しくて、愛しくてならない、道雄の宝ものなのだ。目の前に泉がいるだけで、それだけで道雄は舞い上がってしまって、思考回路は混乱の極みに至ってしまう。

「いや、いや、誤解なんて、そんなことは……」

泉は真剣に道雄の話す言葉を聞いていた。

吸い込まれそうな瞳にじっとみつめられて、燃えるように体が熱い。血が全速力で逆流しているのか、パンパン鼓動が脈打っていた。自分でも、何を口にしているのか、まるで把握できていない。

「た、高林君が崎君を好きなのは知ってるし、君は素敵だから崎君とああいうことになっても絵になるし、僕なんかには口出す権利な——」

言い終わらぬうちに、道雄の左頰《ひだりほお》がパン！　と鳴った。

道雄は軽い眩暈《めまい》を覚える。

泉は道雄の頰を打った右手を胸に抱きしめて、

「謝らないからね！　吉沢のバカ！」

叫んで、洋服のままベッドに潜り込んでしまう。

打たれた道雄より打った泉の方が何倍も辛《つら》そうだ、と、打たれた頰に手を当てて、道雄は思っていた。

傷つけてしまった。泉を、泣かせてしまった……。

「あー、めんどくせぇ。ったりーよなー、実験なんてさぁ」

六時間目の化学の時間、第一化学室で本日は沈殿の実験をしていた。データを取りたいサンプルを試験管に入れて、テーブル毎に付いているガスバーナーで過熱しながら薬液に溶かす。それを試験管立てに並べて、五分置きに沈殿の状態をメモしていく、という、至って簡単《シンプル》な実験で、危険な化学薬品ひとつたりとて使わないので、化学担当の石川芳彰《いしかわよしあき》は呑気《のんき》に鼻歌なんぞを口ずさみながら、教師用の椅子に足を組み、校庭で繰り広げられるどこぞのクラスのスポーツテストの練習風景を楽しそうに眺めていた。

「おい吉沢ー、こっちのデータも一緒に取ってくれよ」

隣の班の山下が、だらだら机にしなだれながらちょっかいを出す。「おいってばよー、返事ぐらいしろよー」

ひえー、あの子、足長いなー。日本人じゃないみたいだ。最近の若い奴《やつ》はスタイル良いからなー。タッパはあるし、参っちゃうよなー。

とか感心している石川だとて、今年でまだ二十七である。四月に転勤でこの学校にやって来て、生まれて初めての完璧《かんぺき》な団体生活を経験している最中だった。何を見ても物珍しく、教師のくせしてまるでお客様気分でいるのだった。これが、まずかったのである。

「いい加減にしろよ、山下」

あんまり山下がしつこいので、山下と同じ班の泉がたしなめると、

「任せとけって。親切な吉沢君のことだから、絶対うちの班の分もやってくれるからさ」

吉沢は弱り顔で泉を見た。

「吉沢、こっちはいいから、隣、手伝ってやれよ」

うんざり気味に誰かが声をかける。だが、道雄は頷《うなず》かなかった。泉の目はやめてくれと言っていた。これ以上、他人に振り回されないでくれ、と。

「悪いけど、山下君、僕は手伝えないよ」

道雄が断ると、山下は憤然と椅子から立ち上がった。

「なんだとテメェ、何様だと思ってんだよ！」

普通ならここで担当教師が割って入るところなのである。だが、このお客様気分の石川先生は、止めに入るどころか、これから何が始まるんだろうか、と状況を見守ってしまったのだった。男子生徒が揉《も》めるのは、どこの学校でもよくある光景なのである。そうやって友情の絆《きずな》は深まるものだ。石川も経験したことがある。それに、なにせ今回は、硫酸とか塩酸とかの危険な薬品は一切登場していないのである。心配には及ぶまい。

「へん、けっこう良い度胸してるじゃんか」

今まで一度も逆らわれたことがない吉沢に面と向かって断られたものだから、山下はひどく逆上していた。こいつはクラスメイトの面前で俺の要求を断った。俺に、恥をかかせた。

山下はガタンと椅子を後ろに蹴《け》って、勢いつけて道雄につかみかかった。道雄の胸倉をしめ上げた。

「俺をなめんなよ」

毒づいて、拳を握る。

だが、あの吉沢が反撃した。いきなり山下の足を払ったのだ。山下はバランスを崩して、派手に椅子を倒しながら床に転んだ。

「やりぃ！」

「いいぞ、吉沢！」

歓声が飛ぶ。道雄はしまったと思った。椅子を押しのけて立ち上がった山下の目は、本気で怒っていた。

両手に拳を握り、殴り掛かって来る。間一髪で身をかわし、手首を摑《つか》んで横へ払う。だが、山下もう油断してはいなかった。すぐに体勢を直して、全身で突っ込むようなパンチを打った。道雄はストンと腰を落とし、ぐっと腹に力を込めるとパンチを手の平で受け止めた。——手の骨が、折れそうだった。

山下は凄《すご》い力でそのままギリギリ押して来る。このままでは押し切られてしまう。道雄は懸命に腕に力を込めて山下を払いのけた。山下はワーッと叫びながら弾き飛ばされ、実験用の大きな机に体ごとぶつかった。

ガシャガシャガチャーン!!

実験器具を押しのけて、山下が机の上をスライディングする。

その時だった。山下が落とした試験管のひとつが床に砕け、運悪く、そばにいた泉の手を切った。瞬く間に、血が、白い手を滑り落ちる。

泉は呆然《ぼうぜん》と、滴り落ちる真紅の雫《しずく》を見ていた。不意に、膝《ひざ》が落ちる。

クラス中が騒然となった。道雄と山下の決闘など、もう誰の眼中にもない。

「救急車だ！　保健委員！」

級長の野川が喚いた。だが保健委員が反応するより早く動いた者がいた。そいつは崩れ落ちる泉の体を掬《すく》うように抱き上げると、風より速く化学室を飛び出して行った。

「今の、吉沢、だった？」

野川は隣のクラスメイトに訊《き》く。わかりきっているのにそうと尋ねてしまったほど、それは

『青天の霹靂《へきれき》』だった。皆、一様に呆然としていた。一番馬鹿面をしていたのは、やはり、山下だった。

「先生！　急患です！」

第三校舎からワープ橋と名付けられた第一校舎直通の渡り廊下を抜け、吉沢はぐったりした泉を抱きかかえたまま保健室に飛び込んだ。——が、肝心の校医の中山の姿がどこにも見当たらない。

「おい！　こんな時にいないなんて！」

愚痴ったところでどうしようもない。道雄は意を決した。

「吉沢……」

縋《すが》るように道雄をみつめる泉を診察用の椅子に座らせて、

「とにかく、応急処置をしよう。みせてごらん」

道雄は泉の手をそうっと引き寄せた。血まみれの手、泉は目を背ける。

「これだと傷口がわからないな。消毒して血を落とそう。染みるけど、我慢して」

泉はギュッと目を瞑《つむ》り、コクンと頷《うなず》いた。

「ガラスの破片が食い込んでなければいいんだけど……」

薬品棚から迷わず消毒薬の瓶《びん》とピンセット、シャーレに脱脂綿を取り出し、床に膝をつき、

道雄はオキシドールで手早く傷口を拭き取ってゆく。

泉はきつく口唇を噛《か》む。手が、ずっと小刻みに震えていた。

「大丈夫みたいだ、出血の量が多かった割に、そんなに深く切れてない」

傷は手首に近い甲を四センチほど斜め横に走っていた。「ガラスの破片も、うん、刺さってないよ」

道雄はしげしげと手首を観察した。

「本当？」

それを聞いて泉もホッとして手首を見る。なるほど、道雄の言うとおり、傷はたいして深くなかった。「なんだ、良かった」

調子に乗って動かしていると、みるみる傷口から血が染みでてくる。

「吉沢ー、血が出て来たー」

泉は泣きべそをかいた。

「こら。当たり前だろ」

道雄は中山が浅い傷口を止血する時に使っている塗り薬をガーゼに塗ると、泉の手首にゆっくりかぶせた。その上に油紙を重ね、慣れた手付きで包帯を巻く。

「吉沢って、去年保健委員だった？」

「違うよ。付き添ったことは何度かあるけど。どうして？」

「だって、凄《すご》く上手だから」

「ああ。うち、弟が二人と妹が二人いるんだ。みんな揃《そろ》いも揃ってヤンチャでね、しょっちゅうケガばかりして、おかげで応急処置だけは達者になった」

「ふうん。そうか」

「高林君ちは兄弟何人？」

「ひとり」

道雄は顔を上げた。椅子に座っている泉の方が床に跪《ひざまず》いている道雄より高いので、自然と道雄が泉を見上げる形になっているのだった。

「一人っ子？」

「らしいだろ？　我《わ》が儘《まま》で身勝手で、ぼくなんか一人っ子の典型だよ、きっと」

「そんなことないよ。――はい、完了。中山先生が戻って来たらちゃんと診《み》てもらおう」

「本当にそう思ってる？」

「そりゃそうだよ、傷が浅いからって甘くみたら危険だからね」

「傷のことじゃない」

泉は白い包帯にくるまれた手で道雄の頰《ほお》をそっと撫《な》でた。道雄はビクンと体を強張らせる。

「吉沢……」

囁《ささや》きながら、泉はスルリと椅子から道雄へと滑り落ちてきた。あんなに痛烈な山下のパンチを受け止められたのに、道雄は華奢《きゃしゃ》な泉を受け止めきれなかった。ふたりして保健室の床に転がってしまう。だが、道雄は今回は泉を突き放さなかった。しっかり泉を抱いて、愛しい肩胛《けんこう》骨《こつ》もなにもかも、身ぐるみ抱きしめて床に転がった。

「吉沢、好きだよ。吉沢が、好きだよ」

頬を擦り寄せて、泉が囁く。

「高林君……」

「だのに、吉沢はひどいことを言う。ひっぱたかれても当然なんだからね」

「ごめん。——ごめんね」

こんな頼りない男で。

「悪いと思ってる？」

「真剣にね」

「だったらお詫《わ》びにキスして」

道雄は絶句した。——キス？　キスって、あの、キス？

道雄の返事も聞かず、泉は夢見るように目を瞑《つむ》る。目を閉じて、待っている。眠り姫が茨《いばら》の城の中で王子の訪れを待つかのように、うっとりと、待っている。

ここまでされて、引き下がっては男じゃない！　道雄は覚悟を決めた。もとより、この子が愛《いと》しくてならないのだ。あんまり大事で、愛し過ぎて、どうにも手が出せなかったくらい、滅茶苦茶惚《ほ》れているのだ。

「キスするの初めてだから、下手だよ」

道雄が前以て断ると、泉は細く目を開けて、ゆるく笑った。

「最初はみんな、きっと、下手だよ」

そんなこと、気にすることないのに。大事なのは、吉沢とそうしていることなのに。

そう続けた泉に道雄はやっと心を解放した。とにかくモテる泉である。キスなんかとっくに経験済みで、本音を言えば、キスも何もかも初めてで、最高にド下手で、いざ想いを遂げたは良いが呆《あき》れられて嫌われたらどうしようかと本気で心配していなかったわけではなかった。

道雄は泉を抱き寄せる。目標を誤らないよう、しっかり泉の口唇をみつめ、ゆっくりと顔を近づける。

口唇が触れかかった時だった。遠くから、パタパタパタ！　という聞き覚えのあるスリッパパタパタ音が、猛ダッシュの勢いでこちらへ近づいて来た。

道雄が体を起こすと、泉もパチリと目を開ける。

「中山先生だ……」

道雄は恨めしそうにドアを見遣《みや》り、大きく溜《た》め息を吐《つ》いた。


「遅くなりました！　中山先生に用事を頼まれて、——あれ？」

勢いよく部室のドアを開けると、いつもは狭い室内に溢れんばかりに部員たちがひしめきあっているのだが（勿論《もちろん》、高林泉目当てに入部して来たミーハー連中である）今日に限って、誰ひとりとしていなかった。そのかわり、中央の机にちょいと腰掛けて、星座の写真集をめくっていた見慣れない男が顔だけこっちに振り返る。

「天文部員は皆、写真部の所へ行ったよ。春休み中に撮った課題の天体写真の現像をしにね」

百八十五はあろうかという長身の男はそう言うと、ゆっくり机から腰を上げ、「ふうん、きみが高林泉くん？　なーるほど、聞きしに勝る美人だね。きみが相手じゃ、お伽話《とぎばなし》のお姫様もカタなしだ」

　泉の前までやって来る。

　泉はむっとして、睨《にら》みつけるように男を見上げた。

「それはどーも。見慣れない顔だけど、アンタ、誰？」

「俺？　俺は板見処《ところ》」

「――聞かない名前だ。ホントにウチの学生なわけ？」

「そうだよ。ただし編入生でね、祠堂学院にはこの四月にやって来たばかり」

「ああ、園から来たの」

　祠堂にはこの学院の他に、都会《まち》のど真ん中に祠堂学園高等学校という、対照的な環境に建てられた兄弟校がある。こちらが全寮制なのに比して向こうは半寮制。だが入寮希望者は殆《ほとん》どなく、全室五十という学生寮は専ら物置に使われているという噂《うわさ》である。基本的には院と園の間では編入が自由にできることになっていた。書類審査だけでペーパーテストがないのはそのせいである。ところが、特殊な事情でやむを得ない場合のみ、という条件が付いている。コンビニエンスな今のご時勢で、特殊な事情でやむを得なくなるなんて事態がホントに発生するのだろうか……。

訝《いぶか》しげに板見処を眺めていると、何を勘違いしてか処は得意そうにポーズを作り、

「こっちは美形揃《ぞろ》いだって聞いてたけど、評判どおりだ。ね、今度の日曜、俺とデートしようよ。――って――っ!!」

処は両手で左頬《ひだりほお》を押《お》さえて喚いた。

「馬鹿言ってんじゃないよ自意識過剰！　ぼくを誘う前に、自分《テメエ》の面《ツラ》、鏡でよーっく見ろ！」

吐き捨てて泉は踵《きびす》を返す。

「ちょっとタンマ」

処はくるりと泉の前に回り込んだ。「悪いけど、顔には自信があるんだ」

「そうかよ、良かったな」

向こうじゃどの程度だか知らないが、ギイに比べれば五段階は落ちるぜ、アンタ。泉は心の中でこっそり呟《つぶや》いた。

「それともうひとつ、こう見えても俺は先輩だからね」

「――だから？」

三年だろうと二年だろうと、たいした違いはない。

「先輩には、少しは敬意を払うもんだ！」

言うなり、処はいきなり泉の両肩をがっしり摑《つか》み、強引に口唇を合わせてきた。

バッチーン!!

石の廊下に響き渡る平手の音。

「悪ふざけも大概にしろよ！　アンタ、サイッテーな奴《やつ》だ！」

泉は拳で口唇を拭《ぬぐ》うと、「さっさと園に戻っちまえ！」

ひっぱたかれた勢いで床に尻餅《しりもち》をついている処へ一瞥《いちべつ》を喰《くら》わせてから、ズンズン廊下を写真部の方へと歩いて行った。

初対面の人間に連続二回もひっぱたかれて、しばしポカンとしていた処は、泉が視界から消えてかなりたってから突如としてゲラゲラ笑い出した。

「ナイスだ。飯塚《いいづか》の言ってた通りだ。最高に鼻っ柱の強いとろけそうな天使、か。高林泉ね、堕《お》とし甲斐《がい》がありそうじゃん」

実に嬉《うれ》しそうに立ち上がる。「しかも噂《うわさ》じゃ経験豊富だそうだが、俺はバージンと見たね。こいつぁ春から縁起が良いや」

ニヤニヤ笑いながら、スキップが飛び出しそうな軽い足取りで、処も写真部へと歩いて行った。


「やだってんだろ！　嫌いなもんは嫌いなんだ！」

ガタン！　と音たてて椅子から立ち上がった泉はテーブルにドンと両腕を突いて、「吉沢に強制する権利なんかないだろ！」

隣で困ったように泉を見上げている吉沢道雄に怒鳴った。

「――またやってる。ワガママなお姫様と同室になった男は不幸だよなぁ」

誰かがクスクス笑いながら言った。

「まったくだ。そのうえ誰かさんは筋金入りのお人好しときてる。すっかり尻に敷かれちまって」

「それ、利用されてるって言うんじゃないか」

「そうとも言う」

どっと笑いが起こる。

黙って会話を拝聴しながら食事を続けていた赤池章三は、大きく腕を伸ばしてテーブルの胡《こ》椒《しょう》を取ると、いきなり連中に向かってひと振りした。

「げっ！　くしょん！　しょん！」

一斉に派手なくしゃみ合戦が始まる。

「てめー、なにすんでぇっしょん！」

「おや失礼、手元が狂《くる》った」

冷ややかに章三が言うと、今にも殴りかからんばかりに拳を握っていた面々は、相手が悪いとばかり途端にぎこちなく笑みを作り、そそくさと拳をテーブルの下にしまった。

「いや、くしょ！　誰にも過ちは、しょんっ！　ある、しょん！」

「それはどうも」

軽く流して、食事を続ける。

「――でも高林君、いくらニンジンが嫌いでも全部残すなんてもったいないよ。体には良いんだから、せめてひとかけらでも――」

「ウルサイッ！　もう要らない！」

癇癪《かんしゃく》を起こして、泉はトレイをテーブルに残したまま学食を出て行ってしまった。

「まだ半分も食べてないじゃんか」

いつの間に現れたのやら、道雄の傍らにギイが立っていた。

「崎君……」

弱り果てて、道雄は肩を落としてしまう。

「今夜の荒れは一層ひどいな。何かあったのか？」

「それが、よくわからないんだ。部活から戻って来てからずっとああで、寄ると触ると怒鳴ってる。部活の最中に何かあったんだと思うんだけど……」

「吉沢はもう食べなくて良いのか？」

道雄の食事の方は、ほぼ九分どおり終わっていた。

「これだけ食べておけば、多分明日の朝までは保つと思うよ」

「そうか。じゃあこうしよう」

ギイは泉のトレイを持ち上げると、食べ残しのイギリスパンの上にサラダを敷き、その上に本日のメインディッシュ（？）白身魚のフライをのせた。「——っと、忘れ物」

フライの下にこっそりニンジンを隠す。

パンをのせた皿を道雄へ差し出すと、

「持ってってやれよ」

「でも、無断でお皿を持ち出すと……」

「明日の朝ちゃんと返しておけば大丈夫だって」

道雄はホッとしたように微笑《ほほえ》むと、ギイからオープンサンドを受け取った。

「ありがとう」

「頑張れよ、イロオトコ」

ギイが冷やかす。道雄はくしゃくしゃに照れて笑った。

皿のオープンサンドを振り落とさない程度の急ぎ足で、道雄は学食を出て、寮の部屋に向かう。道雄にも泉の癇癪の原因は想像つかなかった。放課後まで、それこそ部活に出る直前まであんなにご機嫌だったのに。

結局、中山先生にはバレてしまった。急いで椅子に座り直して包帯を留めてる振りをしたのだが、先生は保健室に入ってくるなりふたりをチロリと眺め、

「保健室でいちゃつくには十年早いぞ」

　からかった。

慌てて否定したのだが、中山先生は豪快に笑いながら大股《おおまた》でふたりに寄ると、ふたりの背中をパンパン払って、

「どうも浜側の部屋はいかんな。床に砂ぼこりが溜《た》まってどうしようもない」

　見事な観察眼である。

「第二校舎の講師室でベルギー帰りの永峰《ながみね》先生が、向こうで買ったフォートナム&メイソンの

ダージリンを御馳走《ごちそう》してくれると言うんで相伴にあずかろうと万里の長城を渡っていたら、石川先生が悲愴な顔して走って来るのにばったり出くわしてねぇ。――ここだけの話、きみたちを追いかけて保健室に行こうとしたのに、迷ってわからなくなったそうだ。――そうしたら、実験中にケガ人が出たというじゃないか。急いで戻ってきたんだが、わたしはあんまり用がなかったみたいだね」

中山先生は手早く泉の包帯をほどき、傷口の様子を見て言った。「付き添いが吉沢君だと知ってたら、あんなに走るんじゃなかったよ。さすが新着教師泣かせの祠堂だ。第一化学室から保健室まで来るのに万里の長城を通ったら、最高の遠回りになっちまう。余計に混乱するわけだ。――よし。応急処置は百点。明日、ガーゼを取り替えに来なさい」

「ありがとうございました」

ふたり揃《そろ》って頭を下げた時、

「ちょっと待て。さっきの件、諸先生方には黙っててやるから、お前らこいつを整理してってくれ」

出されたのは、先日行われた身体検査の一覧表。「全学年、クラス毎に身長と体重の平均出して、下の紙の棒グラフに書き込むこと。ホラ、電卓」

道雄と泉は顔を見合わせて、どちらからともなく手近な椅子に腰を下ろすと、いそいそと作業にかかったのだった。

おかげで、掃除も終礼もサボれてしまった。終礼の後で、よほどケガがひどいのかと心配して、担任と石川先生が様子を見に来たのだが、中山先生の抜群のフォローによって、なんとなく、ケリがついてしまったのだった。

作業を終えて教室に戻るとさすがにクラスメイトは一人も残っていなかった。道雄は泉の荷物をまとめてあげて、部活へと送り出したのだ。その時も泉はすこぶる機嫌が良かった。不満たっぷりに口をすぼめたのは、中山先生にいいところを邪魔された、あの一時だけだった。

ノックをして、ドアを開ける。部屋の中は、真っ暗だった。

「高林君、いるのかい？」

声をかけたが、返事はなかった。

道雄は電気のスイッチを入れる。パアッと明るくなった室内に、泉の姿はなかった。

「どこ行ったんだろう」

道雄はオープンサンドをのせた皿を泉の勉強机の上に置いた。そして自分の机の中から小銭入れを出す。四月、春とはいえ、山奥に建つ祠堂の夜は冷える。道雄は壁にかけたハンガーからコーデュロイのブルゾンを外すと、部屋の電気を消して廊下に出た。

心当たりが、ひとつ、あった。

就寝前の数時間を謳歌すべく賑《にぎ》わう寮内を抜け、靴に履きかえると、道雄は浜風が吹きすさぶグラウンドを第一校舎の脇《わき》、学生ホールへと向かう。泉はヤケになると紅茶のガブ飲みをする癖があった。祠堂には何カ所かに分けていくつか自販機が設置されているのだが、種類を多くするため全部メーカーが異なっていて、学生ホールの自販機だけに、レモンティーが売っていたのだ。ズボンのポケットで小銭がチャリチャリ鳴る。道雄はお金の続く限り、泉につきあうつもりでいた。

急ぎ足でグラウンドを渡っていると、いきなり誰かが背後から抱きついてきた。

道雄はギョッとして立ち竦《すく》む。

「――吉沢……」

その声で、道雄は構えていた体から力を抜いた。それどころか、なんだかひどく嬉《うれ》しくなって、頬《ほお》が弛《ゆる》んで仕方がない。

「待ち伏せしててくれたのかい?」

背中にぴたりと貼《は》りついている泉は、黙ったままコクリと頷《うなず》いた。

「さっきは、ごめん……。ヒステリー起こしちゃって」

「気にしてないよ。それより、ベストだけだと寒いだろ。上着持ってきたから、かけるといいよ」

促すと、泉は道雄の胸に回した腕をほどいた。

道雄は俯《うつむ》き加減の泉の肩にブルゾンをかける。

「レモンティー、飲みたいんだろ? 一緒に飲もう」

「うん」

学生ホールに向かって道雄が先に立って歩くその後を、トボトボと泉はついて歩く。

「ねえ、吉沢」

「ん？」

「自業自得なんだけど、お腹すいた」

「そうだろう？」

ニッコリ笑って、道雄が振り返る。「部屋に戻るとオープンサンドがあるよ。一服したら食べようね」

泉はパッと瞳《ひとみ》を輝かせて、次に恥ずかしそうに俯くと、

「ありがと……」

道雄のシャツの端を握った。それがなんとも愛らしくて、大きいサイズの道雄のブルゾンに埋もれてしまいそうな姿も愛らしくて、たまらなくて、道雄は泉を抱きしめた。

驚いて、道雄を見上げる泉の口唇に、今度こそ、と心に決めて、誰に邪魔されてもやめないぞ、と心に固く決めて、くちづけた。

あんまり口唇が柔らかいのにびっくりして、ちょっと離してしまったのだが、いつの間にか道雄の首の後ろに回された泉の腕に、やんわりと引き戻される。

――初めてにしては、長い長いキスだった。だが、この時を待ち焦がれていた泉にとっては一瞬のようなキスだった。だから、口唇が離れた後、泉はもう一度目を閉じた。やっと手に入れることができた雪の結晶を、もう一度見たかったのである。

道雄は応えた。泉の口唇の甘さを、その柔らかさを確かめるように、スローモーションのよ

うにゆっくりと、泉の口唇を吸う。『愛してる』と心の中で囁《ささや》きながら。

「おーい、吉沢！　高林！　待ってくれ」

学生ホール手前数十メートルの所まで来た時、遠くからふたりを呼ぶ声がした。道雄と泉は立ち止まり、振り返る。

「誰かな」

泉が訊《き》く。

「誰だろうね」

道雄が応える。

「返事になってないよ。誰にしろ、このままだとマズイよね」

泉ははにかんで、道雄の肱《ひじ》に絡めていた腕を外した。

サッカー部とラグビー部の部活終了と同時にナイターの照明を落としてしまったグラウンドは、月明かりが唯一の光源である。いくら暗順応に慣れた目で見ても暗いものは暗いのであって、せいぜい誰かが学食の方からこちらに向かって走って来るシルエットが見える程度だ。

「あ、赤池君だ」

弾けるように道雄が言った。

「え？　どうしてわかるの？」

泉が尋ねると、

「だって、顔が見える」

道雄はごく当たり前に言うのだが、泉にはやはり判別できなかった。天文部に入部しているだけあって、視力には自信があるのだ。小学生の頃、理科の宿題で冬の夜空の星を観察したのだが、クラスで一人も確認できなかった小さな星を泉は肉眼でちゃんと見つけたのだった。勿《もち》論《ろん》、傍らにいた天文台に勤める泉の父親が星の位置を教えてくれたお陰でもあるのだが、それにしても、あの小さな輝きを捕まえた時の喜びは一生忘れられないと思った。

「吉沢、視力いくつ？」

「両方とも一・五だよ」

泉は左右共に二・〇である。

「それじゃあぼくの方が目、いいのに。どうしてさ。そんなのあり？」

「何揉《も》めてるんだい」

泉が拗《す》ねてる間にシルエットが実像に変化していた。——赤池章三！

泉は道雄と章三を交互に眺めると、うーんと唸《うな》った。そのまま俯《うつむ》いて、口の中で釈然としないとか何とかボソボソ呟《つぶや》いている。

「いや、たいしたことじゃ……。それより赤池君の方こそ、何かあったのかい？」

章三は息を切らしている。恐らくあちこち訪ねて、捜し当ててくれたのだろう。

「ギイから伝言。吉沢、山下が悪巧みしてるから気をつけろとさ」

その一言で泉がガバッと顔を上げた。

「山下が⁉　どうしてさ！　化学室での件なら、一方的に悪いのは山下の方だぜ。吉沢には関係ない！　むしろ吉沢は被害者なんだ！」

下から章三を睨《にら》みつける。

「理由なんか知らないよ」

泉のきつい眼差しをサラリと流して、「化学室での件って？」

反対に訊く。吉沢が手短に説明すると、章三はふーんと言った。

「逆恨みも甚《はなは》だしい。ったくもー、どいつもこいつも身勝手な連中ばっかりだ。ロクなもんじゃねえ」

泉が愚痴る。本当に顔とセリフが実にチグハグな美少年である。黙って立っていれば綿菓子のような甘い甘い雰囲気で、男だとわかっていても、つい『お嬢さん』と声をかけたくなってしまうのに。

「来るなら来いってんだ！　山下が吉沢に悪さしたら、ぼくがあいつをぶん殴ってやるから安心しててよ。――な」

力強く拳を握って、泉は頭ひとつ分高い道雄を見上げる。道雄は苦笑して、

「ありがと」

と言った。だが、気持ちだけはありがたく受け取っておくね。とは、さすがに続けられなかった。

「とにかく、今回は卑怯な手段を使う可能性がありそうだから、気をつけるにこしたことはな

いさ。——学生ホールにティータイムだろ、僕も喉《のど》が渇いたな、行こうぜ」

章三はふたりをホールに促した。

ふたりに背中を見せたまま、章三はこっそり溜《た》め息を吐《つ》いていた。

山下には気の毒なことに、モテてる割にこの子はまるでわかってないのである。好かれているのが当たり前の状態だから、好きという感情を改めて嚙《か》みしめたことなどついぞないのではないかと思われた。

山下は傷ついているのだ。大事な、ともすれば命より大事な泉にケガをさせてしまったことを、山下が後悔していないはずがあるまい。泉に顔向けができないと、山下が地中深くマグマに届きそうなほど落ち込むことくらい、容易に想像できるではないか。

それもこれも、原因は生意気な態度に出た道雄のせいなのだ。自分が泉に嫌われたのも、最低最悪に落ち込んでいるのも、ぜーんぶ道雄が悪いのだ。

「ま、逆恨みと言って言えなくはないか……」

とはいえ、同情の余地はあろうというものである。山下はいじらしいほど泉に惚《ほ》れているのだ。入寮日のゴタゴタだって、山下にとってはこれ以上もないほど不本意でも、泉とギイの仲をとりもつためにあんな茶番まで引き受けて。

それもこれも偏《ひとえ》に泉のためである。泉を喜ばせたいがため、なのである。

「いじらしいよな、まったく」

その山下をぶん殴ってやる、と泉クンは言うのだ。ああ、悲しいかな片思い。報われぬ恋はいつの時代も辛《つら》いものである。

学生ホール入り口の横開きのサッシをガラガラ鳴らして中へ入ると、章三はヤバイと身を引いた。当然、後ろからついて来たふたりが章三の背中にぶつかる羽目になる。

「ぶっ！　どうしたんだい、赤池……」

言いかけて、道雄はホールの校舎寄り、壁際の席に数名の仲間とヒソヒソ話し込んでいる山下に気がついた。噂《うわさ》をすれば影というが、こちらから近づいてしまった場合は何というのだろうか。

山下を見て硬直している道雄の脇《わき》で、泉は反対方向を見て硬直していた。

自販機を囲んで三年生が談笑していた。天文部部長の飯塚善文《よしふみ》と弓道部部長の工藤陽介、もうひとりは、噂の時期外れの編入生、板見処。

泉は咄嗟《とっさ》に道雄のシャツを掴《つか》んだ。呼ばれたのかと誤解して泉に振り返った道雄は、口元をきつく結んで、緊張した面持ちで自販機の周囲にたむろする三人を見ている泉の、硬い横顔に出くわした。

「シャオシュピーレリン同伴とは、吉沢、気が利くじゃないか」

工藤が大声で話しかけてくる。道雄はペコリと頭を下げると、

「こんばんは」

先輩に挨拶《あいさつ》した。

「高林、丁度良い。ゴールデンウィークの合宿のプラン、こっちに来て相談にのってくれよ。

行ってみたい場所、あるんだろ？　善処するぜ」

飯塚が手招きする。

「ぼくは参加しませんから、そっちで勝手に決めて下さい」

泉はあからさまに興味なさげに断った。

「おー、つれないセリフ」

工藤が膝《ひざ》を叩《たた》いて笑った。

飯塚が面白がって、泉と処をくっつけようとしている。そのもくろみに、どうやら工藤も一枚噛《か》んでいるらしい。

なんて悪趣味な連中！　泉は心の中で舌打ちした。

工藤と飯塚の間を割って、処が、旧知の友のような気軽な足取りでやって来た。

「我らのシャオシュピーレリンは今宵も麗しいですね。——さきほどはどうも」

ニヤリと意味深に笑う。泉はひどくむっとして処を無視すると、

「吉沢、向こうの席に行こう」

道雄の腕を引いた。

「高林君、紅茶、買わなくていいのかい？」

自販機から遠去かる泉に道雄が訊《き》く。

「気分が悪い。飲みたくない」

思い出してしまった。強引なキス。あいつこそぶん殴ってやりたい！

学生ホールは一足早く夕食を終えて寛《くつろ》いでいる学生たちで、そこそこ賑《にぎ》わっていた。とはいえ寮とホールは最短距離にしても百五十メートルは離れているので、夕食後、わざわざここまで足を延ばす学生は決して多くなかった。空席の目立つホールの、眺めの良い窓際の席に腰掛ける。ここからはふもとの夜景が見渡せた。

章三はふたりと別れ、入り口付近の席に適当に腰を下ろした。

中央に道雄と泉を挟み、向かって右側に山下たち。向かって左側には一癖ありそうな三人組。なんとなーく一波乱起きそうな予感がして、なるべく動きの取りやすい位置にいることにしたのである。

「どうする？」

含み笑いの飯塚が目で泉を指した。

「勿論《もちろん》、放ってはおかないさ」

処は自販機に硬貨を落とすと、紅茶のボタンを押した。ほどなくして出て来た紙コップを手に、泉の席に向かう。

道雄はじっとこちらを窺《うかが》う山下たちの視線を痛いほど背中で感じつつ、やけに馴《な》れ馴れしく泉に接して来る処に警戒していた。道雄の嫌いな、傍若無人の輝きを持つ処の目。泉の癇癪《かんしゃく》の原因は、こいつかもしれない。

「吉沢くんとかいったっけ。悪いけど、少し外してもらえないかな」

処は道雄の評判を知っているのか、微塵《みじん》のためらいもなく泉の隣に腰を下ろす。確かにいつもの道雄ならば、ふたつ返事でどいただろう。

工藤と飯塚は自販機に寄り掛かり、腕を組んでニヤニヤこちらを窺っていた。

「泉くん、そんなに露骨に顔を背けることはないだろう。こっちをお向きよ。——駄目なんだ、きみとのキスが忘れられなくてね」

突然、ガタン！　と椅子が鳴った。処はびっくりして道雄を見上げる。

「おいおい、脅かさないでくれよ。立ち去る時は静かにね。——随分無粋なルームメイトだね、替えてもらえば？」

「大きなお世話だ！」

と泉が叫ぶより早く、道雄の腕が処を摑《つか》み上げていた。

「な……なにをする！」

「冗談じゃない。ラブゲームだったらどこかよそでやってくれ。こっちはそんなのにつきあってるほど暇じゃないんだ」

グイと襟首《えりくび》を絞め上げる道雄に、工藤が慌てて口を挟む。

「吉沢、お前自分がやってること、わかってんのか。校内予選の前に傷害事件なんか起こしたら……」

「ウルサイ！」

道雄は工藤を一喝した。

確かに校内予選は大事である。二年のこの時期に出場できることをずっと夢に描いていた。

しかしそれを盾に要求を呑《の》ませようというのは、あまりに甘い考えである。処が働いた泉への侮辱を、道雄は許せなかった。泉の不機嫌は処にキスされたからだと、今、わかったからだ。誰であろうと泉の心を傷つける者は、たとえそれが口答えすら厳重に禁じられている先輩であろうと、赦《ゆる》すわけにはいかない。

「やめろよ、俺は空手二段だぞ」

処が精一杯気張って言う。

「そうですか、それは良かった。だったら受け身くらいとれますね」

間髪容れずに痛烈なパンチが処の下顎《したあご》に命中する。処の体は宙を飛び、ホールの床をゴロゴロ転がる。

右ストレートの威力と道雄の迫力に、誰もが固唾《かたず》を呑んで声も出なかった。章三も例外ではなかった。

「金輪際、高林君にはかかわらないでもらいたい。わかりましたか」

凛《りん》と響く、泉が惚《ほ》れた道雄の声。いざとなると最高に頼もしい、怒りが頂点に達しても名前にちゃんと〝君〟を付ける、礼儀正しい、大好きな、大好きな道雄。

泉はうっとりと、道雄を見上げていた。

駆け寄る飯塚に抱き起こされてふらつく足取りで立ち上がった処は、口を手で塞《ふさ》ぎ、今にも泣き出しそうに目を揺らしていた。

「飯塚、歯が、歯が折れた。骨も折れてるかもしれない……」

どうやら空手二段はハッタリだったらしい。

「わかったよ。中山先生のところへ行こう。歩けるか？」

工藤は複雑な表情で道雄を見遣ってから、処を抱きかかえてホールを出て行く飯塚の後を追った。

ホールはまだシンとしていた。三人が視界から消えても仁王立ちの構えを解かない道雄に、掛ける言葉がみつからない。どんな言葉も、宙に浮いてしまいそうだ。

「今日はダブルショックだぜ」

山下はポツリと呟《つぶや》いた。「あんなに腕っ節が強いの、ずっと隠していやがってよ。卑怯だよな」

「じゃあどうすんだよ、せっかく練った計画なのに」

仲間の一人が不平を言うと、山下はうんざりと天井《てんじょう》を見上げて、

「計画は中止だ。俺、歯医者苦手なんだ」

完全に降参である。

だが山下のショックはふたつで終わらなかった。

泉が、椅子から立ち上がった泉が薄紅に頬《ほお》を染め、いきなり道雄に抱きついたのだ。びっくり仰天した道雄は慌てふためき、例の気弱さ丸出しでユデダコみたいに真っ赤になってオロオロ腕を振り回し、手の甲を椅子の角にしたたかぶつけて悲鳴を上げ、一転してホール内の爆笑を買ったのだった。

だが爆笑の中にもホールに居合わせた二十人ほどの学生のうち半数以上の学生が、この夜、失恋にも似た苦い気持ちを噛《か》みしめていた。あのギイでさえ手を焼いた、ドイツ語で〝女優〟という意味の愛称で呼ばれるほど滅茶苦茶プライドの高い高林泉をこんな風に変えてしまった筋金入りのお人好しに、逆立ちしても太刀打ちできそうにないと、誰もが認めたのだった。

そして夏、ダントツトップで校内予選を通過した道雄は、並みいる強豪を紙一重の差で敗って、県大会で優勝した。その勝負強さたるや、実に見事なものであった。だが勝負のウラで(ギイの情報によると)道雄を奮い立たせるような或る取引が、密かに行われていたらしい。勿論、道雄と麗しのシャオシュピーレリンとの間で。

それがどんなものなのか、いかんせん夏休みの真っ最中では探りの入れようもないのだが、夏休みが明けた九月、隣室の片倉利久は聞くことになるのだ。入寮日、相も変わらずせっせと泉の荷物を片付けている道雄が晴れやかに、

「泉、この本どこに並べる?」

そう、尋ねるのを。

タクミくんシリーズ完全版1

FINAL

五時間目終了のベルが鳴り、学生がゾロゾロと第一化学室から廊下へと流れ出て行く。

「あ、板見」

手早く荷物をまとめて廊下へと急ぐひとりの学生を、ついさっきまで教鞭を執っていた化学教師、石川芳彰が、心配そうに呼び止めた。

周囲を窺うように声を潜めて、

「ゆうべ、二年生とケンカしたんだって？」

板見処は、教科書やらの束をブックバンドでくくりつけながら、

「まあな」

短く、応えた。

折れた歯が、ジクジク痛む。

噂好きの祠堂の学生、こんな山奥に幽閉されてちゃ、他に楽しみを見出すこともできないんだろう。気の毒なこった。

「いったい何が……」

尋ねようとする言葉尻を奪って、

「どのみち、あんたが気にするような事じゃないだろ」

処は冷ややかに言い放った。

「いや……、それはそうだが、同じ、園からこっちに移ってきた者のよしみというか……」

「――」

処は無言で石川芳彰を見返した。

どのツラ下げて、あんた、そんな事、言うんだよ。

「小さな親切大きなお世話って有名な諺、知らないのか」

処が言おうとした時、

「石川先生、同園のよしみだからといって板見くんばかり、ひいきなさらないでくださいね」

辛辣な響きが、ふたりの間を割って入った。

「坂咲《さかさき》」

処は、頭ひとつ分、まるまる小さい同級生を見下ろした。

「板見くん、次の英語は先生の都合で視聴覚研究室に移動だよ。ぐずぐずしてると遅刻だぜ」

更に忠告を加え、石川にペコリと一礼すると、ふたりの脇を抜けて行った。

「――なんか、ちっちゃいのに、迫力のある子だね……」

ついつい坂咲の背中を見送りながら、石川が言う。

「ヤツはうちの級長様だからな」

処は肩を竦め、「ガタイと迫力は正比例しないって、いい見本だぜ」

歳ばっかとったって、子供《ガキ》より子供《ガキ》な大人がいるのと、おんなじだ。

「あの子、毎回テスト、トップなんだよね」

「園でもよく、取り沙汰されてたもんな」

『竹内とまともに張り合えるのは、院にいる坂咲瞳《ひとみ》くらいなものだ。いくら大学が決まっているからといって、悠長に構えてないで、君たちも少しくらいは真面目に勉強しなさい』

テストの成績があまりに芳《かんば》しくない時に、必ずといって引き合いに出されていた、坂咲瞳。

「おかげで、会ったこともないのに、あいつの名前、しっかり覚えちまった」

「評判どおり、賢い子だよなあ」

「あいつの知らない所で、先生方に、体良く利用されていたとも言うか」

「板見」

「いいじゃん、どうせ先生、もうずっとこっちなんだろ」

園に戻る予定は、これからずっと、まったく、全然、ないのだから。「他の園の先生方に気を遣う必要なんか、まるきりないじゃん」

「相変わらず、口が悪いな」

「先生を困らせてばかりいる。──だろ?」

石川が返事に詰まる。

処はクスッと笑って、

「じゃあな」

石川へバイバイと手を振った。

『俺、石川先生が好きなんだけど、どうしたらいい?』

処が石川に打ち明けたのは、去年、二年生もやっと半分終わりかけた頃の事だった。

『えっ？』

石川は、驚いて、それはそれはびっくりしながら目の前の学生を眺めると、『そういう冗談で新任教師をからかうの、今、流行《はや》ってるのかい？』

真剣に、訊き返したものだ。

たいした根拠も理由もなく、気づいたら勝手に好きになっていたものだから、当の処も、このアブナイ気持ちの処遇に、ひどく困っていたのである。

『本気だよ』

それでも、不可解な感情であっても、それでも石川が好きだったから、その証拠にとんでもないことをしでかした。

三年に進級する春休み、突然決まった石川の院への転勤に、

『俺も来年から、院に行く』

あんたに、ついてく。

石川は、顔中困惑で一杯にして、そう告げた処に、ただ背中を見せたのだった。

「あれじゃあ、イエスもノーも、わからない」

嫌なら『来るな』と言えばいい。

処は前方を睨むように見据えて、大股に廊下を歩く。

「曖昧なんて、卑怯なやり方だよな」

いざという時、責任を問われたくないから、自分からは何も意思表示をしない。相手が勝手にやったことだと、そういうことにしておきたいのだ。

サイテー。

こっそり毒づいて、処は廊下の角を曲がる。と、小さな塊に危うくぶつかりそうになった。

「っと、なんだ、坂咲じゃんか。こんな所でなにしてんだよ」

「君を待ってた」

「あーこりゃどうも。級長様のお手を煩わせる、デキの悪いクラスメイトで済みませんね」

「違うよ、文句を言うために待ってたわけじゃない」

坂咲が苦笑する。

「じゃ、なんだい?」

「さっき、わかったんだ。君が、石川先生と親しくしているのを見て、わかっちゃったんだ」

処はギクリと坂咲を見た。

って、俺と石川先生の、裏の関係がバレたってことか?

坂咲はスッと背筋を伸ばすと、まっすぐ処を見上げて、

「好きだよ」

と言った。

「へ?」

処はポカンと、坂咲を眺める。

「板見くんが好きだよ。単なる好意かと思ってたけど、どうやら違ってた」

「おい、坂咲、正常か？　言ってる日本語、ちゃんと理解して喋ってるか？」

「きっと、一目惚れってやつだ。最初から、気になって仕方なかったからな」

「坂咲、おい」

人の話を、ちゃんと聞けよ。

「ちゃんと伝えたからな。返事なんかいらないから、とりあえず、覚えといてくれよ」

ここへしっかりインプットしておくように、と言わんばかりに、額の横を人差し指でキュッと軽く押さえると、坂咲は呆然と佇《たたず》む処を残し、渡り廊下へと消えたのだった。

対象《あいて》なんて、誰でも良かった。

高林泉じゃなければ駄目だなんて理由は、どこにもなかった。

「少しは動揺してくれるかと、ちょっぴり期待してただけだ」

自分を好きだと打ち明けた相手が、突然、自分以外の人間とつきあい始めたら、どうするだろうか。やっぱり石川は、シカトを決め込むのだろうか。それとも、処とのことを、ちゃんと考えてみようとしてくれるのだろうか。

「あいつの目、雄弁だよなー」

処は苦笑して、屋上の手摺りに頬杖をついた。

『頼むから、同じ園の出身者が、院で問題なんか起こさないでくれよ』

言外にありありと、彼の教師としての心配がちらついていた。

「なんであんな、ふがいない男を、好きになんかなっちまったんだろうなあ」

広い広いグラウンド、その南側の斜面から、緑豊かな市街地を滑り降り、春の日差しにキラキラ輝いている大海原が、視界一杯に広がっている。

「良い眺めでしょう?」

突然背後から声をかけられ、処はギクリと振り返る。

そこには、日本人離れした、背筋がゾクリとするような、やけに綺麗な学生が立っていた。

もしかしてこれが、かの、ひとつ年下の美形のクォーター、崎義一クンかもしれない。

でも俺は、同じ美形なら、どっちかってーと、竹内の方が好みだな。

処がぼんやりと心の中で感想を述べていると、

「街中《まちなか》にいては、そうそうお目にかかれない風景ですよね」

美形が続ける。

「ああ、うざったいくらい、良い眺めだな」

処は毒づいて、「こんなのより、よっぽど君の方が綺麗だよ」

ニヤリと笑った。

「それはどうも、心にもないセリフをありがとうございます」

途端、処の顔が強張った。

「なんだお前、俺にケンカを売りにきたのか」

「とんでもない」

美形は、形の良い目をふわりと細めて、「生徒指導部の島田先生にことづてを頼まれて、板見先輩をお捜ししてたんです。ちょっと尋ねたいことがあるので、食事の後、職員宿舎の島田先生の部屋まで来て欲しいそうです」

「へえ」

処は軽く眉を上げて、「島田御大に呼び出されたとは。さては早々に、停学処分にでもなるのかな」

「あの事件についてではなく、編入の書類がどうの、とか、おっしゃってましたよ」

「え？」

処は驚きに、目を見開いた。「書類？　なんで今頃そんなものが？」

「ですから、詳しいことは、今夜、島田先生から直接お聞きになってください。それじゃ」

行きかける美形を、

「なあ、崎義一クン」

処は呼び止めた。

案の定、彼はクルリと向き直り、

「なんでしょうか、板見処さん」

処の目をまっすぐ見つめて、訊き返す。

「アメリカの大財閥の御曹司が、なんだってこんな田舎の、刑務所みたいな学校に、わざわざ入学してきたんだ？」

「刑務所はひどいな」

崎義一はクスッと笑うと、「先輩には刑務所でも、オレにはここが天国だからですよ」

「天国？　それはそれは」

処は肩を竦めて、「天国ね、ふうん、そうか」

何度もちいさく頷きながら、ニヤニヤ笑う。

そんな処へ、

「そんなにここが嫌《イヤ》なら、出所なされぱいい。学園は楽園と一字違いだ、きっと楽しい学生生活が取り戻せますよ」

サラリと告げて、崎義一は屋上から立ち去った。

崎義一がいなくなった空間を、処はしばらく眺めていたが、やがて、

「うまいこと言うじゃん、義一クン」

学園と楽園は、一字違いか。「学院と楽園じゃ、てんで違うもんな」

処は空を仰いだ。

どこまでも青く、澄んだ空。春は少しずつ、夏の気配を、季節の訪れの遅い祠堂にも運んでくる。

「帰ろうかな、園に」

処はポツリと呟いて、掴んだフェンスをガシャンと鳴らした。

「板見くん、島田先生に呼ばれたんだって⁉」

血相変えて、寮の処の部屋に、坂咲が飛び込んで来た。

同室の永井《ながい》が、いつにない坂咲の大声に驚いて、

「坂咲でも、そんな大声出すことがあるんだな。俺、安心したよ」

驚きのあまり、意味不明なことを言う。

永井の動揺には取り合わず、

「まさか、昨日の吉沢くんとの事で……」

処より不安げに、坂咲は処を見上げる。

「違うよ」

処はチラリと永井を見遣ると、「とにかく落ち着けよ。コーヒー、飲むか？」

坂咲を廊下へと促した。

夕食時を間近に控えた寮内は、いつにも増して騒々しく、処は学食脇の自販機で紙コップのコーヒーをふたつ買うと、南斜面の雑木林に坂咲を誘った。

適当なスペースをみつけて、腰を下ろす。

「誰に聞いた？」

コーヒーを一口飲んで、楽しそうに、処が訊く。

噂好きな美形というのも、俗っぽくて、案外、絵になるかもしれない。

「ついさっき、職員室へ用事があって行ったら石川先生が他の先生に相談してるのを、偶然、耳にしちゃって……」

「え……？」

崎義一が吹聴《ふいちょう》してるんじゃ、なくて？

「吉沢くんとの件じゃないとしたら、いったい——」

言いかけて、唐突に坂咲は言葉を切った。「ごめん、今のナシにしてくれ。悪かった、干渉するような真似をして」

処から視線を外す。

「別に」

処は紙コップをそっと両手で包むと、「いいよ、別に」

なんだか、悪い気分じゃない。

隣で済まなげに俯いている坂咲に、その存在に、このシチュエーションにも、なんだか、悪い気がしない。

「俺にも呼び出しの理由はわかんないけど、多分、書類がヤバかったんだと思うよ」

「書類って？」

「こっちへ編入する時に、学園側に出した書類」

「ああ、そういえば、君が編入してくるって情報が流れた時、皆、興味津々だったよ。やむにやまれぬ事情のある時だけ、編入が認められるわけだろ？　どんな事情だったら、やむにやまれぬと認められるのか、知りたいものだね」

「だよなー」

「なんだい、他人事《ひとごと》みたいに」

「実はさ、なかったんだよ」

「何が？」

「事情」

坂咲は、不思議そうに、処を見る。

「どういう意味だい？」

「一身上の都合ってあるじゃんか、俺、そう書いただけなんだ」

「え？」

言ってる意味が、ますますわからない。「それだけで、学園側の書類審査が通るのかい？」

「通るんだよ、これが」

通したんだ、無理矢理。

更に都合の良いことに、片方の書類審査が通れば、受け入れ側は拒否できないことになっている。

「こう見えても俺、裏工作は得意なんだぜ」

「そんなの、ちっとも自慢にならないじゃないか」

「坂咲はきっと、こういうの、好きじゃないよな」

「…………」

「一目惚れは誤解の始まりだって、知ってるか？」

「板見くん」

「石川が好きだったんだ。追いかけて、学院まで来た」

愕然と、坂咲が目を見開く。

「つまり、そういうことなんだ。書類に書いた内容はウソじゃないが、ちっとも、やむを得ない事情なんかじゃないよな」

処は残りのコーヒーを一気に飲み干すと、「汚いやり方しか知らないんだ、俺。自分が汚いから、気持ちのどこかで、全部の人間がことごとく汚いやり方をすると思い込んでる。実際石川は……」

言いかけて、やめた。

石川を非難する資格なんて、もしかしたら、処にはなかったのかもしれないと、唐突に、気づいたから。

曖昧な石川。責任転嫁するばかりで、優柔不断で、潔くなくて。それでも、好きだった相手に対して、責めてばかりは、変かもしれない。

手の中のコーヒーをじっと見つめたまま、視線を外そうとしない坂咲に、

「そんなこんなで、ひょっとすると、今回の編入はチャラになるかもしれないから」

処は明るく続けると、「島田御大に指摘されたら俺、おとなしくさっさと学園に戻るから」立ち上がる。

じっとしたままの坂咲に、俯いたままの坂咲に、もう、続けるセリフがみつからない。

『好きだよ』

潔いまでの眼差しで、処に打ち明けた坂咲。

初めから、こっちに入学してれば良かった。最初に坂咲に出会っていれば良かった。

「俺、もう行くから」

坂咲の返事のないままに、処は雑木林を後にした。


「では、書類不備ということで、今回の編入はなかったことにしていいんだね」

島田御大の静かな声が、厳かな印象さえする生徒指導部の部屋にゆっくりと流れた。

「はい、結構です」

処は応えると、「色々とお手数をおかけして、申し訳ありませんでした」

頭を下げた。

職員宿舎を出て、寮に戻る真っ暗な道すがら、処はふと立ち止まり、寮の、坂咲の部屋の辺りを見上げた。

暖かなオレンジ色に灯る部屋の明かりに、

「頭が良い上に、正攻法でも勝負できるなんて、お前、恵まれ過ぎてるぞ」

こっそり毒づく。

頭の良い奴は、厭味《イヤミ》な性格しててもらわなけりゃ、こっちの立つ瀬がないじゃんか。

「バカで裏工作しかできないなんて、最低もいいとこじゃんか」

似合わないよ、俺なんか。

お前の隣、居心地良かったけど、俺じゃ、駄目だよ。

その時、職員宿舎の方から誰かが走ってくる足音がして、

「板見！」

石川が、息急《いきせ》き切って、板見の肩を摑まえた。

「こんばんは、石川先生」

「何を呑気に挨拶なんか――」

摑まえて、強引に正面に向かせると、「島田先生から聞いたぞ。板見、学園に戻るって、本当なのか」

「そんなに興奮しなくてもいいよ」

処は口の端で薄く笑うと、肩に置かれた石川の手をふりほどいた。「向こうに戻ることにした。お達しがあれば、明日にだって園に戻るよ」

「どういうことだ？　無理矢理院へ編入してきたかと思えば、一カ月も経たないのに、もう逆戻りか？」

「いいじゃん別に、先生には関係ないことだろ」

「そういう不真面目な態度は——」

「俺がいなくなると、せいせいするだろ？」

誤魔化してばかりの石川芳彰、ずるいのは、あんたも俺も、同じだったよ。

「——せいせいだなんて、そんなことは……」

「これで、おかしな生徒につきまとわれずに済むんだぜ、良かったな」

「板見」

「それくらい、先生が好きだったんだ」

「——冗談だと、思ってた」

「院まで来たってのにか？」

「それとこれとは、別だと……」

「残念ながら、別じゃなかった」

「いや、だが板見、俺にはそういう趣味は——」

「わかってるよ」

処はクスリと笑い、「俺の勝手な片思いだよ。押しつける気は、もうないよ」

こんな安っぽい恋は、もうここで、終わりにする。

「てっきり君は、こっちに来てから高林を好きなのかと……」

処はまた、クスリと笑った。

「前歯まで折って、姫君を取り合ったんだもんな。じゃあ、そういうことにしておくよ」

ズボンのポケットに両手を突っ込むと、処は、「では、おやすみなさい、石川先生」ポケットに手を入れたまま、大仰に頭を下げて、軽やかなフットワークで寮へと帰って行った。

消灯間際、いつになく、寮が騒々しかった。

永井が処に訊く。

「何かあったのかな」

「さあな」

ベッドに寝転んで、ファッション雑誌をペラペラめくりながら、処は興味なげに応える。

と、ドアにノックがあり、副級長の笹岡《ささおか》が顔を覗かせた。

「やっぱり、ここにもいないか」

「誰がだよ、笹岡」

永井がドアへ立つと、

「うちの級長」

「坂咲?」

え?

処はムクリと、ベッドから上半身を起こした。

「うちのクラスの点呼役の坂咲が、ずっと行方不明なんだよ。おかげで、俺が駆り出されちまった」

「点呼に？　それとも」

「坂咲捜し」

「じゃあ点呼は誰がやってるんだ？」

「いいってそんなの。それより、永井が最後に坂咲を見たの、いつだ？」

訊かれて、永井は咄嗟に板見を振り返った。

板見と笹岡の視線が合う。

「何か知ってるのか、板見？」

「知らないよ。第一、俺が坂咲と会ったのは、かれこれ四時間も前だ」

「なんだ、そうか」

四時間も前じゃ、会ってないも同じだもんな。

「坂咲って、時々いなくなるのか？」

口の中で続ける笹岡に、
処が訊く。

「まさか。常習犯なら、誰もこんなに心配しやしないよ」

騒々しいのは、そのせいか。

「好かれてるんだな、坂咲は」

「言うことは結構キツイが、あいつを嫌ってるヤツなんか、多分ひとりもいないだろうさ」

好かれてるんだな、皆に。

「おい板見、俺たちも坂咲捜し、手伝おうぜ」

公明正大に消灯時間を破って遅くまで起きていられる喜びからか、永井がいきなり目を輝かせて提案した。

「勝手にしろよ」

再び雑誌に視線を戻した処に、

「うーんもお、処ちゃんてば冷たいんだからあ」

ふざけた永井の笑い声を残して、部屋は沈黙に包まれた。

『好きだよ』

——きっと、一目惚れってやつだ。

処は雑誌を閉じると、勢いつけてベッドから飛び降りた。そのまま洋服ダンスへ行き、薄手のコートを二枚取り出す。

「あいつ、ブレザーのままだったよな」

四月とはいえ、夜の祠堂の冷え込みたるや、並大抵のものではない。

「なんだ板見、やっぱりお前も坂咲捜しか？」

一階への階段を下りて行くと、丁度談話室から出てきたよそのクラスの連中にからかわれ、

「ヤボ言ってんな、俺はこれからデートだよ」

「こんな時間に、どこの彼女とデートだい？」

「幽霊だったりして」

「なーっ」

からかう連中を尻目に、処は廊下を、寮と学食をつなぐ小道へと向かう。そこから右に逸れて、道なき道を、雑木林の中へとしばらく進むと、月明かりに、ポッカリと草原《くさはら》が浮かび上がった。

膝を抱えてしゃがんだままの、シルエット。

「やっぱりここにいたのか」

処が声をかけると、坂咲瞳は、押しつけていた膝から、ゆっくりと額を上げた。

「あれ、板見くん」

「あれじゃないよ、なーにやってんだよ、こんな所で」

「少し、考え事」

「考え事なんか、自分の部屋でやれよバカ」

手にしたコートを乱暴に坂咲に投げつけて、「消灯時間過ぎたってのに、級長がクラスの点呼もせずに、怠慢だぞ」

渡されたコートと処を交互に見遣って、

「え、もう、そんな時間？」

「そんな時間だよ」

呆れて、処は坂咲の頭を小突く。「皆に心配かけさせやがって。今、坂咲捜しに、皆おおわ

「それは、悪いことしたな」

坂咲はコートを腕に掛けると、草原から立ち上がり、「没頭しちゃうと、時間を忘れるタイプなんだ」

ズボンの汚れを払う。

「その集中力はさすがだが、他人に迷惑かけてちゃ、話にならないぞ」

「うん、そうだね」

坂咲は、コートをやんわりと処に差し戻して、「寒くないよ、ありがとう」

「さっき、島田先生に、園に戻ることを承諾してきた」

バサリと、コートが地面に落ちる。

「あ、ごめん」

拾おうとする坂咲の手を、グイと摑んで、

「俺なんかのために、そんなに考え込まなくていいよ」

きみが、愛しくてならなくなる。

「そんなんじゃないよ」

「あっちに戻ったら、改めて、会ってくれるか?」

え? と、坂咲の口が動いた。

「俺、向こうで出直すから」

「坂見くん？」

「坂咲の本気、わかったから、俺も本気で、つきあいたいから、きっちり気持ちの整理をつけて、改めて坂咲に連絡する。だから、そしたら、会ってくれるか？」

『好きだよ』

もう一度、きみの口から、その言葉が聞きたいから。

潔い眼差しで、潔い想いを、まっすぐに告げてくれたきみ。告げられるに相応しい自分に、絶対なって、そして、

「坂咲が俺に一目惚れなら、俺はきっと、ジワジワ惚れだ」

「ジワジワ惚れ？　なんだい、それ」

「ゆっくり坂咲が好きになる。この調子で行くと、いつか坂咲が俺を好きなのと同じくらい、俺も坂咲が好きになるよ」

だから、ひとりで膝を抱えながら、戦うような眼差しで、俺を諦めようとしないでくれ。

坂咲は、花がほころぶように相好を崩すと、

「当てにするよ」

処の肩に、額を埋めた。「そんな事言うと、当てにして待っちゃうよ」

「待ってろよ」

処は坂咲を抱きしめる。

きつくきつく抱きしめて、

「待っててよ」

切ないほどに、囁いた。

綺麗な心で俺を好きになってくれた坂咲だから、同じくらい綺麗な心できみを好きになるから。絶対、なるから。

『好きだよ』

好きだよ、坂咲。


「で、結局、学院に何しにきたんだ、お前はあ」

容赦なく、拳をこめかみにグリグリさせながら、副級長の笹岡が唸る。

「わーるかったって、お金持ちのワガママ息子のやることだから、大目にみてよ、お願い」

必死に攻撃から逃れようとする処に、

「迎えの車、来たみたいだぜ」

永井が言った。

幅広さだけが取り柄の、雑木林以外は何もない、舗装された山道を、黒塗りのプレジデントが上がってくる。

「落ち着いたら、絶対に連絡よこせよ」

攻撃の手を止めて、半ば脅迫のように笹岡が言う。

「嫌でも毎日、電話かけてやる」

処がニヤリと不敵に笑うと、

「毎日はやめろ」

笹岡は本気で嫌がった。

四人の前にピタリと横付けにされた車から、素早く降りてきた運転手が開けた後部座席に乗り込もうとする処へ、

「荷物、忘れ物はないかい」

しっかり者の級長が訊く。

「あったら永井にくれてやるよ」

「おー、金目の物だったら、貰ってやってもいいぞ」

横柄にふんぞりかえる永井に、一同、爆笑。

「――なんか、たった一ヵ月しか一緒にいなかったなんて、思えないな」

ポツリと処が言うと、皆、押し黙った。

「友達になるのに、時間なんて関係ないだろ」

ボソッと、笹岡が言う。

「だよな」

処は笑って、坂咲を見た。

ずっと、知りたかったことがある。すっかり訊きそびれていたけれど、もしかしたら、それで正解だったのかもしれない。

「板見、向こうじゃモテてたんだろ？　文化祭ン時は、たくさん女の子連れて遊びに来いよ」

永井の〝お願い〟に、

「情けねえなあ、そんなの当てにしないで、自力で彼女くらい作れよな」

「そんなこと言うけどなあ、ここじゃあ環境が許さないだろうが」

「そりゃそうだ」

あっさり頷く処に、永井と笹岡が笑う。

笑わない、坂咲。

「モテてても、俺にはもう関係ないよ」

処は視界の端に坂咲を意識しながら、そう告げた。

「なんだ、決まった彼女、いたのか」

「そういうこと」

『俺なんかの、どこが良い？』

知りたいけれど、一生、訊かない。

周囲に悟られないよう、こっそり安堵の吐息を洩らした坂咲に、いつまでもそんな風に、自分だけを想っていて欲しいから。

なあ坂咲、きみとふたりで、これを限りの恋をしよう。これが最後の、恋をしよう。

「じゃーな、また会おうぜ」

乗り込んだ車の窓を開けて、処が顔を覗かせると、

「元気でな」

永井が親指を立てた。

「園で、もうトラブル、起こすなよ」

これみよがしに心配そうに眉を寄せて、笹岡がからかう。

「じゃ」

短く、坂咲が告げる。

「なんだよ級長、それだけ？」

拍子抜けしたように訊く永井に、

「ばーか、永井、それこそ潔い別れじゃないか」

処は、なあ、と坂咲に同意を求めて、「級長、握手」

窓から手を出した。

躊躇《ためら》いがちに差し出された坂咲の手を、両手でぎゅっと握りしめて、

「級長、クラスの連中に伝えといてよ、ありがとうって」

「板見くん……」

そして、言葉もなくみつめあうふたりに、

「おい板見、いい加減、坂咲の手を離せ」

焦《じ》れたように、永井が文句をつける。

「ああ、なーんか、離しがたくなってきちまったなあ。このまま坂咲、園に連れてってもいい

かな」

「馬鹿言ってんじゃねえよ」

結構マジに、笹岡がゲンコツで処を叩く。

「冗談だよ」

処は慌てて手を離すと、「それでは皆様、ごきげんよう」

皇族のように優雅に会釈をしながら、窓を閉めた。

山道に、プレジデントがちいさくなってゆく。

「最後の最後までふざけた野郎だ」

笹岡が言うと、

「そうだね」

坂咲が笑う。

「あーゆーのを〝台風一過〟って言うんだろ、級長」

永井の問いに、

「多分ね」

坂咲が笑う。

校門へ続く桜並木を、三人、並んで歩きながら、

「あいつ、桜の花みたいな男だったたな」

笹岡が呟くように言った。

桜の咲く頃やってきて、散る頃に去って行った。

「そうだね……」

坂咲は、夢のように美しい、春の風に惜し気もなく花弁を散らす桜を振り仰いだ。

潔いほどに散ってゆく、桜の姿に、処が重なる。

「明日から、また退屈な日々になりそうだー」

ぼやく永井に、

「板見は、居るだけでセンセーショナルな男だったからな」

笹岡が同意する。

その上、とんでもないトラブルメーカーで。

「穏やかなのも、また一興だよ」

「お、ずいぶん前向きじゃん、級長」

「永井が後ろ向き過ぎるんだよ」

「言ってくれる、言ってくれる」

降り注ぐ桜の花弁のシャワーの中を、坂咲はゆっくりと歩いて行く。

友人たちの笑い声に、ほんの少し、頬をほころばせながら。

タクミくんシリーズ完全版1

決心

階下で電話のベルが鳴る。

ぼくはドキリとして、読んでいた雑誌から目を上げた。

じっと耳を澄ませて、気配を探る。ドアの隙間《すきま》から、途切れ途切れに笑い混じりの母の声が聞こえてくる。

「なんだ……」

ぼくに、じゃないのか。

呟《つぶや》いて、ぼくは雑誌に視線を戻した。

違うとわかったのに、まだ心臓がドキドキ激しく打っている。たかが電話の一本に、こんなに気持ちが振り回されることがあるだなんて。

「また電話するから」

ゆうべのギイの声が、まだ耳に残っている。

「しても、平気か？」

遠慮がちに続けたギイに、

「――平気は、平気だよ」

本音を隠して、何気なしに応《こた》えた。

初めて耳にした受話器から流れてくるギイの声に、ずっと鼓動が速かった。少し低めの、甘いトーン。耳元で囁《ささや》かれているようで、苦しくてならない。

彼の声は、こんなだっただろうか。

寮で、教室で、学校中のあちらこちらで、毎日顔を合わせていたのに、会ってた時はわからなかった。

「それじゃ」

切りかけたギイに、

「あ」

「――なんだ?」

「あ、ううん、何でもない」

言い残したことも、伝え残したことも、なにもなかった。ただ、もう少し、声を聞いていたかった。

けれど、そうと口にはできない。

まるで初めて言葉を交わした恋人同士のように、ぎこちない空気が、ふたりを包んだ。

「そうか」

ポツリとギイが言う。

「うん」

ポツリとぼくが応える。

「じゃあ、またな」

とギイ。

「うん、またね」

そうして、電話は切れたのだった。

意地悪な飛び石のおかげで、正味三日間しかない五月の連休を明日から控えた、祠堂から静岡の実家に帰省した夜のことだった。

一ヵ月ぶりに帰省した我が家では、ギイとの会話よりぎこちない会話が、ぼくと両親との間に交わされていた。心の奥の深い傷が、気持ちに幾重にもシールドを張る。

「今更、なのに」

彼らの顔を思い出すたびに、いたたまれない気分がぼくを襲う。打ち消すように、バサリと雑誌を閉じた時だった、ドアに遠慮がちなノックがあった。

「託生、電話よ」

ドアを開けずに、母が言う。「崎さんて方から」

えっ!?

ぼくの心臓が、キュンと痛んだ。

「はい、今行きます」

ドアに向かって敢《あ》えて平静に返事をし、母が階段を下りきるのを待って、ぼくは部屋を出た。

玄関脇《わき》の電話台、外されていた受話器を取り、

「もしもし」

ああ、ギイ。

「よっ、元気か？」

晴れやかに、けれどどこかぎこちなさの残るギイの声が、受話器から流れてきた。

「元気だよ、ギイは？」

「まあまあかな。それより、オレ、キャッチホンだったみたいなんだけど、お袋さん、電話、大丈夫だったのか？」

「え？　何も、言ってなかったけど」

「会話の最中に割り込んじゃって、悪かったな」

そういえば。

そういえば、笑っていた、お母さん。友だちからの電話だったのかもしれない。

「あとでぼくから、言っとくよ」

「頼む。——お話し中がないってのは、良いのか悪いのか、わからんな」

「どうして？」

「例えば、こうして託生と話してる最中に、もしキャッチホンが入ったら、どんなに盛り上がってても、話は中断されちまうわけだろ？　デートの邪魔されるみたいで、嫌じゃないか」

「ああ」

そうか、そういう考え方もあるか。

「だから、会わないか？」

「え……？」

「急にそんなこと言われても……」

「会いたくないのか」

ぼくは一瞬、返事に詰まった。

本音が喉《のど》から飛び出しそうで、慌てて口を噤《つぐ》んだのだ。

ずっとギイには隠している。伝えてしまったら、自分がどうなるか、わからない。

「──そうか、会いたくないのか」

ギイはひとり、納得して、「そうだよな。昨日の朝、祠堂で別れたばかりだってのに、会いたいもないよな」

ごめん、ギイ、傷つけた。

ぼくは目を閉じて、受話器をきつく握りしめた。

「いろいろ、用事があって、ゴールデンウィーク中は、家から出られないんだ。ギイに会いたくないわけじゃ、ないんだ」

「無理すんなって。どうせすぐに学校で再会できるんだ、オレがせっかちだったよ、ごめん、託生」

謝らないで、ギイ。

「電話は、いいだろ」

「え……」

「会おう、託生」

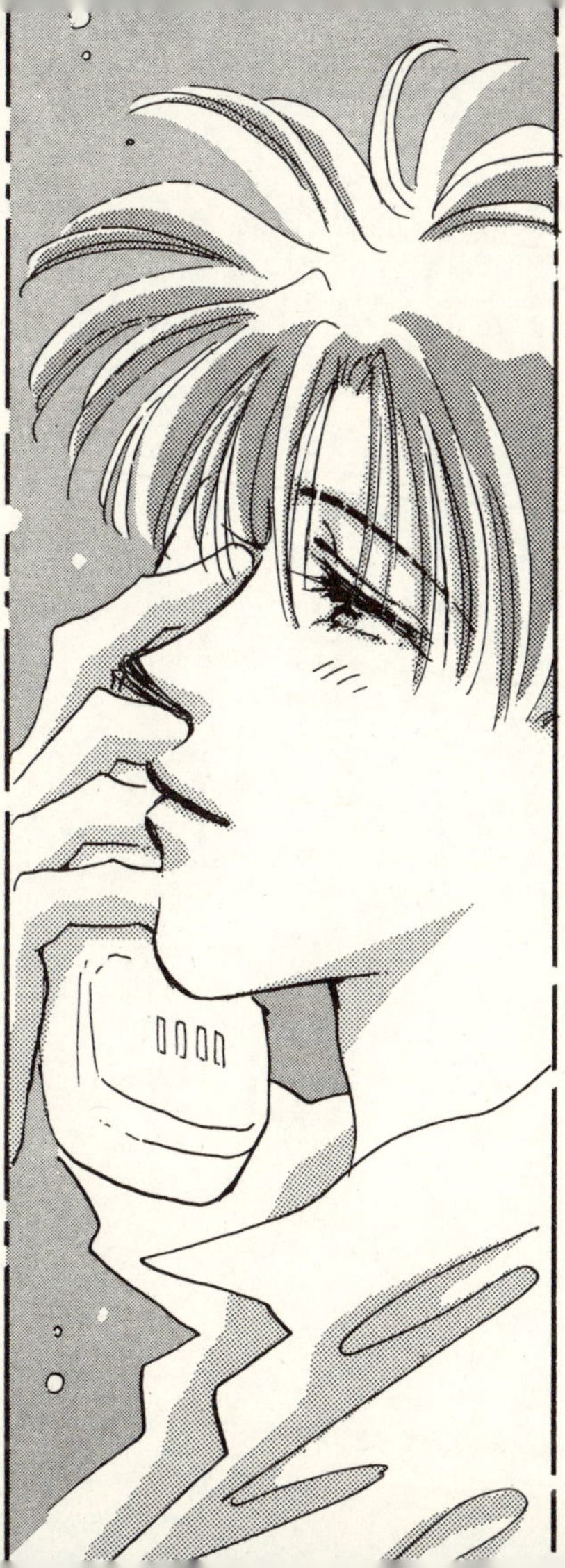

「電話するくらいは、かまわないだろ」

「ギイ」

「許せよな、それくらい」

拗《す》ねたように、ギイが言う。

ぼくは、つい、笑ってしまった。

「やっと笑ったな」

その時、ほころぶような声が届いた。「ゆうべも今もお前の声、深刻そうで、家でどうにかしちまってるのかと、これでも心配してたんだぞ」

瞬間、ぼくは奥歯を噛《か》みしめた。

勘の良いギイ、家にいるだけでおかしくなるぼくを、もう察してしまっている。

「家は、関係ないよ。まだ疲れが取れないんだ」

「そっか」

ギイはあっさり納得して、「でもまあ、何はともあれ、笑ってろよ、——な？」

「ギイ」

「愛してるよ」

囁《ささや》きに、ぼくは目を閉じる。

ねえギイ、自分の気持ちも告げられないほど、こんなに誰かを好きになるなんて、ぼくは思いもしなかったよ。

「あと三日もすれば、また学校でお前に会えるんだもんな、もうしばらく、おとなしく我慢しているよ」

ギイは笑って、「じゃ、またな」

電話を切った。

発信音だけの受話器を、ぼくはまだ耳に押し当てていた。

愛してるよ。——愛してるよ、ギイ。

「会いたいよ、ギイ」

切ないくらいに。

好きだから、君に告げられない。霧の中に隠れたままの真実を、太陽の下に晒《さら》け出す勇気が、ぼくにはないんだ。

「君に、知られたくない」

君にだけは、知られたくない。ぼくに、君に愛される資格がないことを。

それなのに——。

ぼくは受話器をフックに戻した。

「過去を隠して、すべてなかったことにして、そうしてつきあえばいいのか？」

無理に決まっている。つきあい続けていれば、いつか、わかるのだ。わかった時、ギイはどうするだろう。ぼくは、どうなってしまうのだろう。

唐突に、電話のベルが鳴った。

反射的に取り上げて、

「はい、葉山です」

「ごめん、オレ」

「ギイ……!?」

「時間、ちょっとできたから、明日はもしかしたら電話はできないかもしれないんで、もう少し、託生と喋《しゃべ》りたいなって思って。——迷惑だったか？」

迷惑じゃない。

黙ったままのぼくに、

「夏休みになったらさ」

明るくギイが切り出した。

「ん？」

「そしたら、デートしよう。オレ、学校以外の場所で託生と会ってみたいんだ」

「変なの、ギイ」

「変か？　そうか？」

「どこで会っても、同じだよ」

「そうでもないぞー。所変われば品変わるって言ってな、意外な一面がわかったり、仲々興味深いものがあるんだぞ」

「ギイは、どこにいてもステキじゃないか」

「え……？」

「──あ」

「ハハッ、託生に誉められたの、もしかして、初めてか？」

「な、なんだよ」

「結構、照れるな、これは」

「なんだよ、ギイ！」

照れるのはこっちだ！

「でも嬉《うれ》しいな、これで電話した甲斐《かい》があったってもんだ」

「──なんだよ」

「再会、楽しみにしてるよ」

「ぼくはしてないよ！」

「託生のノーはイエスだからな、よしよし」

「ギイ、勝手に決めつけるなよ！」

「じゃな、元気でいろよ」

「ギイ！」

ぼくの反論などまるきり取り合わず、一方的に切られたライン。

「ちょっと、もう」

ぼくは苦笑しながら、受話器を戻した。

二階への階段を上がりながら、ふと、電話を振り返る。

「二度目の電話って……」

勘の良いギイ、もしかして——。

気づいてぼくは、急に目頭が熱くなった。

「いいのかも、しれない」

このまま彼を好きでいても。だって彼は、いつも最善を尽くして、今みたいに、言葉にならないぼくの心をわかろうとしてくれる。

「いつかデートしようね、ギイ」

ぼくもギイの心に、応《こた》えたい。最善を尽くしてくれる彼に、ぼくも、最善を尽くしたい。

神様、ぼくに、勇気をください。すべてをギイに晒《さら》け出すことのできる、潔いまでの、勇気をください。

タクミくんシリーズ完全版1

それらすべて愛しき日々

日曜の朝は早い。――はずがないのだ、本当は！

だって、休日だよ。昼頃までのんびり眠って、それから軽くブランチを摂って、ボンヤリしたまま夕方になるのを待ち、夕食頃にやっと目が冴《さ》える。これが、正しい実家での日曜の過ごし方のはずなのだ！

「六時だぜ、おい」

赤池章三は信じられないと呟《つぶや》いて、枕元《まくらもと》にズラリと並んだ各種目覚まし時計を眺めた。

勿論《もちろん》、今は夕方の六時ではない。早朝の方の、六時である。

六時ジャスト、一斉に鳴り出した時計を全部止めるのに、優に十五秒はかかったと章三は踏んでいた。枕元の分だけで、である。ごていねいにも、枕元の周囲のみならず、寝室のドアまで、三十センチおきに一個ずつ、一列に並べられていた。

否が応でも、ベッドから起き出さなければならない仕組みである。

「一体何考えてんだ、親父のヤツ」

こんな事をするのは赤池光三《みつぞう》、章三の唯一の肉親で、少々変わり種の父親以外にはありえない。

いつの間に並べたものやら。昨夜、夜行で遅くこちらに着き、ただいまの挨拶《あいさつ》をするのもかったるく、直ぐに部屋に上がって眠ってしまった時には、時計の一個とてなかったのに。

「おー、起きたか章三」

ふいにドアが開いて、かの光三氏がボサボサ頭のトロリン眼で顔を覗《のぞ》かせた。

「火山の爆発だってもっと静かでしょうよ。これがゴールデンウィークに久し振りに帰って来た大切な一人息子にする仕打ちですか」

「いやあ、六時にどうしても起きなきゃならんかったもんで。八時の新幹線で大阪へ行って講演するんだ」

「だったら御自分の部屋で目覚ましかけたらいいじゃないですか」

章三はむっすりと抗議した。

「だって、耳元で鳴ったら、うるさい、、、だろう？」

光三はそっと眉《まゆ》を顰《ひそ》めて見せる。

「うるさいから目が覚めるんでしょう！」

なんという思考回路だ。これで現職の大学教授で、未来を担う（？）大学生に講義をしているとは。――日本の将来は、アブナイ。

「それに、一人で起きるのは寂しいじゃないか。章三、ゆうべはただいまも言いに来てくれなかっただろ」

「これはその腹癒《はらい》せですか」

「愛しい息子の顔も見られず、声も聞けず、ひとりぽっちの朝食なんて、虚しいだけだ……」

「おとーさん！　一体いくつになったんです！」

「四十六歳！」

光三はやおら、胸を張った。

いいけどね……。

そうして結局、誰が朝食を作るのかというと。

「章三は料理の天才だね。きっと母さん似だ」

光三はホカホカの御飯に目玉焼きの固焼きになった黄身をのせて、ガバガバ口の中へと流し込んだ。

「言っときますけど、目玉焼きは料理のうちには入りませんよ。今時、幼稚園の子供にだって作れる」

は、少々オーバーかもしれない。

「ほー《そー》ははー《かなー》、いっはははひょーひはほ《りっぱなりょうりだと》、おほふーははー《おもうんだがなー》」

「口の中にいっぱい物を詰め込んだまま喋《しゃべ》ったって、わかりませんってば。第一、それが味わって食べてる人の態度ですか」

「あ、ひひゃひゃひゃ《しっれい》」

「帰りは？」

光三は必死で御飯を飲み込むと、

「夕方には帰るよ。夕飯は若鶏の照り焼きと、特製オニオンスープとパイナップルのサラダと、デザートはパンプキンプディングがいいなあ」

「──何の話です？」

「そうだ、ゴールドメダルのロゼを飲もう！　二本あれば足りるかな」

と、光三は章三を見る。

「誰が用意するんですか」

知らず章三の声のトーンが低くなっていた。

冗談じゃない！　意地悪な飛び石のおかげで、まとまった休みは今日を入れて三日間しかないんだぞ。しかもその三日目には学校へ戻らなけりゃならないんだぞ。やりたいことが山ほどあるんだ！

「──作って、くれないのかい？」

途端に光三は、悲しそうに肩を落とした。「そうか、章三は父さんと一緒には夕飯を食べたくないんだ」

「あ……、いや、別に、そりいうわけじゃ……」

「わかったよ、今夜は外で食事をしてくる。久々に章三の手料理を食べたいだなんて、父さんの方が我が儘《まま》だったんだね。たかだか一カ月会わずにいただけだってのに、父さんはなんて情けないんだ……」

光三は項垂《うなだ》れて、テーブルに箸《はし》まで置いてしまう。ずずっと鼻をすする音。

ああ、もう！

「わかりましたよ！　作りますよ！　──で、他に揃《そろ》える物は？」

光三は急にニコニコ顔になって、

「赤池章三君、ひとつ」

と応《こた》えた。

章三は、溜め息。この人には、かなわない。


「父さん、ハンカチとティッシュは？」

「ポケットに入れた」

「財布は？」

「背広の内ポケット」

「他に忘れ物は？　腕時計は？」

「してる。あ、時刻表！」

光三はダダダダと階段を駆け上がり、自分の部屋に行くとポケットサイズの時刻表を手に戻ってきた。慌ただしく靴を履き、「それじゃ、行ってくるからね」

「行ってらっしゃい」

バタンと玄関の扉が閉まる。

「——あれ？　父さん、時刻表しか持ってなかったぞ」

ふと足元を見ると、黒革のアタッシュケースが廊下の上に坐っていた。

「あの、ドジ！」

章三は急いでサンダルをつっかけて、外に出る。ちょうど光三が迎えに来たタクシーに乗り込むところだった。

「父さん！　カバン！」

大声で叫びながら玄関の石段を門まで下りる。

光三はおもむろにタクシーのドアを開けると、やばい、と内心焦っているだなんておくびにも出さずに、

「あー、御苦労だった」

のんびりアタッシュケースを受け取った。

割と、人の目を気にするタイプなのである。

「他に忘れ物は？」

章三がしつこく訊《き》く。

「完璧《かんぺき》さ」

光三はVサインを出した。

「ちゃんと大阪行きに乗ってくれよ」

「心配性だなあ、章三君は」

誰のせいで心配性になったと思ってるんだ。

章三は内心文句を言った。

「今度こそ、行ってらっしゃい」

「行ってきます」

光三は言って、素早く章三の頬《ほお》にキスをした。

――げ。

更に素早くタクシーに乗り込んだ光三は、章三に変態親父！　と叫ばれるより先に運転手を急《せ》かして発車させたのだった。

「――ったく、どこで覚えたんだ、こんな気味悪いこと。外国映画じゃないんだぞ」

章三は洋服の肩で頬を拭《ぬぐ》って、「あの親と血がつながっているかと思うと、生きる自信がなくなるよ」

ぼやいて石段を玄関に戻って行った。

赤池章三、十六歳。祠堂学院高等学校の二年生。託生君に『鑑《かがみ》』とまで謳《うた》われる、天下の風紀委員である。

その章三君の特技が料理だということは、学校の皆には内緒にしておいてあげよう。

加えて――。

「またこんなに洗濯物をためこんで。僕が祠堂に入学するからってせっかく全自動洗濯機を買ったのに、ものぐさなんだから。スイッチポンの世界だぞ。見よ、一年以上経つのに、おろしたてのような美しさ。まだビニールかけたまま」

章三は朝食の後片付けを済ませると、脱衣かごの中身をポンと洗濯機に放り込んだ。「――

念の為、と」

階段を上がり、父親の部屋に入る。

あるある。脱ぎ散らかされた服がほうぼうにくしゃくしゃに丸まっていた。そして、埃。

「週に一度は清掃用ワイパーで床掃除するよう言っといたのに」

本当は掃除機をかけて欲しいのだが、以前スイッチを入れただけで掃除機を壊した経験が、光三に現在まで大きく影響を及ぼしていた。

「あれだけグレードを落として言い置いて行ったのに、何一つ満足にやってないんだから」

汚れ物をカゴに入れて、章三は早速、父親の部屋の掃除にかかった。

私生活にはものぐさなれど、研究熱心な父親である。書きかけの書類が本人にとってのみ整然と、つまり雑然と机の上に山を成していた。

一応内容を簡単にチェックしながら、手早く整理して、瞬《また》く間に部屋が片付いていく。

そうこうしているうちに一回目の洗濯が終わり、庭の物干し竿《ざお》に服を吊《つ》るす。

『女房に逃げられても、充分やっていけるな』

章三の姿に目を細めた父だった。

不吉なことを、嬉《うれ》しそうに言ってくれるな。

『仕方無いだろ、やり慣れちゃったんだから』

章三が十歳の時、母親が他界した。母親が死んでしまった事のショックより、それからの不器用な父親とのふたりきりの生活の方が、章三にはより大きな不安だった。なにせこの父親、母が生きていた頃には箸《はし》の上げ下ろしからやってもらっていたようなものなのだ。そこまでしてもらっていた人が、いきなり子供にしてあげるというのは、どう考えても不可能である。だから、より順応性の高い方が、順応していったのだ。

そして順応していって、心にゆとりの生まれた頃、章三は母親を亡くしたことに、改めて、気がついた。

ある日ふと、涙が止まらなくなった。

まだまだ、甘えたい盛りの子供だったから。

そんな章三を抱きしめてくれたのは、やはり父親だった。だから、不器用でも、ものぐさでも、章三は父親にかなわないのである。

「やっと終わった」

仕事を全部終えて章三がホッと息をついたのは、もう昼に近かった。「こういうことをしていると、つくづく僕は家事に合っているんだと痛感するなあ。祠堂にいる時は忘れてたけど」

その祠堂で思い出した。

「まずい、何時だ!?」

居間の柱時計は、十一時三十八分を指している。

「やばい、八分も過ぎちまってる」

父親の突然の襲撃ですっかり忘れていた。

「あいつ、時間にうるさいからなあ」

急いで身仕度を整え、鍵《かぎ》と財布を手に、章三は家を飛び出した。

自転車で近くの駅までかっとばす。

駅の時計台のふもと、あからさまに不機嫌な美男子が立っていた。

「――十五分の遅刻だ、章三」

ギイは冷ややかに言い放つ。

「悪かった。ごめん、色々と忙しかったんだ」

下手に小細工《いいわけ》するより、ギイの場合は素直に謝ってしまった方が良いのである。

「オレが来るのを忘れてたわけじゃないんだろうな」

いきなり図星。

「あっはっは」

仕方なく、章三は笑うことにした。

「笑って誤魔化すな。――ホラ」

「なんだ、この袋」

「お土産《みやげ》」

「え……?」

「お前ンち、どっちだ?」

「山の手。その前に、商店街で買い物するんだが……」

章三は、言い淀《よど》んでしまう。

無造作に出された袋。中を覗《のぞ》くと、数枚のレコード。薄い背に安っぽい印刷の文字が並ぶ。日本では手に入らない洋盤。

以前、もう半年以上も前、ポツリと愚痴混じりにギイにこぼしたことのあるレコードのタイトルが、読み取れる。

自分でさえが、忘れていた。

外国に行けば手に入るだろうことぐらい、百も承知だ。でも、覚えていてくれただなんて。

いまさらながら、ギイくんはフツーでない。

「ギイ、ありがとう」

「改まって礼を言われるほどのもんじゃないよ。向こうはレコードが安いんだ。揃《そろ》えるのに半年もかかるとは思わなかったがね」

ギイは優雅にウインクを返す。

「久々に感動したなあ」

「よし、今夜はイモの煮っころがしにしてくれよな。それと菜っ葉の味噌汁《みそしる》と、太刀魚《たちうお》の塩焼きと大根おろし、ナスの網焼きと──」

「おいギイ、なんだそれ」

「夕食のメニューだよ。お前の煮っころがし、天下一品だからな」

美男子は言って、ニッコリ微笑《ほほえ》んだ。

光三の笑顔と、比べられない章三君であった。

「僕のゴールデンウイークは、どこへ行ってしまったんだ……」

「章三君、照り焼きとパンプキンの裏ごし、できたわよ」

明るい声と共に、幼なじみの奈美子《なみこ》が赤池家の台所にやって来た。

「奈美、裏ごししたのにそこのボールの中味と生クリーム混ぜて、ブランデーを二、三滴垂らして、冷蔵庫に入れてくれ」

「他には？」

「パイナップルをサイコロに切る」

「へぇ、章三は奈美子ちゃんのこと、奈美って呼ぶんだ」

応接間のソファーに寛《くつろ》いでテレビを観ていたギイが、コーヒーカップを手に台所へやって来た。

今や台所は、まるきり共通点のない二人前の夕食を作るためにごった返していた。章三の幼なじみで隣家の奈美子ちゃんは、言わば助《すけ》っ人《と》である。

「ね、生意気でしょ？　同い年のくせに。私はちゃんと章三君って呼んであげてるのにね」

「奈美、口動かしてる暇に手を動かす！」

「はいはい」

ギイはぷっと噴き出した。

「それが済んだら、レタスを千切って、胡瓜《きゅうり》をスライスするんだからな」

「そんなにいっぺんにできないわよ」

「だから、それが済んだらって言ってるだろ」

「これが済んだら、次はパイナップルを切るの」

「減らず口」

「なによ、自分が間違えたくせに」

「そんなんじゃ嫁のもらいてがないぞ」

「大きなお世話。これでけっこうモテるんですからね。よりどりみどりよ。章三君こそ、男ばっかの学校で三年間もいると、結婚どころかゲイになっちゃうかもしれないわよ」

ギイが飲みかけのコーヒーを喉《のど》に詰まらせそうになった（なんて器用なんだ。コーヒーは固体ではない）。

派手にむせ返ったギイに、奈美子が慌ててタオルを渡す。

「大丈夫？」

「ああ、ありがとう。ここにいても邪魔になるだけだから、オレは向こうでテレビの続きを観てるよ」

そそくさとギイが台所を去るのを、章三はニヤニヤ笑って見ていた。

「章三君、崎さんって、モデルみたいね」

やはりギイの後ろ姿を見送りながら、奈美子が溜め息混じりに言う。「何回会っても、ステキだわ」

「ヤツは、祠堂でもピカ一の美男子だからな」

「ああいう人がやっぱり危ないのかしら」

「何が」

「上級生に襲われたりして」

「奴《やつ》は襲う方——おい、お前、何の本読んでるんだ？　発想が物騒になったんじゃないか？」

奈美子はふふふと笑って、

「さてと、次はパイナップルのサイコロ切りね」

章三の突っ込みをスルーした。

ギイがアメリカ人だと教えたのが、まずかったのだろうか……。

「……最近の女はおっかねえな」


その夜、赤池家の夕食は賑《にぎ》やかだった。

「おーギイ君、来ていたのかね。去年の正月以来だなあ」

の光三の一言で、幕は切って落とされた。

章三が止めるのも聞かず、ワイン片手にまあ喋《しゃべ》ること、よく食べること。光三の方はともかく、ギイは和食に甘い炭酸飲料。——うーん。

デザートの頃になると、奈美子が両親を連れて差し入れを持って現れたものだから、まるでパーティー会場のようになってしまったのである。別名、飲み会。

「章三君、氷足りなくなっちゃった」

せっせと台所でつまみを作っている章三に、奈美子が言う。

「さっき全部使っちまったから。——奈美んちの氷、あるだろ？」

「じゃ、取って来る」

奈美子は台所の脇《わき》、勝手口でサンダルを履いた。すると、持っていたアイスペールがなぜか浮上。章三がひょいと取り上げたのだ。

「いいよ、外は暗いから僕が行って来る」

「あら、平気よ。すぐ隣じゃない」

「いいから。代わりにそのモロキュウ、出しといてくれ」

「うん……」

勝手口のドアがパタンと閉まっても、奈美子はしばらくそこに立っていた。

「せっかくのお休みなのに、悪いことしちゃったかな」

庭に一杯の洗濯物。家の中もきちんと片付いていた。きっと今日一日、フル回転だったに違いない。「少しは手を抜けば良いのに、律儀なんだから」

でも、そこが章三君の良い所よね、と奈美子は心の中で続けた。

「奈美子ちゃん、あれ？　章三は？」

「氷を取りに私の家まで。すぐに戻ってくるはずだけど、——急ぎの用だった？」

「いや？　ぜんぜん？」

　章三が台所にいないとわかってもギイは応接間に戻るでなく、奈美子の傍らに立っていた。

「……あの、少し訊いてもいい？」

「たくさん訊いてもいいよ」

　ギイが応《こた》えると、奈美子はくすりと笑った。

「章三君、学校でもマメなの？」

「オレたちに比べればね」

「しんどそうにしてない？」

「奴《やつ》はあれで、天下の風紀委員と皆におそれられているんだ」

　ギイがおどけて言うと、奈美子は肩を竦《すく》めてくすくす笑った。——ふいに、真顔になる。

「離れてしまうと、余計なことが心配になったりするのよね」

「例えば？」

「祠堂って、男の人ばかりでしょう。だから、そういう恋愛だってあるかもしれないし、ケンカだって、きっと女の子同士のネチネチマチマしたのとは、スケールも違うと思うし、それに、丈夫そうに見えるけど、時々熱を出すのよね、風邪に弱いの」

「冬場は一カ月に一度は寝込んでたな」

「そうでしょう!?　——でも、心配したって無駄なのよね。帰って来る度に、章三君がひとりで大人になってくみたいで、今も、本当は私が氷を取りに行くはずだったんだけど、暗いからって……。去年まで、そんな風に言ってくれたことなかったのに。奈美を襲うような物好きなんていないぜ、とか憎まれ口を平気で叩《たた》いてたのよ。なんだか、寂しいような気分なの。ずっと幼なじみで、ずっと同じように成長していたのに、一気にバーッと追い抜かされて、章三君は遥《はる》か前方で私を振り返っているの。私、戸惑ってしまう。追いつけないかもしれなくて、不安なの」

「そりゃ、奴は男だし、奈美子ちゃんは女性だ。並ぶってのは難しいと思うよ」

「崎さんは章三君と、いつも一緒なの？」

「――最近は、ほとんどバラバラだな。寮の部屋が分かれたからね」

「そう……」

奈美子は心配そうに俯《うつむ》いてしまった。その薄い肩を優しくポンと叩いて、

「心配ないさ。奴はれっきとしたノーマルだし、身持ちも堅い」

ギイが言った途端、奈美子が真っ赤になった。

「さっきの、聞こえちゃったの？」

「全寮制の男子校に行ってる知り合いがいると、女の子は必ず心配するんだ。ヘンな道に染まらないといいけどってね。うちの妹はオレが帰省する度に、しつこくチェックする」

「やっぱり？」

「ま、章三に限っては絶対大丈夫だよ。あいつのノーマルは筋金入りだから。第一、章三に迫ろうなんて、そんな命知らずの人間は祠堂《ウチ》にはいない」

「良かった」

奈美子は心底安心したように微笑《ほほえ》んだ。「あら、限ってって、じゃ、崎さんは?」

「おい章三、あの子を奥さんにもらうんだったら、浮気は絶対タブーだぞ」

枕《まくら》を半分以上占領して、ギイが言った。「顔もかわいいけど、かなりカンの良い子だ」

あの後、タイミング良く章三が戻ってきて話題が他へ逸《そ》れたから良かったものの、ギイは何と返事したものか、迷ってしまったのである。

――まさか、正面切って、ただしオレが惚《ほ》れているのは男だが、とは言えまい。奈美子ちゃんの心配性に拍車がかかってしまう。

枕の本来の持ち主は、やや押され気味に枕にしがみついていた。

「誰が奈美を嫁さんにするなんて言ったよ。ちっとは遠慮して少しそっちに詰めろ。ベッドから落ちそうなんだぞ」

時計は真夜中の十二時を、半分回りつつあった。

「そういうことにしておけば、託生も安心する」

「なんだそりゃ。葉山がどうかしたのか?」

「どうもしないが、万が一何かあった時の予防策」

「万が一、何があるんだよ、僕とギイとで」

「危ない関係」

「――気味の悪いことを言うな。追い出すぞ」

「去年は誰もそんな事を言わなかったのに、なぜだか今年になってよく訊《き》かれるんだ。崎さんは赤池さんと付き合ってるんですか、だとさ。章三が誤解されるような行動を取っているのかもなあ」

「僕は去年も今年も同じだよ」

「そうだよな。一年間同室で、オレたち、何も無かったもんな」

あってたまるか。無言のうちに章三の目が怒っていた。

ここは話題を変えるのが賢明である。

「で、章三、明日はどうするんだ？」

「今日にあい通じる一日になるだろうさ。それよりギイこそどうするんだ？　ゆっくりしていけるのなら……」

「東京の家に帰る。片付けなきゃならない用事が待ってるんだ」

「へえ、プライベート？　それとも親父さん命令？」

「後者」

「大変だな、たまの休みだってのに多忙なことで」

「そういう章三こそ」

「──あ、そうか」

ふたりして、くすくす笑う。

「何時の電車？」

「九時には向こうに着いていたいんだ」

「朝早いな、目覚ましかけとくか」

章三は一つだけ残しておいた目覚まし時計を七時に合わせると（他のは全部、ぐっすり眠り込んでいる光三の枕元《まくらもと》に、六時にセットしたまま並べてきた）スイッチをオンにして置いた。

「では、おやすみ、ギイ大先生」

「おやすみ、章三シェフ」

言うなり、ふたり同時に噴き出した。


ホームに電車が滑り込んできた。

「気をつけてな」

章三が言うと、

「ごちそうさん。明日、学校でな」

ギイが言った。「そうだ、これやるよ」

ギイは手持ちのボストンバッグから、急いで茶封筒を出した。

「ロードショーのチケットじゃないか」

章三の瞳《ひとみ》がパッと輝く。彼は大の映画好きである。

「託生を誘うつもりだったんだが、親父関係の急用が入っちまったから。みすみすムダにすることないもんな。二枚あるから、奈美子ちゃんと行けよ」

「奈美とお？」

章三は嫌そうにぼやく。「あんな映画オンチと行ったってなあ」

「口の割に嬉《うれ》しそうじゃないか」

ギイがからかうと、

「馬鹿言ってるな！　ドア、閉まるぞ」

「おっと！」

ギイが車内に飛び込んだとほぼ同時に、電車のドアが閉じて、動きだした。

電車はゆっくり加速して、やがて章三の視界から消えて行く。

「だいたいなあ、奈美には奈美の都合ってもんがあるんだ」

章三は見送りながらポツリと呟《つぶや》いた。

「そう簡単に誘えるもんか」

大股《おおまた》にホームを横切り、改札を抜ける。

「まあ、試しに誘ってみたって悪いわけじゃないが」

駅の右側、自転車置き場に預けておいた自分の自転車に跨《また》がる。

「昨日散々扱《こ》き使ったからな、特別に誘ってやるか」

ペダルをこぐ足に、力がこもる。

「あいつもたまには映画でも観て、俳優の名前の一つくらい覚えたっていいんだ」

町並みを山の手へ向かい、分譲地をぐるりと囲む碁盤の目のような道に入る。

「大体、シュワルツェネッガーをスタローンと間違えるなんて、普通じゃありえないぜ」

赤池家の門を横目に、章三はそのまま下り坂の先、奈美子の家に向かった。

近づくと、広い庭に洗濯物を干す奈美子の姿が見えた。

「おーい、奈美！」

坂を勢いよく下って来る自転車に章三を見つけて、奈美子が、

「おはよう！」

と言った。「崎さん、もう帰っちゃったの？」

「今駅へ送ってきたところだ。それより、映画観に行かないか」

庭の垣根の脇《わき》に自転車を停めて、章三はペダルに足をかけたまま奈美子に言った。

「デートに誘ってくれるの？」

奈美子が嬉しそうに小首をかしげる。

「バーカ、誰がデートなんて言ったんだよ」

「ふふふ、待ってて、着替えしなくちゃ」

「そのままでいいだろ。乗れよ」

「嫌よ、これ、ホームウェアだもの。それにこの洗濯物、やりっ放しで行けっていうの？」

「なんでお前がやってるんだ？　おばさんは？」

「二日酔いで唸《うな》ってるわ。父さんに付き合って無理するから」

「ハハハ、奈美の母さん、かわいいな」

「うん。無理を承知で追いかけちゃう性格なの」

「へえ。奈美は？」

「——私？」

「おばさん似？」

奈美子は手にしていたシーツを、パンと空に打ち据えて物干しに広げると、

「……多分ね」

そのくせ、はっきりと応《こた》えた。

「ね！　私も自転車で行く。章三君、玄関まで回ってくれる？」

「お前のチャリで追いつけるのか？」

章三がからかうと、

「毎日通学で鍛えてます」

奈美子はガッツポーズを作り、「章三君なんかに負けないんだから」

ニッコリ笑った。

「——章三、ハンカチ持ったか？　チリ紙は？」

「持ったよ」

「電車の切符、ちゃんとポケットにしまっただろうな」

章三は無言のうちに、ジャケットのポケットから切符の端を覗《のぞ》かせた。

「こづかい、足りなくないか？」

光三が財布を取り出す。

「足りなくなったら連絡するから」

「生水は飲むんじゃないぞ」

「外国に旅行するわけじゃないんだよ」

章三は苦笑した。

「昨日父さんが買っといたパンツ、ちゃんと入れたか？」

「入れたってば。——人前で言うなよ、そんなこと」

章三はチラリと奈美子を見た。奈美子はあさっての方を向いて、聞こえない振りをしていてくれる。

「風邪薬と正露丸は？」

「入れました」

「それから、と……」

「父さん、今思い出したところで、ここは駅のホームだよ、取りに戻れるわけじゃないんだから」

「しかしなあ」

どうやら、心配性は章三だけではないらしい。しみじみ、親子だ。

その時、章三の乗る電車のアナウンスが流れた。

奈美子が弾かれたように章三を見上げる。

「章三、週末には必ず電話連絡するんだぞ」

「わかってるよ、欠かしたことないだろ」

発車を告げるベルがホームに鳴り響く。これが鳴り止むとドアが閉まる合図のブザーが鳴って、電車は行ってしまうのだ。

何か言いたげなくせに黙ったままの奈美子に、

「奈美、元気でな！」

けたたましいベルに負けじと、章三が大声で言った。

「しょ、章三君こそ。これ、あげる。じゃあね！」

ドアが閉まってしまうより先に奈美子は明るく手を振ると、くるりと踵《きびす》を返し、どんどん階段へと歩いて行った。

「おや、奈美子ちゃん、急用《トイレ》かな？」

デリカシーのない光三のセリフは無視して、

「父さんこそ、あんまりおじさんと飲み過ぎるなよ」

ベルが鳴り止む。

そして、ブザー。

厚い電車のドアが、大きな振動を伴ってガタンと閉まった。

見送ったり見送られたり、出迎えたり出迎えられたり、駅は出会いと別れの繰り返しだ。

「いつものことなのに、慣れないな」

ホームに小さくなって行く父親のシルエットをポツンと眺めていたが、章三はやがて思い出したように、グリーン車両に入って行った。

短かった三日間。主婦業ばかりで多忙な三日だったが、それでもやっぱり『黄金の日々《ゴールデンウィーク》』だった。

人気の少ないグリーン車両に坐《すわ》って人心地ついてから、章三は奈美子に手渡された白い封筒に気がついた。

「あいつ、何くれたんだろう」

中を開けると、手紙と百度のテレホンカードが二枚、入っていた。

『章三君へ。

週に一度の超長距離電話は、経済的に大変でしょうから、昨日の映画のお礼に、テレホンカードをプレゼントします。寂しがり屋のおじさんに、せっせとラブコールしてあげてください。

――それで、もし、度数が残っているようだったら、たまには幼なじみの声も聞いてやってください。

くれぐれも、体には気をつけて。
P.S.　崎さんに、色々とありがとうと
伝えておいてください。

奈美子』

「ギイに？　色々と？　ありが、と、う!?」

その夜、ギイと再会した章三が出会い頭、いきなりウエスタンラリアートを喰《くら》わせたのは、託生君が証人である。勿論《もちろん》、その後、とっくみあいのケンカに発展したかどうかは、書くまでも、ない。

タクミくんシリーズ完全版1

若きギイくんへの悩み

「愛してる」

と、ギイが言った。

「わかってるよ」

ぼくは小声でそそくさと応《こた》える。「それより前向いて、前」

そんなにじっとみつめないで欲しい。

「なんだよ、信じないのか」

「そうじゃなくて……」

「おい、崎義一！　隣となにぐちゃぐちゃ喋《しゃべ》っとるんだ、立て！」

——ホラ、言わんこっちゃない。

ただいま地理の授業中。

特別教室でプロジェクターを使っての授業なので、ギイはさっさかぼくの隣に陣取っていた。教室ではもののみごとに端と端だからね。

そのギイのぼくの隣に坐《すわ》る理由というのが、また、独断と偏見に満ち満ちているのである。

自分が勝手に、ぼくを副級長に任命しておいて（誰にも、無論ぼくにも、有無を言わせなかった！）級長と副級長は常に行動を共にすべきだと公言して憚《はばか》らない。

「崎、モスクワの人口は何人だ？」

地理担当の玄田《げんだ》先生が訊《き》く。

「オレ、モスクワ行ったことないんで、わかりません」

こら、ギイ。そういう次元の問題じゃないだろう。

「そうか、じゃあどこならわかるんだ?」

玄田先生の声、わなないている。ゲンコツが飛んできそうだよ、ギイ。

「アメリカ、日本、イギリス、フランス、アイルランド、オーストリア、スイス、イタリア、スペイン、スリランカ、それから……」

「坐っていい! ただし、少し黙ってろ」

「はい」

ギイは素直に席に着くと、「行ったことのない唯一の国の都市を質問するんだもんな」

ボソッと言った。

「崎!」

「はい!」

「いいか、黙ってろ」

クラスのあちこちからクスクス笑いが洩《も》れている。ギイは別段悪びれた風でもなく、軽く肩を竦《すく》めただけで、いつもノートをとっている愛用の万年筆を手に持った。ぼくはといえば、頬《ほお》杖《づえ》をついて、そっぽを向いた。

次回からは、絶対隣に坐らせないようにしなくちゃならないね。

しかし、しかしである。つまり、ロシア以外は全部行ったことがあるなんて、ギイは一体どんな生活を送ってきたんだろう。十五歳まではアメリカで育ったと聞いてはいたけれど。——ぼくは本土から出たことだってないのに。

うーむ。

「あいつ、オレを目の敵《かたき》にしてるんだぜ」

授業のあと、ギイが言った。「玄田のヤロー、一時間に最低一度はオレをさすもんな」

「わかってるんだったら、先生の神経逆撫《さかな》でするようなことをしなけりゃいいだろう」

呆《あき》れてしまう。

「だって、託生に愛してるって言いたくなったんだ」

ギイは至って真面目に言った。

——またでた。

「一日中言われてたら、却って真実味がなくなるよ」

一時間に最低一度はそう口にしているのを、ギイは自覚しているのだろうか。

ぼくは地理の教科書やノートを束ねて、席を立った。

特別教室を出て、教室に戻る途中、

「託生、オレ、シンケンなんだぞ」

「わかってるってば」

今は五月半ば、そろそろ中間テストの時期である。中間テストを目前に控えた、これが高二の学生の交わす会話だろうか。

「本当にわかってるのか?」

ギイが胡散《うさん》臭そうに訊《き》く。

「わかってるさ」

「だったらここでオレにキスしてくれよ」

ぼくは、何もないまっ平らな廊下で、つまずきそうになった。

「ギイ、今、何て言った?」

「ここで、オレにキスしてくれ」

「――む……」

休み時間の廊下は、天下の往来である。ギイのファンがそこら中を歩いてて、チラチラこっちを見ているのに、そんな事ができるものか。

「ぼくはまだ、死にたくないよ」

四月、新入生がやって来たと同時に、ギイにファンクラブなるものができた。当のギイはまるきり関知していないが、盛り上がるのは一年生の勝手である。しかし、その影響はぼくにまで及ぶのだ。

「なんで託生が死ぬんだ?」

ギイは訳がわからんと顔に書いた。

「ホラ、急がないと、次の授業に間に合わないぜ」

ぼくが走り出すと、

「おい、待てよ」

ギイも慌てて走り出した。

「愛してる、のバーゲンセールだもんなあ」

ぼくはぼやいて、昼食のサラダ付きオムライスを一口食べる。と、

「何のバーゲンセールだって？」

ふいに話しかけられた。

「や、やあ、野川君」

A組の級長、野川勝がトレイを手に立っていた。

いざ一学期が始まって、ギイの独断とはいえ副級長をやる羽目になったぼくは、生まれて初めて『委員会』なるものに出席するようになり、それにつれて、去年までは絶対に、どう逆立ちしたって縁のなかった学年のトップクラス（成績だけじゃなくて）と、望む望まずとにかかわらず、お知り合い、になってしまっていた。とにかく、ギイと同伴というだけで、目立つこと目立つこと。

「珍しいね葉山君、今日はギイと一緒じゃないのかい」

「彼は先生に呼ばれて、今職員室に行っているんだ」

と、ぼくが応《こた》えると、野川勝は空いたぼくの隣の席をさして、

「ここ、あいてる?」

と訊いた。

「どうぞ、かまわないよ」

「では、失礼します」

野川勝は腰を下ろしてから、わざわざ付け足すように、

「ここ、ギイの席じゃなかったのかい」

と言った。

「そう四六時中、一緒じゃないさ」

全く、他の人からそう言われてしまうくらい(多少のやっかみを含めて)ギイはぼくにベッタリくっついていたのだ。あんまりいつも一緒にいるので、あれからたった一カ月とちょっとしか経っていないのに、多くの人がぼくとギイは昔っからの仲良しだと思い込んでいる。人間の感覚なんてあてにならないものだ。この野川勝もその一人である。

しかし。

「葉山君はギイを独り占めだな」

野川勝はポツリと言った。——言い方に刺《とげ》がある。

「同室で、たまたま級長と副級長だからさ」

というのが、言い訳になるとは思わないけどね。

「あんまりベタベタくっついてると、あの関係だと勘ぐられるぜ」

「あの関係って」

「セックスフレンド」

ぼくはオムライスを皿ごとひっくり返しそうになった。

サラリと言ってのけた野川勝は、平然として自分のオムライスを食べている。

「じ、冗談はやめてくれ」

頬《ほお》が顎《あご》からこめかみにかけてびっちりひきつってくる。最近はキスだって避けているのだ。

人間接触嫌悪症。ギイは好きでも、そうカンタンに治りはしない。

「毎晩ふたりっきりでいるのにか？」

「二人部屋で同室なんだ、仕方ないだろ」

なんでぼくが、野川勝に弁解しなけりゃならないんだ？　くっついているのはぼくじゃなくて、ギイなんだぞ。

「ギイとふたりっきりで、よく何もないな」

今度は、半ば感心したように、半ば馬鹿にしたように言う。

「同室のヤツといちいちできてたら、祠堂は全員、ゲイにならなきゃならないだろう」

「ギイは特別だ」

野川勝は言った。

なんなんだ、もう！　それでなくとも、ぼくはギイの妙な行動だけで、充分頭が痛いのに。

――ひょっとして。

「ひょっとして野川君、ギイに惚《ほ》れてるのかい？」

途端に野川勝は真っ赤になって、

「そ、そんなこと言ってないだろ！」

純情だ。

「ギイに言うなよ！」

ガタガタ派手に椅子《いす》を鳴らして、逃げ去った。

「たーくみ、一個くれ」

応えるまでもなく、ギイはぼくの買ったパンにかぶりついた。

雑木林の奥の日溜まり、草むらに腰を下ろして、ぼくは食べかけのパンに噛《か》みつくのも忘れて、あっという間にパンを四つたいらげたギイを、ポカンと見ていた。

「もう一つ、食べる？」

思わず、訊いてしまう。

「サンキュー、もらう」

紙袋に残った最後のパンもペロリと食べてしまうと、パックの牛乳をすすって、ギイはやっとひとごこちついたようだった。「しかし、パンってのは米のメシと違って、腹にたまらないんだよな」

チラリとぼくの食べかけのパンを見る。

「まだ食べたいのかい？」

「もらっていいのか？」

駄目とは言えない。

「昼食にあぶれちゃうぐらい、先生にコキ使われてたんだ」

「自分は四時間目がアキだったから、先に済ませてんでやんの」

「松本《まつもと》先生？」

「担任じゃねえよ」

「あ、まさか」

「地理の玄田！」

やっぱり。

「ああ、さすがにお腹いっぱいになった。託生、膝《ひざ》借りるぞ」

「ちょっと、――ギイ？」

ギイはさっさとぼくの膝に頭をのせると、仰向けになって目を閉じた。

「肉体労働させられたんだ、少し休ませてくれ」

「大袈裟《おおげさ》なこと言って。――道路工事の真似事《まねごと》でもしたのかい？」

ぼくが笑うと、

「旧式のプロジェクターを、一階から四階まで、ひとりで運ばされたんだ」

「あの大きくて重たいのを!?」

これがぼくなら、持ち上げるのがせいぜいだろう。玄田先生も殺生だ。

「そのかわり、これ」

ギイは目を閉じたまんま、ブレザーの内ポケットから何やら出した。

「これ……？」

「託生にやるよ」

「これなに？　石ころ？」

それは親指の爪《つめ》の二倍くらいの大きさの、黄土色の石だった。

「それ、エメラルドの原石さ」

「エメラルドって、宝石の？」

「研磨すれば、かなりのモンだぜ」

「本物？」

「玄田がイスタンブールへ旅行した時に手に入れたのをもらったんだ」

「なんで？　高価なものなんだろ、そんなのをそう簡単にくれるわけ……」

「ひとりで運べたからさ」

「ギイ！」

「賭《か》けただけだよ」

「何と賭けたんだよ！」

「オレのパスポート」

「バカ!!」

ひっぱたいてやりたい!

ギイの籍はアメリカにある。だからパスポートがなければ、ギイは日本にいられないのだ。

「託生にどうしてもそれをプレゼントしたかったんだよ」

「だからって、パスポート……」

「引き換えにしても、良かったんだ」

ギイがパッチリと目を開ける。陽に透ける淡い茶色の瞳《ひとみ》の色。混じりっけなしの。その目で見られると、ぼくは何も言えなくなる。

「──ねえギイ、ぼくはお礼にどうしたらいい?」

「何も」

ギイは言った。「膝を貸してもらってる。それだけで、充分だ」

そしてギイは再び目を閉じた。

忘れてないんだ、嫌悪症を。──ギイ。

「ありがとう、大切にするよ」

ギイは口元だけ、笑ってみせた。

キーン、コーン、カーン、コーン。

のんびりと、ウエストミンスター寺院のチャイムが鳴る(ところで、なぜ日本の学校のチャイムに外国の鐘の音を使うのか、ぼくは未だによくわからない)。

ぼくはハッとして顔を上げた。いつの間にかぼくも朦朧《もうろう》としていたのだ。

「ギイ、昼休みが終わったよ、急いで教室に戻ろう」

ぼくの膝ですっかり眠っていたギイは、だるそうに瞼《まぶた》を開けて、

「はいはい」

よっこらしょっと体を起こした。「――れ？」

ギイはじっと腕時計を見ている。

パンのゴミを手早く片付けて立ち上がったぼくは、ギイを振り返った。

「どうかした？」

「今のチャイム、五時間目終了のチャイムだ」

「え――――っ⁉」

それはまずい。「それじゃあぼくたち、サボタージュしちゃったことになるのかい？」

「そういうこと」

「五時間目、英語だったね」

ぼくは英語が大の苦手なのである。この上先生に目をつけられたら……。ああ、一学期のカラフルな成績表が目に見えるようだ。

「託生、こうなったらいっそのこと、六時間目もサボっちまおう」

「冗談じゃないよ、戻らなくちゃ」

「噂《うわさ》の的だぞ、今頃」

「？　――何が？」

「一時間もふたりでドロンしていて、託生とオレとの間に何が起こったかってさ」

「バラバラに帰ろう！」

「却って怪しまれる」

「ギイ、頼むから、たまには望みのある二者択一をしてくれよ」

「思われるんだったら、本当にしちまおう」

「本当って？」

「時の経つのも忘れて楽しむのさ」

ギイはニヤリと笑う。ぼくは、ドキリとした。

セックスフレンド。ふいに、先の野川勝のセリフが脳裏を掠《かす》めた。

「じゃあねギイ」

紙袋をくしゃくしゃに丸めて握りしめ、ぼくは逃げるように駆け出した。全力疾走で雑木林を走り抜け、校舎の近くまできて、やっと足を弛《ゆる》める。でもギイは追い掛けてきてなかった。

慣れたようにキスするギイ。アメリカに十五歳まで住んでいたギイ。――キスの先も、慣れてるんだろうか。

「仲々良い度胸をしてるね、葉山君」

赤池章三が腕組みをして、ぼくに言った。彼の制服の胸ポケットには、サンゼンと輝く風紀委員のバッジ。おかげで我がクラスの風紀の素晴らしいこと。「成績はともかく、真面目で堅物のきみが、どうしたことだい」

おまけに相変わらず、きついのだ。——否定できない自分が悔しい。

赤池章三の小脇《こわき》に抱えた出席簿には、赤いばってんが、本日の五時間目、葉山託生の欄に、しっかり印されているのだろう。

「ちょっと、ね……」

五時間目の休み時間、クラスはワヤワヤしていたが、とりたてて誰も気にとめる風でもなかった。意外、というかほっとしたというか、気が抜けたというか。

「おい葉山、今日は先生の都合が悪くて自習だったから良かったものの、いつも目こぼすってわけにはいかないんだぜ」

章三は言って、出席簿でぼくの頭をペタンと叩《たた》いた。

「自習だったのかい？」

なんだ。心配して損した。

「ところでギイは？」

「ギイ？」

「一緒だったんだろ」

「べ、別に」

「ふうん」

章三はぼくを上から下まで眺めると、「ま、どっちでもいいけどさ」

と言った。

「――で、どこに行ってたんだって？」

ふいに訊《き》かれて、

「林で、ついうとうとしちゃって」

思わずぼくはバラしてしまった。

章三はとっても抜け目ないのだ。ギイの類友は（類は友を呼ぶ、の略である）ぼくには非常に、重荷である。鋭い連中ばかりなんだから！

「OK、ではあとでギイの裏も取ろう」

章三は刑事みたいなことを言って、面白そうに足取りも軽く、廊下へ出て行った。

「――はい、教室移動。みんな、図書室へ行って、各班ごとに例題を調べること」

六時間目の古典の時間、先生が教室に入ってくるなり言った。先生は出席もとらず、ぐるりと教室を見回しただけで、ポッンと空いた席のことには目もくれなかった。

ギイは本当に、六時間目もサボタージュを決めていた。

大胆不敵。はっきり言って、不良である。

ところが。

「ヨウ！」

図書室のドアを開けると、ガランとした室内にギイが机に坐《すわ》って、ぼくたちに手を振ってみせた。

「崎義一」

と、まず走って行ったのは、言わずもがな、風紀に燃える赤池章三、かの人である。「なにしてんだよ、五時間目もサボって」

後半のセリフは勿論《もちろん》、先生の手前、一応小声だった。

「オレ、ずっとここに居た」

ギイはケロリとして言う。

――すぐばれるようなこと言って。

「あら、六時間目はここなの？」

書庫から、司書の先生が本をどっさり抱えて現れた。「ギイ君、残念だったわね。連続サボ成らず」

――へ？

「悪いねセンセイ、今度また手伝うよ、古本の修復」

ギイはぴょんと机から跳び降りて、ぼくの所に来た。

「託生、古典なにやるんだ？」

ふいに耳を何かが掠《かす》める。ぼくの髪が微《かす》かに揺れた。ギイの息がそっとかかったのだ。ふわっと、甘い香りがぼくを包んだ。

「おい、ギイの班はこっちだぜ」

向こうで誰かがギイを呼ぶ。ギイは肩を竦《すく》めると、軽くウインクして、そっちへ行った。

どうなっているのだろう……。


「中間テストの範囲、職員室の前に貼《は》り出されてたぞ」

ギイは言って、寮の305号室、ぼくの机に紙片《メモ》を滑らせた。制服のブレザーを脱いで彼のベッドに放ると、机に向かって古典の残りをせっせと片付けているぼくの脇《わき》に立つ。

「託生の班、随分とややこしいのを渡されたんだな」

「古典は苦手なんだ」

ちっともわからん。日本語なのに。

「託生は頭が理数系向きにできてるんだよ」

いつになく突《つ》っ慳貪《けんどん》に、ギイが言った。「潔癖だから、答えがひとつでなきゃ、気が済まないのさ」

「そんなこと……」

顔を上げたぼくに、

「あるじゃないか。友人どもに、全部レッテルを貼っておかないと気が済まないんだ。こいつはただのクラスメイト、こいつはただの顔見知り、こいつはただの同室者。——相手の気持ちが変化することには、目を瞑《つぶ》りたいんだよな」

「ギイ、一体何の話？」

「託生は、自分の気持ちが変化しないから、他人もそうだと思うんだろう」

「何を言ってるんだよ、ギイ」

「鈍感！」

「ギイ……？」

「オレと関係を持ったと誤解されるのが嫌で、逃げ出したくせに」

「だって、誰だって誤解されるのは嫌なもの……」

「馬鹿言え！　オレは託生を好きなんだぞ！」

ギイは拳でドンと机を叩《たた》いた。「どの世界に、好きな相手に手も出せずに平気な男がいるもんか！」

「………」

「少しはオレのこと、考えてるのか？」

「ごめん、ギイ」

「謝ってもらいたくて言ってるんじゃない」

考えていないわけじゃない。でも、少なくともぼくはギイに、キスされたいとは思わなかった。

俯《うつむ》いたぼくに、ギイはハッと短く笑い、

「馬鹿馬鹿しい」

と言った。「託生、今の忘れてくれ。ちょっと苛々《いらいら》してたんだ、悪いな」

パタン、と静かにドアの閉まる音。廊下に消える靴音。ギイ、どこかに行ってしまった。

ぼくは、溜め息。

ギイの言うのはもっともで、ギイの言い分はわかるのだ。わかるのだけれども、心が、動かない。

己の想いに素直なギイ。自分の想いがどうなっているのかすら、わからないぼく。

愛していると言える、ギイ。何度も、何度も。——何度も言わせてしまったのは、ぼくのせいだろうか。

ふと、そんなことを考えた。

次の日の昼休み、

「こんな所で会うだなんて、奇遇だね」

野崎大介がニコニコ顔で言った。——待ち伏せしてて、奇遇もないもんだ。

「相変わらずくさい誘い方ですね」

ぼくが言ってやると、

「きみとは初めから、くさい仲だ」

野崎大介は入寮日のカレーの一件を暗に指して、苦笑した。「しかし、はたで見ているきみは、誘えばすぐになびきそうなのに、実は気の強い男《ヤツ》だったんだねえ」

どうりで、軽々しくモーションをかけてきたわけだ。

「何か用ですか」

「急ぐ？」

「そりゃ、昼休みは永遠じゃありませんからね」

「きみの同室の、あいつ、さ」

野崎大介は壁に肩だけ寄り掛かるようにして、片足を前に組んだ。どうも、いちいちポーズをつけないといられないらしい。「あいつ、きみに気があるんじゃないのかい」

「――はあ？」

「あの手の男はプレイボーイだからな、用心するに越したことはない」

用心と言われても……。

「それだけを言いたくて、わざわざ待ち伏せしてたんですか」

随分と暇なんだなあ。

「はい」

目の前にチケット。しかも、クラシック。ほんとーに懲りないんだから。また最前列だよ。オーケストラ！

「行きません」

「この前のはヤラセだったけど、これは本物だぜ」

野崎大介は間髪容れずに断ったぼくに、大慌てで訂正する。「あれ以来、僕は葉山託生に惚《ほ》れ直したんだ。その気の強さが最高だよ」

「あ、そうですか」

ぼくは野崎大介の脇《わき》を抜けて歩きだした。

「ストップ！　——待てよ」

野崎大介はくるりとぼくの正面に回り込み、「チケットの手配が遅れて、席は前になってしまったが、ちゃんと真ん中を予約したんだ。当日はコンディションを整えて、曲の途中でなんか、絶対眠らないようにするから、な」

「行きません。野崎さん、日付ちゃんと見てくださいよ」

ぼくはチケットを指で弾いて、くすりと笑った。「中間テストの真《ま》っ只中《ただなか》じゃないですか」

「え⁉　——あ、まずい」

入寮日の一件以来、野崎大介はぼくに対してポツリポツリと、それなりにモーションをかけてきていた。ぼくにすれば物好きな、というところだが、なんとなく憎めないのである。第一印象では、絶対にお近づきになりたくない男だと思っていたのだが。

彼は入寮日の次の日、始業式の直後、３０５号室にやって来て、ギイに改めてもう一度謝罪をして、そしてぼくにも謝ったのだ。高林泉にそそのかされてやったことだと。あの高いプライドを彼にすれば、きっとかなぐり捨てて、頭を下げた。——これでは、第一印象だとて変わるというものだ。もっとも、ギイは野崎大介が部屋にいるあいだ、彼がどんなジョークを飛ばしたところでニコリともしなかったが。

「ということは、別の日だったらＯＫということかな」

野崎大介が嬉々《きき》として言った。

「残念ですけど。野崎さんのファンの方とでも一緒に行ってください」

「僕にファンなんていないよ」

「そうですか？」

「そうさ」

「おい、託生」

廊下の丁字の角から、ギイがヒョイと顔を出した。「何やってんだ、早くしろよ」

いかにも待ちくたびれた、という口調でぼくを促す。ギイはとっくに理科室に行ってたはずなのだが、とにかく助かった。しつこいのも相変わらずなんだから。

「それじゃ」

ぼくは野崎大介にあっさり別れを告げて、ギイへ駆け寄った。

「野崎なんかと話をするな」

ギイは理科室に着くなり、言った。

「それって、やきもち？」

ぼくはくすくす笑って言う。

「そうだよ！」

ギイは憤然として、ノートを叩《たた》きつけるように置く。「さっさと自分の席に行けよ！」

「はいはい」

かわいいんだ、ギイ。

理科室では坐《すわ》る席が教室と同じ配列なので、ギイとは端と端。そのかわりといってはなんだが、斜め前の席に、章三がいた。大きな実験用の机は六人掛けで、故に章三と御対面。

「わかったぜ」

先に席に着いていた章三が、ぼくが椅子《いす》に坐る拍子《ひょうし》に、言った。そのセリフがぼくに対してだと理解《わか》るのに、ぼくはたっぷり三秒を要した。章三はあらぬ方を向いて、呟《つぶや》くように言ったのだ。

机には既に六人きっちりメンバーが揃《そろ》っていたので、章三は目で合図して、ぼくを理科室のベランダへと促した。

「わかったって、なにが？」

章三はベランダの太い手摺《てす》りに教科書を開いて載せた。

「ぼく、実験のことで質問してたっけ」

「カムフラージュだよ。本を見てろ」

章三は押し殺した声で言う。訳《わけ》がわからないけれど、ぼくは本をじっと見た。

「昨日、ギイが五時間目に本当はどこにいたのか、わかったぜ」

ぼくはギクリとした。

「いまさら葉山に言う必要はないけどな。司書の中山先生がギィに頼まれて口裏を合わせてくれたのは、誰のためか、わかってるよな」

「誰って……」

「葉山託生。他にいないだろうが」

「ぼく?」

「はっきり言って、迷惑だね」

章三は更に声を低くした。「ギィに気を遣わせてばかりじゃないか。たかだか一時間、一緒にサボタージュしたってだけのことを、どうして隠す必要があるんだ。葉山は、ギィに余分な心配ばかりかける。高林の件だって、お前さんがちゃんと自分のすべき事をしていたら、ギィがわざわざ気を回して、あそこまでする必要はなかったんだ。まるでおんぶにだっこだぜ」

ぼくはいささか、カチンときた。いくらぼくでも、そこまで言われたら腹も立つ。

「失礼しちゃうね、赤池君。断っておくけど、ぼくが頼んだわけじゃないんだからな」

「そのくせ親友きどりだ」

「な……!」

「さっき渡り廊下のへんで、野崎とくっちゃべってたろ」

「関係ないだろ、赤池君には」

「世間知らず」

「ぼくにケンカを売りたいのかい!」

ぼくは小声で怒鳴った。

「売ったのは野崎だ。いや、結果的にはギイか」

「こねくりまわさず、ストレートに言えよ。ぼくを責めてるんだろ。だったら——」

「ギイが野崎と賭《か》けをした」

「——え……？」

章三はいまいましげに親指の爪《つめ》を噛《か》む。

「賭けの対象は葉山託生」

「ぼく⁉」

「し————っ‼」

と、タイミング良く（？）始業を告げるチャイムが鳴った。

「赤池君！」

「続きは放課後だ」

赤池章三はサラリと流して理科室に入って行った。いうまでもなく、午後の授業は全部上の空だった。

「——あれは二枚舌か、さもなくば二重人格だね」

章三は言った。

放課後、章三は当番のトイレ掃除をぼくに手伝わせながら（けっこうちゃっかりしているのだ）事の成り行きを説明してくれた。

「ギイは、決して恩きせがましいことを言わない男だからな」

確かにそうだ。ギイは、託生のためにアリバイを作ってやったぞ、とは言わなかった。でも、現にアリバイ工作をして、ぼくをホッとさせてくれていた。黙ったまま。

「野崎は無骨な男のふりをして、葉山のガードを弛《ゆる》める作戦でいたんだ。一度でも出掛けるのをOKすれば、犯《や》っちまうのは簡単なことだとさ。力尽くでもおとしてみせるって仲間うちで豪語してるのを、ギイが通りがかりに聞いちまったんだよ。そしたら、そんな卑怯《ひきょう》な真似は許さんって、ギイが宣戦布告しちまった」

「いつのこと」

「昨日の放課後」

「ギイ、そんなこと、一言も」

「言うわけないだろ」

章三はやけくそ混じりに、ホースで水をジャージャー撒《ま》く。清掃というより、水浸しにしていると称した方が相応《ふさわ》しかった。

「それで、賭けって？」

「ふたりとも、体力に自信があるからね。スポーツテストの持久走のタイムで賭けたんだよ」

「だって、学年が違うから、一緒には走れないだろう」

「二年の方が三年より一日前だから、ギイの方が不利なんだがね」

「やめさせられないかな」

「喋《しゃべ》るなよ！」

章三はぴしゃりと止めた。「本当は、葉山には喋るなと口止めされてたんだ。同室のよしみでやるんだから、託生には関係ない、絶対喋るなって」

「赤池君……」

「こっちも宣戦布告の場に居合わせたのが悪かった。ギイは負ける気なんてさらさらないが、あんまりギイが不利なんだ。いくらギイがスポーツ万能ったって、運動部に入ってるわけじゃなし、片や野崎はバスケット部の部長だぜ」

——ああ、ギイ。

「しかも、当の葉山はそんなギイの気も知らず、能天気にも野崎と〝談笑〟なんてなさっちゃって」

「赤池君、勝ったら野崎さん、どうするって？」

「ギイにパンチを喰《くら》わせて、葉山託生をモノにするとさ」

「負けたら？」

「逆さ。ギイがパンチを喰わせて、葉山には手を出さないと約束させる」

「そんなこと、——どうってことないのに」

「ギイにすれば、どうってことないで済まされなかったんだろ」

章三は言ってのけた。「同室のよしみで、賭けをする男じゃないぜ、やつは」

知ってる？　――章三。

「ギイに僕がバラしたの、喋るなよ」

章三は付け加えた。「中間テストを前に入院するのはごめんだからな」

「託生、いいか、動詞の活用ってのは複雑なようで、単純なんだ。だいたいパターンの中に収まっちまう」

ギイは英語の教科書の後ろのページをめくって、説明する。「聞いてるのか？」

「聞いてない」

「あのなあ、超不得意科目だからと、人がせっかく――」

「英語なんて、どうだっていいよ」

頭に何も入ってこない。それどころじゃないと、心が焦って、妙に騒いでいる。

「また赤点だぞ」

ギイのからかいに、乗ってゆけない。

「赤点の方がましかなあ」

ぼくのセリフに、ギイはピクリと眉《まゆ》を上げて、ぼくを見た。

「あんのやろ……」

呟《つぶや》いて、部屋を飛び出す。

「ギイ!?」

まずい！　迂闊《うかつ》だった、彼の勘の良さをころりと忘れてた！

ぼくは急いで追いかけた。ギイはためらうことなく、まっすぐに赤池章三の部屋に入って行く。乱暴にドアを開け放ち、

「章三!!」

と怒鳴った。「どういうつもりだ、このヤロウ！」

同室の太田隆二《おおたりゅうじ》がビビッて部屋の隅に逃げ込んだ。

赤池章三は椅子《いす》の背凭《せもた》れにゆっくりと肘《ひじ》を掛けると、チラリとぼくを見遣って、もう！　という表情《かお》をした。

「どうもこうもないだろう」

腹を据《す》えたかのように、章三は至って冷静である。「成り行き上だ、許せよ」

「ぬけぬけと、この……」

ギイはつかつかと歩み寄り、怒りに任せて章三の胸倉をぐいと摑んで拳を握った。

「ギイ！　──ギイ、やめろよ！」

ぼくはギイの背中に駆け寄って、羽交い締めした（効果のほどは定かでないが）。「ぼくは賭《か》けなんか嫌いだよ。仮に勝算があったって、ギイに賭けなんかしてもらいたくない」

ふと、ギイの殺気が弛《ゆる》む。

「手を、離してあげてよ」

ギイは章三から手を引いた。章三は大きく息を吐く。

「全く、バカぢから！」

悪態ついて、章三はワイシャツの衿《えり》を直しながら、「せいぜい持久走、がんばれよな」

ギイは未だ憤然としたまま、ぼくの腕を摑むと、足音も荒く部屋を後にした。


「ぼくは誰にどう言われたって、気にならないのに」

ぼくはギイの後をついて歩きながら、ポツンと言った。

「オレは気になるんだ」

ギイが応《こた》える。ギイが向かうのは、寮の屋上だった。

妙なものだ。ギイとのことを誤解されるのはあんなに嫌だったのに、ことこの件に関しては、野崎さん、好き勝手になんとでも噂《うわさ》しててくれ、という感じだった。

「平気だよ、ふっちゃうから」

「カンタンに済むもんか」

「だって、野崎さんって、口だけって感じの人じゃないか」

「相手による」

ギイは言った。

それ、ぼくのこと？　それとも、ギイのこと？

屋上に続く重い鉄の扉を開けると、ギイは気持ち良さそうにふうと息をついた。

「屋上なんかで何するの？」

「持久走の練習。──つきあうか？」

「うん……」

「では、よーい、ドン！」

ギイが走り出す。テニスコートが三面は作れそうな屋上へ。ぼくはブレザーを脱ぐと、扉の脇に放って、ギイを追いかけた。

「健全な精神は健全な肉体に宿る、ってな」

ギイが顔だけぼくに振り返る。ギイのフットワークはとても軽やかだ。「託生、オレが心配か？」

「──別に」

「なんだ」

ギイががっくりしたように走ったまま大きく上体を屈めて、ずっこける風にした。

「別に、心配なんかしてないさ。ギイが殴られたってかまわないさ。ぼくは、ぼくは……」

熱く、視界が歪《ゆが》む。

「おいおい託生、頼むからこれ以上オレを落ち込ませないでくれよ。──え？」

つと、ギイが立ち止まった。「……託生……？」

ぼくは背中から、ギイを抱きしめた。ワイシャツ一枚隔てて、ギイの体温が暖かい。

「ムボウだ、ギイ」

声が、掠《かす》れてしまう。

無謀だ、ギイ。いつだって、いつだって。

「泣き虫」

ギイが言った。優しい声だ。ぼくの手を覆うようにギイの両手が重ねられる。骨っぽいのに温かい手。

「そんなに大切にしてくれなくたっていいのに」

「病気はどうした、託生？」

「しばらく忘れてて」

漂う甘い香り。これは、ギイのコロンだろうか。

「しかし、理性が……」

ギイは困ったように言う。「できれば離れて欲しいんだけど……」

ぼくはもっと腕に力を入れた。

ギイのフワフワの髪が頬《ほお》にかかる。ギイの肩に額を押し当ててギイの匂《にお》いをかいでいたい。

ギイはコホンと咳《せき》払いした。

「あのー、託生くん」

「ん？」

「できればバックじゃなくて、フロントに移動していただきたいんですが」

「フロント？」

「正面。こっち」

ギイはダンスのターンをかけるようにくるりとぼくを正面へ引っ張った。その仕種《しぐさ》の手慣れたこと。同じくらいの身長なので、顔の位置がピタリと合う。

「あんまり託生が抱きつくから、おかげで理性が吹っ飛んじまった」

ギイは静かに微笑《ほほえ》んだ。ぼくの背中にギイの腕が回り、ギイはそっとぼくに口づける。確かめるように、軽く口唇が吸われ、ギイは甘い息を吐きながら、幾度となく小さなキスを繰り返した。

「愛してるよ」

キスの合間に囁《ささや》きが洩《も》れる。

「――ぼくも……」

ぼくは目を閉じたまま、ギイの背へと手を這《は》わしていった。


「――天はオレに味方したな」

ギイは口笛を吹いて、屋上のフェンス越しにグラウンドを見下ろした。眼下では、三年生のスポーツテストの真っ最中である。

「つくづく悪運の強いヤツだよ、ギイは」

赤池章三が言った。「な、葉山」

ぼくはフェンスに凭《もた》れて、何とも返事に困ってしまう。ぼくだってまさか、昨日雨が降ることをギイが前以《まえもつ》て知っていたとは、到底思わない。思わないけれど、ギイは大丈夫、大丈夫を連発していて、間際まで平然としていた。

そしてスポーツテスト当日、朝からバケツの底が抜けたようなどしゃ降り。ところが昼にぴたりと雨が止み、あとはカンカン照り。二年生のスポーツテストは中止、グラウンドは夕方までには乾いたので、翌日の三年生は予定どおりにスポーツテスト。それで、明日に昨日の分が繰り越されたのだ。

形勢一転。

「そろそろだな、持久走。野崎って、C組だろ?」

ギイはフェンスの付け根に腰掛けた。長い脚をすっと組んで、——サマになる。

「ギイってカッコイイんだね、脚が長くて」

ぼくが言うと、

「ん——?」

ギイはのんびりと、下からぼくを覗《のぞ》き込んだ。

「ギイってとってもカッコイイんだね。彫りが深くて、美男子だし、外国人みたい」

「はあ?」

ギイはキョトンとして、章三と顔を見合わせると、大爆笑!

「突然何を言うのかと思ったら」

ギイは腹を抱えて笑い転げる。「ははは、面と向かって誉められたのは生まれて初めてだ」

「ギイの場合はよその血《フランス》が混じってるんだもんな、多少、日本人離れはしてるよな」

章三が涙を拭《ふ》き拭き付け加えた。

　そんなにおかしなこと、言ったかなあ。

「だって、凄《すご》いことじゃないのかな。外国の血が混じってるなんて、スペクタクル！」

「ふふふ。託生、お前、妙なところで感心してくれるんだな。オレの母親がハーフってだけのことなんだぜ」

「ハハッ、葉山といると飽きないよ」

「――失礼な」

　ぼくは章三を睨《にら》みつけてやった。「それより、昼休みもう終わるぜ」

「託生、行っていいぞ。オレはあいつのタイムを聞いてから、教室へ戻る」

「おー崎義一、風紀委員を前にして、よくぞ言った」

　章三はポキポキ指を鳴らす。

「腕力じゃオレが勝つな」

　ギイは優雅にウインクを返した。

「反対されてもつきあうぞ」

　章三は言った。

「へ？」

　これはぼく。「そんな、――いいの？」

「乗りかかった船だ。三人でサボると目立つけど、どうせテスト配って、答え合わせするぐらいなもんだろ」

「ふたりとも授業に出ろよ。わざわざつきあうことないだろ」

ギイはグラウンドを見遣《みや》りながら突き放すように言った。

「五時間目って、英語だっけ」

数週間前の同じ時間に、ふたりで眠りこけて、そのうえ六時間目まで一緒にサボらせようとしたギイの、同じセリフとは思えない。

「託生、オレの分もしっかり答え合わせしておけよ」

「──うん」

「じゃ、あとでな」

ギイはチラともこっちを見ずに言った。ぼくと章三は目を見交わして、仕方なしに屋上を後にした。


「答え合わせしとけったって……」

ギイのテストは模範解答として、黒板にペタと磁石で貼《は》られていた。「完《かん》、璧《ぺき》」

片やぼくはギイの特訓があったのに、六十三点。いやはや。しかし、今《いま》までの最高が五十点なのだから、大した進歩だ。

章三のおかげで、ギイは急な腹痛で保健室で寝ていることになっていた。ギイのことだ、野崎大介のタイムが早々に判っても、五時間目はしっかりサボタージュを決めこむことだろう。

案外、明日のために屋上で走ってるかな？

あのバカバカしい賭《か》けは、現在《いま》もって健在だった。今朝ぼくは野崎大介に呼び出され、君のためにベストタイムを出すよ、なんて、とろけそうな表情で告げられてしまったのだ。

野崎はまだ、賭けの一件をぼくが知っているとは気づいていない。

自信満々だった野崎大介。三年で一番、ってことはまずありえないけれど、ベストテンには入る俊足だろう。

「バカバカしい賭け、か……」

窓の外、遥《はる》か下方に街並みが広く見渡せる。その先に、大海原。

のびのび生きてるギイ。その印象は、ギイがいつでも一所懸命だからなんだ。彼の濁りのない透けるような瞳《ひとみ》は、いつもまっすぐ。嫌なものを避けない、まっすぐさ。

「——どう?」

グラウンドでは、最後のグループのタイム読みが始まっていた。

「五分五分ってところかな」

ギイは屋上で体操をしていた。額にうっすらと汗。やっぱり走ってたんだ。

「ギイ、匂《にお》いがする」

「臭いか?」

ギイは肩に鼻を寄せて、くんと匂いをかいだ。「かなり汗かいたからな」

「コロン?」

「オレ?」

「そう、好きだな、この香り」

「安物だぜ」

ギイは苦笑した。「一オンス、一ドル八十二セント。税金込み」

「負けないでよね」

ギイの笑いがぴたりと止まる。

「初めて、言ったな」

ギイは言った。「オレ、託生が今回のことをどう思っているのか、初めて聞いたよ」

「絶対、負けないで」

ギイが好きだから。

「――そのつもりだ」

ギイ以外の誰でもなく。そう、ギイがぼくに告げたように、ぼくも、ギイ以外の誰でもないんだ。ギイが、特別なんだ。

「ぼく、何をすればいい？」

「応援してくれるだろう」

「応援するよ、大声で」

「最後の一周で、オレに一番大きな声援を頼むぜ。オレの弱点は、ラストスパートに力がないことなんだ」

「賭《か》けなんて、どうでもいいと思ってたけど、負けるのは嫌だ」

「賭けじゃない、勝負だ」

ギィの瞳がキラリと光る。「明日は絶好の五月晴れになるぞ」

穏やかな寝息が、隣のベッドから聞こえている。ぼくは仲々、寝つかれなかった。

カーテンの隙間《すきま》から、遠慮深げに忍び込む月の明かりに、ぼんやりとギィの寝顔が浮かぶ。

——どの世界に、好きな相手に手も出せずに平気な男がいるもんか！

あの時の、ギィのジレンマが、今はほんの少し、わかる気がする。

ぼくは本当に鈍感で、宣戦布告して帰ってきたギィに、ギィの心も思ってやれずに、むしろ謝らせてしまった。

黙って、勝つつもりだったんだろ？　ぼくには一切を告げないで、何もなかったことにしたかったんだろ？

ギィに話してしまおうか、本当のことを。

——けれど、まだ怖いんだ。それによってギィを失うことになったら、ぼくは悔やみきれなくなる。

今は、ギィが誰より大切だから。

ぼくは、ギィが思うほど、きれいじゃないから。

逃げて通れないことがわかっていても、その勇気がぼくにはない。

人間接触嫌悪症。うまく名付けてくれたね、ギィ。抱かれたら、初めてじゃないと、すぐにわかってしまうだろう。二ヵ月近く一緒にいて、無理矢理にでも抱こうとすればできたのに、そうしなかったギイの優しさが、時々辛い。抱かれたくはないんだ。でも、耐えるのは辛いだろう？　――理解《わか》っているけれど、同じ男だから、欲望を抑えることがどんなにきついか、でも、認めてしまったら、ぼくはどうしていいかわからなくなってしまうんだ。

耐えているのを、おくびにも出さなかった、ギイ。あの日、あの一言だけ、ぼくに本心を晒《さら》したギイ。

どうすればいいんだろう。

ギイの好意に応《こた》えたい。応えたいけれど、――そうなのだけれど……。

「だったらオレにキスしてくれよ」

巧みにジョークに紛らせていたんだね。

ぼくからギイにキスしたことなんて、一度もない。キスをねだったことも、ない。

ギイ、未だに一歩を踏み出せないぼくだけれど、ごめんね。

ぼくはそうっとベッドから降りると、すっかり熟睡しているギイの寝顔を起こさないよう気をつけて覗《のぞ》き込んだ。

薄く開いた口唇に、僅《わず》かに触れるだけの、キス。

二度と誰も愛せやしないと思い込んでいたぼくに、そうじゃないと教えてくれたギイ。ギイはぼくの過去を知らないのに、ぼくの心をこんなにも変えてしまった。

「ギイ、ぼくからのキス、受け取ってよね」

囁《ささや》いて、もう一度、キス。

もし明日ギイが勝ったら、ぼくはどうしよう。

賭《か》けは嫌いだけれど、五分五分と言ったギイ。ギイのために、ぼくは決めなきゃいけないんじゃないだろうか。

——そう、きっとそうだ。


耳を貫くようなピストルの音がグラウンドに響いた。一斉に走り出す、第三グループの生徒たち。

「へえ、凄《すご》いな、ギイ」

びっくりしたように章三が言った。「いきなり独走態勢だぜ。あんなにとばして、おしまいまで保《も》つのかね。千五百メートルは百五十メートルじゃないんだけどな」

群を抜いて走るギイ。まるで翼がついているかのように軽やかに走り抜けてゆく。

「恋する男は盲目だ。ギイもただの男だよなあ」

章三はぼやいて、ぼくを見る。「葉山のどこに惚《ほ》れたんだろうね」

「それはぼくが訊《き》きたいよ」

ぼくは笑ってしまった。「当のギイにも、よくわかってなかったりして」

「それはあり得る」

章三も笑う。「でも、かなり本気らしい」

「いつ、わかった？」

「なんとなく、そうかな？　そうかな？　と日が過ぎていって、ま、決定打は宣戦布告だね。ギイは元々級長体質だから――」

「そんな体質があるんだ」

「あるのさ。四月の一件も、当時は単なるおせっかいだと判断してたわけ。去年もちょくちょく動いてたから。それで、我がクラスは退学者ひとりもなし、だったんだ」

「いたの？」

「放っておけば、二、三人ね。ヤツの人気はダテじゃないんだぜ」

「知らなかった」

「ギイは異様にかけひきがうまいのさ。あれは父親譲りだね。社会に出てから出世するぞ。もっとも――」

章三は唐突に言葉を切った。ギイがビリの人に追いついたのだ。追い越して、ピッチはまだ落ちない。「ギイのベストじゃ、ギリギリだもんな」

「五分五分って、本人は言ってたよ」

「四分六さ」

「どっちが四？」

「ギイ」

「――……」

「あいつ、いっつもラストスパートって時にぐんとスピードが落ちるんだ。短距離向きだからね。それを計算に入れて、最初とばしてるんだけど、——どうかね」

「赤池君はギイを好きかい？」

「あたりまえだろ」

「ぼくとのことは、快く思ってないね」

「そうだね」

「ギイが負ければいいと思う？」

「半分。——いや、三分の一かな」

「ぼくは、ギイが好きだ」

「ふむ。だろうね」

「どうしても勝って欲しい」

「それで？」

「最後の一周、ぼくも走る。君はぼくより足が速そうだ。だから、君も一緒に走ってくれ」

章三は一瞬、言葉を失った。

「頼むよ、赤池君」

「奇抜な提案だな、そいつは。この後すぐ、僕たち第四グループの持久走が始まるんだぜ。第一、そんなことをしたら先生に大目玉を喰《く》らっちまう」

「勝って欲しいんだ。ぼくは、——ぼくは万が一にでも、野崎大介に犯《や》られようと何されようと、本当は全然平気なんだ。誰もぼくを好きになんかなっていなければ、ぼくはかまわないんだよ」

ぼくのセリフに、章三はギョッとした。——だろうね。

「おい、葉山、正気か？」

ぼくの額に手を当てるふりをする。「この手を当てただけで卒倒しそうなくせに」

「正気だよ。でも、ぼくがそんなことになって、誰かひとりでも悲しむのなら、ぼくはそうりたくないんだ。ぼくはギイを、悲しませたくない。頼むよ、協力してくれよ」

章三は考え込んでしまった。腕を組んで俯《うつむ》いたが、やがて上目遣いに校舎を盗み見るなり、

「よし、協力しよう」

「ありがとう！」

「ただし、今度こそ、今喋《しゃべ》った葉山のセリフをギイに言うなよ。誰に犯られても平気だなんて、絶対に言うな。ギイは宝物みたいに、お前さんを大切にしてるんだから」

「わかってる」

「——大丈夫かいね」

「約束する！」

約束するさ。——ああ、後三周。

最後の一周にさしかかった時、ぐっとギイのスピードが落ちた。

「行くぞ、葉山！」

章三が逸早《いちはや》く走り出す。ぼくは全力で追いかけた。

トラックの内側、ギイの脇《わき》にぴたりと寄って、

「ギイ、葉山がお前と走るってさ」

章三が耳打ちした。そして、ギイの後ろを回り、「僕も多分に不本意ながら、走ることにする。リードするから、ついてこい」

「——サンキュー！」

ギイが笑う。苦しそうな呼吸。

「ギイ、頑張って！」

ギイはぼくに、大きく頷《うなず》いてみせた。

フットワークがみるみる戻る。

「こら！　そこのふたり！　走者の邪魔をするな、どけ！」

メガホンが吠《ほ》えた。体育科の先生の叱責《しっせき》が背中を突く。でも、かまうものか。

校舎のどこかで野崎大介は見てるだろう。ぼくは誰にもギイを殴らせたり、しないんだ。

「ギイ、ファイト！」

ゴールが近い。タイム読みが始まる。

「ギイ、三十秒台で入れば、野崎に勝つぞ」

章三が切れ味の良いアドバイスをした。

ギイの息が荒い。呼吸はずっと乱れっぱなしだ。

最後のコーナーを回る。残すは直線、約四十メートル。

カウントを読み上げる先生の声が、一歩毎に大きく聞こえる。

「二十四！　二十五！」

——え？　もう、そんな？

ギイはキッとゴールを見据えた。

「二十九！　三十！」

まだ、まだ駄目だ。こんなに早くタイムが流れてしまうなんて。

残り五メートル。

「三十四！　三十五！」

——ギイ！

四メートル。

「三十六！」

三メートル。

「三十七！」

二メートル。

「三十八！」

一メートル！

その時、ギイの足がもつれた。

「ギイ、危ない！」

「三十九！」

神様!!

「トップ、崎義一！　タイム、四分三十九秒！　本日のベストタイムだ」

わーっと拍手が起こる。ギイの体はテープを切っていた。

「だらしないぞ運動部。このタイムを破らんと、運動部全員、放課後、持久走のやり直しだ」

の先生のお言葉には、賛否両論。

「ギイ！　良かった、転ばなくて！」

「やったじゃんか、このやろ！」

ぼくと章三の声が耳に届いているのかどうか、ギイはゴールからヨロヨロとグラウンドの中央に来ると、ふらついた足取りのまま、崩れるようにグラウンドへ大の字になった。

激しく胸が上下している。

「第四グループ、位置につけ！」

メガホンが容赦なく呼びつける。ぼくたちはギイが気掛かりながらも、集合場所へと走って行った。

「珍しいな、崎が本気でスポーツテストをやるなんて」

担任の松本先生が、ギイの脇《わき》にしゃがみこんで言った。白のジャージが大きな体を一層大きく見せる。

ギイはやっと呼吸も正常となり、地面に胡座《あぐら》をかいて、

「珍しいは余分だろ」

松本先生に抗議した。

「崎が必死に走ってる姿を初めて見たよ。フォームはめちゃくちゃだが、良いタイムじゃないか。どうだ、うちのラグビー部に入らんか、あのファイトは貴重だ」

「オレはスレンダーを売り物にしてるんだ。先生みたいなプロポーションになったら、イメージダウンだぜ」

「逞《たくま》しいと言え。——ところで、揉《も》め事が起きたのか」

「全然」

「そうか？」

疑いの眼差し。

「そうだよ」

「どうも、崎が真剣に物事に取り組んでる時ってのは、怪しいんだよな」

「先生、最後のグループが終わるぜ。他の先生方が朝礼台にお集まりになってますがね」

「お、いかんいかん」

松本先生は、よっこらしょっと膝《ひざ》を伸ばすと、「そっちのだらしないの、しっかりしろよ」

ギイの隣で仰向けになり、まだぜーぜー喘《あえ》いでいるぼくに声をかけて、立ち去った。

「おい、だらしないの、生きてるか？」

「死んでる」

持久走なんて種目、一体誰が作ったんだ？

「そろそろ全体終礼だぞ。託生、回復力にも問題があるんじゃないのか」

「祠堂にマラソン大会がないのが、せめてもの救いだ」

「今年からあるってさ」

「何だって!?」

ぼくはガバッと起き上がった。

「嘘《うそ》だよ」

ギイがニヤリと笑う。ギイの肩越し、朝礼台に先生が立ち、ホイッスルを咥《くわ》えると、ピリピリと鋭く鳴らした。

「集合の合図だ」

立とうとするぼくの腕を摑《つか》んで、ギイは素早くキスをした。

「――――!?」

「託生、応援、嬉《うれ》しかったよ」

「だ、だ、だ」

「機関銃の真似か？」

「誰か見てたら——！」

「誰が？」

キョロキョロ周囲を巡らせたが、生徒たちは朝礼台の前へクラス毎に並ぶのでごった返していた。誰も、気に留めてない。

「けっこう、盲点だろ？　勝利の祝いに、キスはつきものさ」

「ギイって、大胆なんだね」

「いまさら何言ってるんだ。——自分で立てるか？」

「任せといて」

ぼくは、両手を地面に突いて（我ながら情けないポーズだ）立ち上がった。まだ膝《ひざ》がガクガク笑ってる。

「ホラ」

ギイが肘《ひじ》を差し出した。「つかまれよ」

「ううん、いい」

そんな目立つこと、できるものか。「それよりギイ、松本先生って外見に似合わず、割と鋭いんだね」

「神経がワイヤー並みの太さに見えるけれどな」

ギイが言う。申し訳ないと思いつつ、ぼくはつい笑ってしまった。

「——あ、ところで」

ぼくは今頃、気がついた。「ところで、野崎さんのタイム、いくつだったの？」

ギイはおもむろに立ち止まると、それこそ呆《あき》れたように腰に片手を当てて、

「あのね、いいかげんにしろよ。そんなことも知らずに応援してたのか」

空いた片手で、ぼくの頭を軽くこづいた。「ま、託生らしくていいか」

ニッコリ笑う。

今日の天気と今の気分に劣らない、すがすがしい笑顔だった。そして、くるりと踵《きびす》を返すと列に交ざりに行ってしまう。

「あ、ギイ、タイム！」

ギイは走りながら、派手な投げキッスをよこして、

「ここまでおいで、かわい子ちゃん《Baby》」

「ちょっと、ギイってば！」

きれいにはぐらかして、教えてくれやしない。

彼はけっこうに、意地悪なのである。

NEWLY WRITTEN 書き下ろし

長い長い物語の始まりの朝。

『――尚、積雪による交通遅延が発生する可能性がありますので、時間にはゆとりを持ってお越しください』

「……うん」

託生は自分自身へ確認するようにこくりと頷いた。――とはいえちょっと、ゆとりを持ち過ぎたかもしれない。

高校入試の受験票に（親切にも）添えられた注意書き。

積雪どころか降雪の経験すらほとんどない地方からやって来た葉山託生には〝積雪による交通遅延〟の〝程度〟が摑めず、どうやら、かなり早く着いてしまったようだった。

託生は周囲に視線を巡らせて、

「……でも遅刻するよりいいか」

人の気配のないがらんとした駅前広場に目的のバス停を探す。

駅を降りたら案内の人が立っているはずなのだが、それらしい人影もまだない。そして駅前には積雪もなかった。

今年の受験は積雪の心配をしなくても良かったのかもしれない。

せっかく早目に出てきたのにと残念に思うよりも、それはそれでありがたかった。なにせ雪に対しては処し方がまったくわからないのだ。

いくつかあるバス停のひとつに『祠堂学院前』を通る路線バスを見つけると、始発である駅前でただひとり、真冬の空の下、寒さに震えながらバスを待つ。――この寒さも、温暖な地方住みの託生には程度がまったく摑めなかった。かなり厚着をしてきたつもりだったのだが、もう一枚、下に何かを着て来るべきであった。

時既に遅しであるが。

職種によっては早朝から通勤している社会人はいるので駅前にまったく動きがないわけではないが、しばらく経っても託生と同じ受験生は現れなかった。

ぽつんとバス停でバスを待つことに、だが心細さよりも安堵が勝る。

混んでるバスには乗りたくない。――というか、恐らく乗れない。

ゆとりを持ち過ぎて正解だったかもしれない。

じゃりじゃりと賑やかな音をたてて出発時間の五分前に路線バスがバス停にやって来た。ぷしゅーっと乗降口が開き、託生は急いでバスに乗り込む。

車内を満たす独特な匂いの暖房に、だが今は臭いと思うより心の底からほっとする。

一番前の一人掛けの席に座り、手の中の受験票に目を落とす。

全寮制の学校は、他人との距離が近過ぎて怖い。想像しただけで全身に鳥肌が立つ。

けれど。

「……家にいるより、ずっといい」

国内の各地から集まったてんでんばらばらな制服を身に纏ったあどけない表情の中学三年生たちが、どっさりと雪の積もった足場の悪い道を、不慣れな、または慣れた足取りで三々五々試験会場へと向かっていた。

足取りも制服もばらばらだが、比較的速いテンポで白く舞い上がるやや緊張したような息遣いは、皆一様に同じだった。

寒さで顔が強張っているのか、試験に向き合う緊張からか、ともあれこれは一月下旬の恒例の景色であるのだが、

「受験生だけじゃなく、今年はこっちも緊張するなあ……」

やや硬い声音で、体育教師の松本がぼそりと洩らした。

試験監督を務める都合で万年ジャージ姿の松本が（それこそ真冬であっても上下ジャージにビニールサンダルだ）本日は珍しくスーツである。もちろん、一張羅である。

試験会場として設営されたいくつかの特別教室、そのひとつへと向かう途中の廊下で立ち止まり、窓から外の様子を見下ろしている松本へ、

「ああ。例の子も、通常の試験を受けるんでしたっけ？」

並ぶように立ち止まり、生物教師の大橋《おおはし》が訊いた。

大橋も、今日ばかりはトレードマークの白衣ではなく試験官らしくスーツを着ている。

いつもならば授業前の朝のこのひとときは、校舎内のどこもかしこも生徒たちのわいわいがやがやとした騒々しさとそれに比例する活気とに溢れているのだが、在校生のほとんどが寮にいる本日は、廊下に反響する自分の声が聞こえるほどに校舎内全体が森閑としているだけでなく、真冬の凍りつく外気がそのまま中に侵入してきたような、ぴんと張り詰めた空気に満ちており、否が応でも緊張をそそる。

かてて加えて、

「そうなんですよー。いやあてっきり特待生扱いかと思ったら、全てを通常の手続きでって、向こうから御依頼があったそうでして……」

松本は弱ったように頭をぽりぽりと掻く。

体育教師でラグビー部の顧問でもある筋骨隆々とした松本は、見た目のごつさを裏切るような繊細な感性の持ち主で、

「……参ったなあ、ホント、参ったなあ……」

と何度も繰り返した。

依頼にわざわざ御を付けた松本に、彼の半端ない緊張と萎縮っぷりが伝わってくる。

だが、

「通常の、――ですか」

既にとてつもない額の寄付金が学院へ支払い済みという噂もあるので、もしその噂が事実だとしたら〝全てを通常〟というルートは、もう通れないのではあるまいか。

思ったが、大橋は口には出さない。

「ああでも特待生扱いっていわれても、それはそれでどうすりゃいいか、俺にはちっともわかんないんですけどね」

「そうですよねえ」

大橋は静かに相槌を打つ。「園では毎年数名の特待生を採っているようですが、こっちの院では特待生、採ったことがないんですよね」

システムはあるが前例がない。

人里離れた山奥の、斜面の中腹にぽつんとへばりつくように建っている私立祠堂学院高等学校には、賑やかな都会に祠堂学園高等学校という対照的な兄弟校がある。それぞれ男子校であることは同じなのだが片や全寮制、片や一般的な全日制との差があるだけでなく、創立こそ院が先で園は後からできたのだが、周囲の環境も含め、とても兄弟校とは思えないほど様々な事柄が異なっていた。

なによりも、学園長が学院長でなく自らを『学園長』と名乗っているあたりで、先ずは経営者の温度差が明白だ。

「特待生制度だけじゃなく、あっちはいろいろやってますもんねえ、学園長がのりのりで」

松本の〝のりのり〟発言に内心ちいさく噴き出しつつ、

「そうですね。学園長は院へはあまり干渉してこないのでつい（存在そのものを）忘れてしまいますけど、滅法、のりのりの方でしたね」

「学園長、こっちにはぜんぜん興味なさそうですからね」

「なにせ肩書が『学園長』ですからね」

「ですよねー」

ふたりでこっそりくくくと笑う。

本日も、学園長は不在である。高校に於いて入試はかなり重要な事項であるのだが、いてもやることがないという理由で、学園長は本日も院ではなく園にいる。

そんな学園長の院のことなど眼中にない心中を、けれど教員たちは皆、あながち理解できなくもなかった。

院は院、園は園、それぞれのまとまりが強いという面と、学園長が都会好きという面と、なにより学園長が就任するより以前から院は独立独歩で運営され、盤石なそこへ若き日の学園長が切り込めなかったという面と、幾重にも事情が絡み合っているのである。

こちらにしてみれば、勝手のわからぬ経営者に的外れな指示をされ現場が混乱するよりは、ちゃんと運営してくれればそれでよし。との距離感で保ってもらえる方がありがたい。

しかも、園はさておきこちらの院は、独立独歩の精神により、教員だけでなく生徒の自主性もかなり尊重されていた。

受験生を最初に迎える受験票の受付事務を、教員ではなく生徒たちが行っている。受験生の案内も、さすがに試験監督は教員が行うが、監督補佐は生徒たち。

要の位置にいるのは勿論教員だが、役務に則り、てきぱきとこなしているのは在校生たちなのである。

頼もしき院の生徒たち。これが園との、最大の差異であろうか。


「っほーい、受験生諸君、こっちこっちー」

明るく快活な声が不安げな表情の受験生たちを大きく手招いた。「はーい、ここ、一列に並んでねー。フォーク式で順番に受付するからねー」

真冬に向日葵が咲いたような底抜けに明るい笑顔に、触れた受験生たちが次々にほっとした表情となる。

「さすがだなあ、会長」

他の列整理のスタッフが、〝会長〟と触れ合うだけでめきめきと表情が明るくなってゆく受験生たちを眺めて唸る。

正門を入ってすぐの、ざっくり除雪されたエリアに数本の長机が設置され、数名の祠堂の生徒たちが手際よく試験の受付を行っていた。

教師がひとり、いるにはいたが、隅の方でのんびりと全体の様子を眺めているのみ。

三洲新はその光景に違和感を覚えたと同時に、感嘆した。

これが大学の入試ならば、学生が受験の手伝いをしていてもさほど驚かなかったと思うのだが、試験の受付は不手際が合否に関わる可能性があるはずなのに、いくら年長者といえ自分たちとたいして年齢の変わらない生徒が受付業務そのものを行っているという光景に、

「――悪くないかもしれない」

初めて、祠堂を受験することに前向きな気持ちになれた。

『祠堂学院は生徒の自治力がかなり高い学校だから、言われたことしかできない性格だと、うまく馴染めないかもしれないな。でも、新ならきっと大丈夫だよ』

卒業生でもある父親の薦め。

とはいえ所詮高校生の自治力なんて高が知れていると低く見積もっていたけれど、この感じだと、存外そうではないかもしれない。

「おーっ。そうかそうか、離島からはるばる船で渡ってきたのか。そりゃあご苦労さんだったなあ。海が荒れなくて良かったなあ。きみ、こりゃツイてるぞー、その調子で波に乗ってぱーっと行けよー」

会長と呼ばれていた生徒が、ひとりの受験生へ元気に声を掛けていた。

その動向を見るとはなしに見ていると、どういう趣意かはわからないが、たまたまではなく選んで声を掛けている。

朗らかで快活で、受験生たちを見渡す眼差しには温かさがあるのだが、それだけではなかった。時折、鋭く状況をチェックしていた。そして、鋭さの欠片もない明るい声で、受験生を誘導したり個別に声を掛けたりしていた。

他校に比べ授業料が相当高額なので元々志願者数は絞られているのだが、今年の祠堂の倍率は一・二。さほど倍率が高くないだけでなく、祠堂学院は併願よりも単願重視だそうなので、単願受験の受験生は余程のへまをしない限り全員受かるであろうということだった。三洲の中学のクラス担任に言わせれば、三洲ならばトップの成績で受かるだろう、とも。

ただし、祠堂学院のユニークな点は、たとえ定員割れを起こそうとも受か、ら、せ、な、い、ケースもあるのだそうだ。それがどのような基準でジャッジされるのかは不明だが、午前中の学力テストだけでなく、午後からの面接でくれぐれも気を抜かないようにと指導された。

楽勝そうな受験であっても、さすがに手も気も抜くつもりはなかったが、正直、さほど乗り気でなかった。

在校生が場を仕切っている、この光景を見るまでは。

「――会長って、生徒会長のことかな」

ニックネームがカイチョウならば見当違いであるのだが、学内で生徒からカイチョウと呼ばれているなら普通は生徒会長であろう。

生徒の自治。頂点は、生徒会長だ。

悪くないかもしれない。

「祠堂学院高等学校。大穴かも」

「それでですね大橋先生、話戻しますけど、特待生扱いでなく、なんもかんも普通でかまわないってことなんで、おかげでちょっとは気が楽なんですけど――」

「……けど？」

「でもねえ。でもなあ。参ったなあ……」

またしても弱音を吐く、気の毒なくらいナーバスな松本には、しかしナーバスにならざるを得ない理由があった。

在校生はもとより、大橋を含めた極々限られた一部の教員を除き他言無用のお達しを受けているのだが、松本には白羽の矢が立っていた。入試の合否どころか試験が始まってすらいない今の、この時点で、例の子が何組になるにしろ、松本が彼のクラス担任となることが決定しているのだった。

国公立の学校だったとしたならばそのようなことは絶対に有り得ないのだが、祠堂は私立、上が上の権限で決定したものはトップダウンで下りてくる。

上からの決定に刃向かうつもりは毛頭ないが、

「気難しい子だと、ツラいなあ……」

松本の悩みはそこである。

聞けば、世界的企業Fグループの御曹司で超天才（!?）などという、凡人の想像の域を遥かに超えた、だが年齢でいくと中学三年生の、まだ子ども。予想される定番のイメージだと、アメリカ人らしい自己主張の激しい自由奔放ワガママ息子の可能性が高いのだが、

「下手打って、御曹司のご機嫌を損ねたら、俺がクビにされちまうかもしれないのに……」

リスクが高過ぎて、絶望しか湧いてこない。

等と早々落ち込んでいる松本へ、

「考え過ぎですよ、松本先生」

大橋が朗らかに慰める。

「ですけど大橋先生、俺なんかまだぜんぜんひよっこで、俺なんかより教員経験の厚い素晴らしい先生方が他に何人もいらっしゃるのに、なんだって俺なんでしょうねえ？　担任なんて、俺には無理です。最悪の想像しかできません」

教員として先輩とはいえ、さほど年齢の変わらない大橋にだからこそ洩らせる弱音。

自虐的に俺なんかを連発する松本の痛い気持ちはわからないでもないのだが、

「とはいえ今回は、学園長ではなく島田先生の決定ですからねえ」

島田先生こと島田御大。祠堂学院を実質取り仕切っている、学院に於いては学園長より誰よりも決定権を持つ古株の生活指導の先生である。

御大の名前が出て、松本はハアアと溜め息を吐いた。

諦めの、溜め息だ。

「聞いてくださいよ大橋先生！」

「はい？」

さっきからずっと聞き役だが、そういう意味ではないのだろう。

「なんでも、飛び級を重ねまくって、既に大学を卒業しているらしいんです」

「それは、すごいですね！」

学業優秀との評価だが、十五歳にして既に大卒とは。「我々が教えることなんて、ひとつもなさそうですねえ」

益々松本が気の毒になるのだが、大橋は敢えて朗らかさを崩さない。

「ですよね！　大橋先生もそう思いますよね！　そんな天才少年が、なんだってわざわざアメリカから、日本のこんな片田舎の何の変哲もない普通の高校へ入学を希望しているのか、俺にはこれっぽっちも理解できませんよ」

だが残念ながら祠堂学院は松本が熱弁するほど変哲がないわけではなく、昭和ひとケタの開校時には良家の子息のみがお側付きで入学が許されたという過去があり、大戦後に現在の仕様となったものの間違いなく由緒正しく歴史ある名門校のひとつであり、依って卒業生に名のある人も多々輩出されているのだが、とはいえグローバルな視点に立てば、アジアの小国にある一介の高校に過ぎないのである。

「松本先生、アメリカとは限らず海外からの留学生って、祠堂学院としては創設以来初めてでしたっけ？」

数年しか違わなくとも先輩教員である大橋からの問いに、

「多分、そうです。帰国子女ならちょいちょいいますけど、海外からの留学生とか、そういう話は今まで聞いたことないですよね」

松本は（微々たるものではあるのだが）脳内の蓄積データを総動員して答える。

「確か、園は交換留学してましたよね？」

「あ、してます。こっちはそれもないからなあ。――大橋先生、英語しゃべれますか？」

「いいえ。松本先生は？」

「まるきりです。なのにアメリカ人のクラス担任なんて、無理だってんのにっ！」

いきなりの魂の雄叫びに、ぷぷっと笑ってしまったが、

「まあまあ落ち着いて。松本先生、試験は日本語のままですよね？」

「そのはずです。飽くまで通常なんで当然問題用紙も他の受験生と同じですし、答案にも日本語で書くよう、伝えられてるはずです」

試験会場へ向かう途中、決してよそ見をしていたわけではないのだが、どんと誰かと肩と肩がぶつかって、

「あっ、ごめ……」

謝りかけて、赤池章三は言葉を呑んだ。

外国人がそこにいた。ラフな私服だから在校生だ。

試験に受かる前なので自分はまだ後輩ではないのだが、まがりなりにも目上の人に『あっ、ごめん』だけではまずかろう。しかも相手は外国人だ。

けれど授業以外に日常で英語などまったく使わない章三に、咄嗟に気の利いたセリフが思いつけようはずもなく、

「そ、そーりー?」

が精一杯であった。

在校生は柔らかな笑顔を作ると、

「こっちこそごめん。前を良く見てなかった」

と、流暢な日本語で応えた。

一瞬、それが日本語だと気づけないほどスムーズな返答に、章三はしばし惚けてしまう。

「に、日本語、お上手なんですね」

「そうかな。ありがとう」

彼はまたにっこりと笑う。「ちゃんと喋れているのか今ひとつ自信がなかったんだけど、きみのおかげで自信が持てたよ」

にこにこと笑顔を崩さない在校生へ、日本人だらけの空間にただひとりの外国人という特殊

な存在に、

「祠堂って交換留学のシステムがあるんですか？」

入学案内には特に記載はなかったが、興味を惹かれて訊いてみた。

「さあ？　ごめん、わからないよ」

彼は申し訳なさそうに（外国の俳優のような粋な仕草で）軽く肩を竦めると、「もし交換留学の制度があったら、きみ、留学してみたいんだ？」

「いいえ。そういう意味ではないんですけど」

洋画も洋楽も好きなので留学に関心がないわけではないのだが、趣旨はそこではなく、「じゃあ、留学生ではないんですか？」

重ねて訊くと、

「まだ留学生ではないよ。これから留学生になる予定なんだ」

と、応えた。

「それって……？」

「今日の試験に受かればね」

「つまり……」

在校生ではなく、彼も自分と同じ受験生ってことか!?

なんだよ、だったら敬語なんて使う必要なかったんじゃないか。なんだよこいつ、私服なんか着ちゃって、紛らわしいな！

勝手に誤解した自分を棚に上げ、内心密かに憤慨している章三をよそに、

「袖振り合うも多生の縁、だったかな？　もしお互いに受かったらトモダチになろうね」

外国人は章三へと手を差し出して、にこやかに握手を求めた。


「やば。ずずっ。あれ？　ずずっ。ない。ずずっ。あれ？」

隣の席に座ったひょろりとした受験生が、必死に鼻をすすりながら、カバンの中やポケットやらあちらこちらをまさぐっている。

風邪をひいているふうではないから、寒さのせいで鼻水が止まらないだけなのであろうが、

「予備、入れといたはずなのに、ずずっ、あれ？」

頻繁に鼻をすする音が耳について、託生はズボンのポケットから取り出した未開封のポケットティッシュを黙って隣の机に置いた。

「――あれ？」

いきなり現れたポケットティッシュにひょろりの動きがぴたりと止まり、これ誰が？　と周囲を見回した末に託生へと、「……あのう、これ？」

「……どうぞ」

短く応えて、託生は読みかけの参考書へ顔を戻す。

「あざす」

ひょろりはちいさく頭を下げて、ぺりりと封を開けると、「失礼します」

言うなり、ぢーんと思いきり鼻をかんだ。

途端に、試験会場の他の席でも、何人かが威勢よく鼻をかむ。

遠慮してかんでいるといつまでたっても鼻水が切れず、かといって盛大にかむのも憚られ、
そこに現れた救いの神がひょろりであった。

「ふいー。すっきりしたー」

ひょろりはポケットティッシュを託生に向けて、「二枚も使っちゃったんだけど」

律義に報告する。

「返さなくていい。あげる」

「え。いいの？　うおー、ありがたいっ」

ひょろりはくにゃっと笑うと、「俺、片倉利久。仙台から来ました」

と、自己紹介した。

託生はじっとひょろりを見て、そして無言のまま参考書へ視線を戻す。

「あ、それ、俺も同じの使ってる！　ほら！」

ひょろりがカバンから参考書を取り出した。「これ、わかりやすいんだよなあ。ホント、助
かるよ。ねえねえ、試験どのあたりが出ると思う？」

託生は参考書から目を逸らさぬまま、

わかりません。の、意を伝えた。

というか、よしんばヤマを張っていたとしても試験前にライバルに教える義理はない。敵に塩を送ってどうする。

「俺はさあ、このあたりがアヤシイと思ってんだよねー」

ひょろりは参考書のページを開くと、「祠堂って過去問ないから傾向と対策わかんなかったんだけど、塾の先生がこのあたりはどの高校も絶対に出してくるって言ってたからさ。ほら、こことー、ここと一、あとこのあたり?」

「——あの」

託生はたまらず、顔を上げた。「教えてくれなくていいから」

「え。なんで?」

ひょろりはきょとんと託生を見る。

「ライバルだし。頼んでないし」

「そうだけど、俺、ティッシュもらったし。お礼、的な?」

「そういうの、いいから」

「えー。残念だなあ。春になったらクラスメイトかもしんないんだから、今から親睦はかったって良いと思うんだけどなあ」

クラスメイト?

「……さあ?」

託生はぎくりとひょろりを見た。

そうか。——もし試験に受かったら、目の前のひょろりだけでなくこの試験会場の何人かは
クラスメイトになり、ここのほぼ全員と同じ寮で寝食を共にするのか。

脳の血が氷の冷たさで身体の芯を滑り落ちてゆく。

急に、恐ろしくてたまらなくなった。


「つまり、アメリカ人だけど日本語ぺらぺらということですか？」

「わかりません。島田御大は面識あるらしいんですけど俺は名前くらいしか——」

「それですよ、松本先生」

大橋が破顔する。

「——はい？　どれですか？」

「いざとなったら、島田先生に相談すれば良いんですよ」

祠堂に於ける勅命の主であり、松本へ白羽の矢を立てた張本人なのだから。

「……俺がクビになりかけても助けてもらえますかね」

「島田先生にお任せすれば、たいていのことは大丈夫ですよ」

「そうですよね！　……そうですかね」

同意と不安。

いくら島田御大が祠堂随一の実力者でも、クビになりかかったことがないのでその実力が如何程のものかわからないし、モノによっては大丈夫でないことだってあるに違いないのだが、どのみち松本には他に術はなさそうだった。

それになによりはっきりしているのは、島田御大が動いてくれて駄目なものは、誰がやっても駄目である。正真正銘、最後の砦なのである。

「日本語で思い出しましたけど、大橋先生、この子、アメリカ人なのに、なんでか日本名なんですよ」

「日本名なんですか？」

「そうなんですよ。ほら、崎義一」

松本は携えていた名簿を大橋へ見せる。

「崎義一。——確かに。カタカナの部分がないですね」

それどころか、そこはかとなくレトロな字面。

「ハッ。まさかとは思うんですけど大橋先生、留学に合わせて日本名に変えた、とかじゃ？」

「ああ、通常、ですか？」

普通に普通の高校生活を。

煩雑な留学手続きだけでなく、寄付金に渡航費滞在費受験料その他もろもろ、多額の留学費用をかけてでも『普通の高校生活を体験させてあげたい』という親心や本人の希望に、複雑な事情を感じる。

日本の片田舎の一介の高校なればこそ、叶うものがあるのかもしれない。

庶民にはとんと理解できないが、ひっくるめて、これはまたとんでもない生徒が入ってくるものだなと噛み締めつつ大橋は、

「ともあれ松本先生、受験生は受験生です。御曹司であろうとどの子であろうと、皆等しく受験生です。それぞれに自分の将来を賭けて受験に挑んでくるのですから、彼らが実力を遺憾なく発揮できるように、しっかり監督しなくてはですよね」

受験生に余計なプレッシャーを与えたり不安を煽るような雰囲気にならないよう、試験官は頼もしくどんと構えていなくては。

大橋は、松本がまたしてもナーバスにならないことを祈りつつ、

「いざ、出陣ですよ松本先生！」

ぱんと小気味よく背中を叩いて、試験会場へと送り出した。


不意に試験会場に大きなざわめきが生まれた。周囲の受験生たちが一様に驚いた表情で同じ方向を見ている。

釣られるようにそちらを見て、託生は思わず息を呑んだ。

てんでんばらばらなれど誰もが中学の制服に身を包んでいる試験会場でただひとり、私服の少年がいた。だが私服が目立つから皆が彼を見ていたわけではない。

一目で日本人ではないとわかる異国の外見、それだけでも充分に目立つが、その外見が異様に整っていて、ただそこにいるだけなのに一枚の絵画のように美しかった。着ている服ですらやけに恰好良く見えて（ただの無地のシャツとズボンなのにだ）、姿勢の良さや賢そうな顔付きとか、妬ましいくらいに脚が長いとか、ポイントを挙げればいろいろあるがそうではなく、それら様々な点を超えた、その少年の内側から発せられる輝くような眩しさに、その不可解さや不思議さに、皆一様に目を奪われているのであった。

ひょろりなど、マンガのように口をぽかんと開けてその少年を見ていた。――人って、心底驚くと本当にこの顔になるのだな。

「祠堂って、外国人も普通に受験すんのかなあ」

誰かがちいさく言う。

その疑問に正解を提供できる者はこの中にはひとりもいないが、ここにいるということは、彼もライバルということなのに、

「あんな凄そうなヤツと同じ学校とか、サイコーじゃね？」

まだ何もしていないので凄いかどうかなど誰にもわからないのに、周囲にそうと感じさせ、更に歓迎ムードまで引き起こす、それだけでも、

「……ぜんぜん違う」

自分とは。同じ人間なのに。同じ人間だけど。

明らかに別種の、遥かにグレードが上の、そこにいるだけで周囲の人間を一瞬にして魅了してしまう、――そんな人が、この世にいたんだ。

いや。でも関係ない。

託生は机の上の参考書へ目を戻した。試験開始まであと数分。その間にできるだけ復習しておきたいのに、参考書の内容に集中したいのに、気づくと背後に意識が飛ぶ。

参考書を読むふりでこっそりと後ろを盗み見ると、少年となぜか目が合った。

心臓がばくんと跳ね上がる。託生は急いで目を逸らす。かなり離れているのだから、目が合ったのではなく、合ったような気がしただけかもしれない。――が。

心臓が、ばくばくする。ばくばくばくばくと、いつまで経ってもせわしない。

だって、目が合った瞬間に、少年が微笑んだのだ。ふわりと。託生に向けて。

微笑まれた理由がわからない。いや、あれは、あれも、目が合ったような気がしたのと同じく気のせいかもしれないし、自分ではない他の誰かへ向けられたものかもしれない。だって自分には彼と目が合う理由も、あんなふうに微笑まれる理由も持ち合わせていないのだから。

どちらにせよばくばくが、いつの間にやら託生から恐ろしさを拭い去っていた。

春になったらあの人も同級生なのかもしれない。たったそれだけの可能性が、託生を強く、前へと押し出す。

恋に落ちた自覚のないまま、けれどこうして長い長い物語が始まったのであった。

タクミくんシリーズ作品リスト

季節	作品名	収録文庫・単行本名	完全版
	中学3年生		完全版第1巻収録作品
1月	長い長い物語の始まりの朝。	タクミくんシリーズ　完全版1	
	高校1年生		
10月	天国へ行こう	カリフラワードリーム	
12月	イヴの贈り物	オープニングは華やかに	
2月	暁を待つまで	暁を待つまで	
	高校2年生		
4月	そして春風にささやいて	そして春風にささやいて	
	てのひらの雪	カリフラワードリーム	
	FINAL	Sincerely…	
5月	決心	オープニングは華やかに	
	それらすべて愛しき日々	そして春風にささやいて	
	若きギイくんへの悩み	そして春風にささやいて	
	セカンド・ポジション	オープニングは華やかに	
	満月	隠された庭 —夏の残像・2—	
6月	June Pride	そして春風にささやいて	
	BROWN	そして春風にささやいて	
7月	裸足のワルツ	カリフラワードリーム	
	右腕	カリフラワードリーム	
	七月七日のミラクル	緑のゆびさき	
8月	CANON	CANON	
	夏の序章	CANON	
	FAREWELL	FAREWELL	

季節	作品名	収録文庫・単行本名	完全版
8月	Come On A My House	緑のゆびさき	
9月	カリフラワードリーム	カリフラワードリーム	
	告白	虹色の硝子	
	夏の宿題	オープニングは華やかに	
	夢の後先	美貌のディテイル	
	夢の途中	夏の残像	
	Steady	彼と月との距離	
10月	嘘つきな口元	緑のゆびさき	
	季節はずれのカイダン	（非掲載）	
	季節はずれのカイダン（オリジナル改訂版）	FAREWELL	
11月	虹色の硝子	虹色の硝子	
	恋文	恋文	
12月	One Night,One Knight.	恋文	
	ギイがサンタになる夜は	恋文	
	Silent Night	虹色の硝子	
1月	オープニングは華やかに	オープニングは華やかに	
	Sincerely…	Sincerely…	
	My Dear…	緑のゆびさき	
2月	バレンタイン ラプソディ	バレンタイン ラプソディ	
	バレンタイン ルーレット	バレンタイン ラプソディ	
	After"Come On A My House"	誰かが彼に恋してる	
	まい・ふぁにぃ・ばれんたいん	暁を待つまで	
3月	ホワイトデイ・キス	プロローグ	

季節	作品名	収録文庫・単行本名	完全版
3月	弥生 三月 春の宵	バレンタイン ラプソディ	
	約束の海の下で	バレンタイン ラプソディ	
	まどろみのKiss	美貌のディテイル	
	高校３年生		
4月	美貌のディテイル	美貌のディテイル	
	jealousy	美貌のディテイル	
	after jealous	緑のゆびさき	
	緑のゆびさき	緑のゆびさき	
	花散る夜にきみを想えば	花散る夜にきみを想えば	
	ストレス	彼と月との距離	
	Under Moonligh	誘惑	
	告白のルール	彼と月との距離	
	恋するリンリン	彼と月との距離	
	彼と月との距離	彼と月との距離	
	サクラ・サクラ	風と光と月と犬	
5月	恋する速度	プロローグ	
	奈良先輩たちの、その後	（同人誌）	
	ROSA	Pure	
	薔薇の名前	誘惑	
	ダブルバインド	風と光と月と犬	
	インターハイ地区予選 （吉沢・高林）	Station 小冊子付き特装版	
6月	あの、晴れた青空	花散る夜にきみを想えば	
	夕立	恋のカケラ ―夏の残像・4―	

季節	作品名	収録文庫・単行本名	完全版
6月	青空は晴れているか。	恋のカケラ —夏の残像・4—	
	青空は晴れているか。の、その後	恋のカケラ —夏の残像・4—	
	祠堂学院用務員室・遠藤所長の日報	Station 小冊子付き特装版	
7月	Pure	Pure	
	日曜デート(矢倉・八津)	Station 小冊子付き特装版	
8月	デートのセオリー	フェアリーテイル	
	フェアリーテイル	フェアリーテイル	
	夢路より	フェアリーテイル	
	ひまわりー向日葵ー	夏の残像	
	花梨	夏の残像	
	白い道	夏の残像	
	潮騒	夏の残像	
	隠された庭	隠された庭 —夏の残像・2—	
	真夏の麗人	薔薇の下で —夏の残像・3—	
	薔薇の下で	薔薇の下で —夏の残像・3—	
	恋のカケラ	恋のカケラ —夏の残像・4—	
	8月15日、登校日	プロローグ	
9月	葉山くんに質問	プロローグ	
	プロローグ	プロローグ	
	プロローグ2	プロローグ	
	Sweet Pain	プロローグ	
	誘惑	誘惑	
	ぼんやりくんの、ある日の放課後	Station 小冊子付き特装版	

季節	作品名	収録文庫・単行本名	完全版
9月	誰かが彼に恋してる	誰かが彼に恋してる	
	崎義一クンによる、正しいメールの送り方	誰かが彼に恋してる	
	恋をすれども。	暁を待つまで	
	ギイの音痴と託生の特殊技能	Station 小冊子付き特装版	
	風と光と月と犬	風と光と月と犬	
	リスク	リスク	
	リスクヘッジ	リスク	
10月	Station	Station	
11月	秋花火(三洲・真行寺)	Station 小冊子付き特装版	
12月	文化の日(駒澤・野沢)	Station 小冊子付き特装版	
	利久と政史の年越し	Station 小冊子付き特装版	
番外編	三洲と真行寺の年越し	Station 小冊子付き特装版	
	凶作	FAREWELL	
	ハロウィン(ギイ・タクミ)	Station 小冊子付き特装版	
	ギイとタクミの年越し	Station 小冊子付き特装版	

初出

天国へ行こう
橘しいな個人誌『シエナ』1991年夏号

イヴの贈り物
(株)吉祥寺企画発行『スイル』vol.4 (1993年11月)

暁を待つまで
単行本『暁を待つまで』(2006年8月)

そして春風にささやいて
『小説JUNE』1987年2月号

てのひらの雪
『小説JUNE』1990年2月号

FINAL
『FINAL』(1993年5月)

決心
『CIEL』1994年11月号

それらすべて愛しき日々
『小説JUNE』1988年6月号

若きギイくんへの悩み
『小説JUNE』1987年4月号

長い長い物語の始まりの朝。
書き下ろし

KADOKAWA RUBY BUNKO

タクミくんシリーズ 完全版《かんぜんばん》1
ごとうしのぶ

角川ルビー文庫 R10-30 19637

平成28年3月1日 初版発行

発行者——三坂泰二
発 行——株式会社KADOKAWA
〒102-8177 東京都千代田区富士見2-13-3
電話 0570-002-301(カスタマーサポート・ナビダイヤル)
受付時間 9:00〜17:00(土日 祝日 年末年始を除く)
http://www.kadokawa.co.jp/
印刷所——暁印刷 製本所——BBC
装幀者——鈴木洋介

ISBN978-4-04-103945-8 C0193 定価はカバーに明記してあります。